IGNAZ HOLD
EIN HAUCH VON TOD UND THYMIAN

AF185128

Buch

Was ist mehr wert: Ein voller Geldtransporter oder ein echter Cézanne? Für keines von beiden lohnt es sich zu sterben. Trotzdem nehmen vier Freunde das Risiko auf sich und wollen ein Bild des Provencemalers rauben. Kann der Coup gelingen? Jedenfalls bleiben Leichen zurück. *Commissaire* Papperin und sein Team müssen sich mit den verschrobenen Weltanschauungen des verarmten französischen Landadels auseinandersetzen. Gleichzeitig führen sie ihre Ermittlungen in das Milieu des Prekariats, der frustrierten, arbeits- und hoffnungslosen Welt der Kleinkriminellen in den Vororten der Arbeiterstädte des Midi.

Autor

Ignaz Hold ist ein Pseudonym. Der Autor, ein reiselustiger Wissenschaftler, hat seit einem Vierteljahrhundert in der Provence eine zweite Heimat gefunden und kennt diesen Fleck Europas wie seine Westentasche. Er erholt sich, wann immer sein Beruf es ihm erlaubt, vom Stress des Universitätsalltags in seinem Haus in der Haute Provence. Dorthin, in die ländliche Idylle eines provenzalischen Dorfes, zieht er sich zurück, um zu schreiben. Neben nüchternen Fachbüchern entstehen dort seine Provencekrimis, in denen er den ganzen provenzalischen Mikrokosmos mit all seinen Problemen, Charakteren, landschaftlichen und kulinarischen Reizen einfängt und in spannende Krimis einfließen lässt.

Ignaz Hold

EIN HAUCH VON TOD UND THYMIAN
Commissaire Papperins vierter Fall

Ein Provencekrimi

ambiente-krimis

Verlag ambiente-krimis
Michael Heinhold
Am Feilnbacher Bahnhof 10
83043 Bad Aibling
Dritte Auflage 2020
ISBN 978-3-945503-10-2
Copyright © 2015 by Ignaz Hold
Alle Rechte vorbehalten
Gesamtherstellung: CPI Claussen & Bosse, Leck
Umschlagfoto: Ignaz Hold

ISBN der e-book-Ausgabe: 978-3-945503-11-9

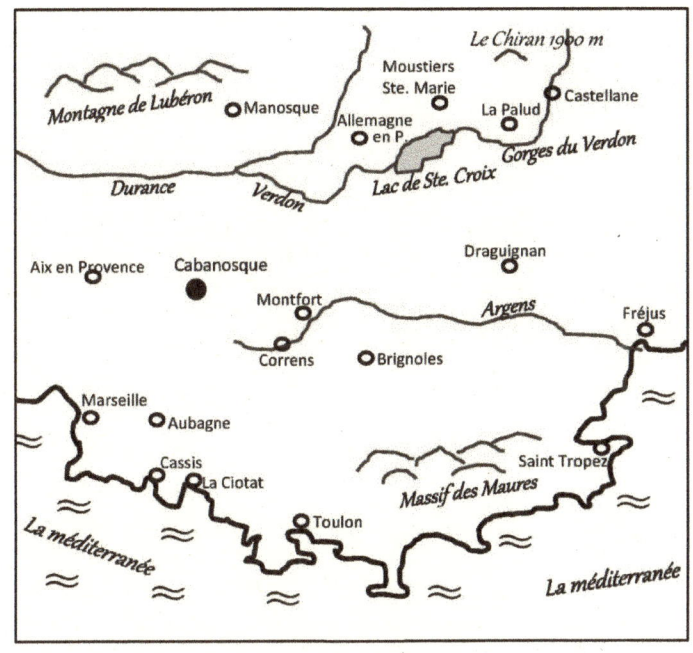

Commissaire Papperins Provence

Prolog

Kein Windhauch regt sich. Die Mittagssonne brennt unbarmherzig auf die einsame Landschaft nieder. Weder die Pinien mit ihren luftigen Nadelkronen, noch die zahlreichen Steineichen mit ihren kleinen, graugrünen Blättern können verhindern, dass die vom wolkenlosen Himmel herabstürzende Hitze die hüfthohe Macchie und den roten Erdboden aufheizt.

Ein Wildschwein auf der Suche nach Nahrung schleicht durch das Unterholz. Außer strohtrockenen und stacheligen Sträuchern ist nichts Fressbares zu finden. Steinhart ist der Boden. Kein Pilz kann diese knochentrockene Erdkruste durchstoßen. Von Trüffeln, der Wildschweine Leibspeise, keine Spur. Die wird es erst wieder im Winter geben, jetzt ist es viel zu heiß. Die Bache trottet weiter. Der scharfe Duft der *herbes de provence* dringt in ihre Nase. Ihr Geruchsorgan wittert ein weiteres Aroma. Nur ganz schwach nimmt sie es neben dem würzigen, alles überdeckenden Thymianduft wahr. Sie folgt ihrer Nase, durchdringt ein dichtes Gebüsch. Am Rand des Dickichts bleibt sie abrupt stehen. Mitten in der Lichtung steht ein Auto. Der neuartige Geruch wird stärker, erreicht aber bei weitem nicht die Intensität des Thymians. Neugier und Hunger treiben sie an. Sie nähert sich vorsichtig dem Auto, umrundet es.

Dahinter, inmitten der buschigen Thymiansträucher liegt ein Mensch. Das Wildschwein zuckt zurück, will fliehen. Doch der Mensch bewegt sich nicht, deshalb wagt es sich näher heran. Er ist tot. Dunkelrot klafft am Kopf eine blutverkrustete Verletzung. Die Bache beschnuppert die Wunde, stupst die Leiche mit ihrer harten, spitzen Schnauze mehrmals an und lässt dann von ihr ab. Ein anderer, angenehmerer Duft als der Verwesungsgeruch zieht ihr in die Nase. Er kommt aus dem Auto: Bananen! Das Wildschwein mit dem struppigen schwarzen Fell hat den Plastikbeutel mit Obst entdeckt, der auf dem Rücksitz des verlassenen Autos liegt. Es zerrt ihn aus dem Wagen und verschwindet damit in Windeseile im dichten Gestrüpp.

Die Leiche bleibt unbeachtet zurück, inmitten von buschigen Thymiansträuchern, deren würziger Duft den einsetzenden Verwesungsgeruch noch überdeckt. Außer dem ohrenbetäubenden Kreischen der Zikaden, die sich in Myriaden in den Eichen und Pinien verstecken, ist kein Geräusch zu hören. Die brüllende Mittagssonne brennt gnadenlos auf die Waldlichtung herab und beleuchtet mit ihren gleißenden Strahlen das emsige Treiben der Ameisen und Käfer, die die Leiche bevölkern.

Teil I

Kapitel 1
Lockruf des Geldes

Mittwoch, 4. August

Im *Centre Commercial* von Brignoles herrschte immer noch Hochbetrieb, obwohl es schon langsam Abend wurde, und die Öffnungszeiten des großen *Supermarché* sich dem Ende zu neigten. Die Angestellten im Fastfood-Restaurant neben dem Haupteingang des Einkaufszentrums hatten alle Hände voll zu tun, um gerade freigewordene Tische abzuräumen, bevor die nächsten Gäste, von der Selbstbedienungstheke kommend, mit vollbeladenen Tabletts zu den wenigen freien Plätzen drängten.

Es war Hochsommer. Draußen, am Parkplatz vor dem Lokal herrschte brütende Hitze. Die Luft stand still, kein Windhauch regte sich. Die Sonne war zwar schon ein Stück zum Horizont hinab gesunken und spiegelte sich vielfach in den Scheiben der riesigen Glasfront des Gebäudes. Ihre Strahlen brannten nach wie vor unbarmherzig auf die zahllosen Autos nieder und brachten die Luft in den Wageninneren zum Kochen.

Ganz vorne neben der sich automatisch öffnenden und schließenden Glastür saßen zwei Männer an einem schmalen Zweiertischchen. Jedes Mal, wenn neue Kunden das Schnellrestaurant betraten, und die Schiebetüren weit auseinander glitten, umhüllte ein Hitzeschwall die beiden, bis sich nach dem Schließen die angenehme Kühle des klimatisierten Raumes wieder um sie verbreitete.

Sie beobachteten gelangweilt das hektische Treiben im Restaurant. Der eine, ein gedrungenes Kraftpaket, dessen

11

Brustmuskeln sein schwarzes, eng anliegendes T-Shirt bei jeder Bewegung zu beachtlichen Wölbungen formten, nahm einen großen Schluck aus seinem mit Bier gefüllten Pappbecher. Dann beugte er sich über die vor ihm liegende Zeitung – *L'Équipe*, Frankreichs meistgelesenes Sportjournal. Der Zeigefinger seiner rechten Hand fuhr die zahlreichen und mit kleinen Zahlen bedruckten Tabellen entlang. Schließlich stoppte er. Verärgert kratzte er sich mit der linken an seinem kahlgeschorenen Kopf.

„Schon wieder nichts! Immer muss der Falsche siegen."

„Was'n los, Luc?", fragte sein Gegenüber und zog die Zeitung näher zu sich. „Hat dein Gaul wieder nicht gewonnen?"

Suchend glitten seine Augen über die aufgeschlagene *SPORT HIPPIQUE* - Seite des Blattes. Die unzähligen Namen und Zahlen sagten ihm eigentlich nichts, denn er hatte mit Pferderennen nichts am Hut. Der Zeigefinger seines Freundes lag auf einer Tabelle mitten im Blatt. Es handelte sich um die Ergebnisse des großen Trabrennens *Grand National du Trot* in Marseille-Borély vom Vortag.

„Vierter ist er geworden, und ich hab auf Sieg gesetzt – *merde, merde!*"

„Ach, ärgere dich nicht. Das nächste Mal gewinnst du wieder. Komm, trinken wir noch eins."

Er stand auf, nahm seinen Pappbecher und wartete bis sein Freund ausgetrunken hatte. Dann ging er zur Theke. Im Vorbeigehen drückte er die beiden Becher durch die chromglänzende Klappe in den großen Abfallcontainer. Kurz darauf kam er mit zwei neuen, voll frisch gezapftem Bier zurück zu Luc an den kleinen Tisch am Eingang.

„*Merci*, Maurice – *santé!*", prostete der seinem Freund zu.

Eine gute Weile schwiegen beide vor sich hin. Plötzlich knalle Luc seinen Becher auf die Tischplatte, so dass das Bier überschwappte.

„Ist schon scheiße mit dem Geld. Nie reicht es. Und mit dem da", dabei deutete er auf die Rennergebnisse, „zahlt man auch mehr drauf als man gewinnt."

„Du hast gut reden. Du hast wenigstens einen Job. Lagerist in einem Transportunternehmen. Da kriegst du doch ordentlich Gehalt. Was soll ich da sagen? Die *aide sociale*, die reicht hinten und vorne nicht."

Sie versanken wieder in Schweigen. Die Aussichten zu Geld zu kommen waren nicht gerade rosig. Es stimmte schon, der Jüngere von ihnen, Luc Percier, hatte einen Job und konnte auch kräftig zupacken. Aber um in die höheren Gehaltsstufen zu gelangen, musste man mehr bieten als Muskeln. Und selbst wenn – sein schlechter Abschluss am *Collège*, der Mittelschule von Vitrolles, qualifizierte ihn auch nicht gerade zu Höherem. Dazu kamen seine Vorstrafe und der kurze Sonderurlaub im Knast, die einen weiteren Aufstieg auf der sozialen Leiter unmöglich machten.

Seinem Freund Maurice Gaullefrond ging es eigentlich viel besser. Er hatte eine ordentliche Ausbildung, *Lycée* und Studium an der staatlichen Universität von Aix-Marseille. Das allerdings hatte er ohne Abschluss abgebrochen. Deshalb und wegen seiner Fächerkombination – Kunstgeschichte und Theaterwissenschaften – wäre er auch mit einem Masterdiplom am Arbeitsmarkt chancenlos gewesen. Früher, als Student, hatte er noch große Pläne gehabt. Er sah sich als Direktor eines der berühmten Museen an der *Côte d'Azur*, oder als Intendant des *Grand Theâtre de Provence* in Aix oder des *Theâtre National de Marseille*. Doch das waren alles Luftschlösser geblieben. Keiner von seinen großen

Träumen war wahr geworden. Er hatte sein Studium verbummelt, das ausschweifende studentische Nachtleben hingebungsvoll genossen, bis man ihn schließlich nach fast zwanzig Semestern von der Uni verwiesen hatte. Seither lebte er von der Sozialhilfe. Ab und zu konnte er sich mit kleineren Gelegenheitsjobs etwas dazuverdienen, etwa als Fremdenführer bei besonderen kulturellen Anlässen. Kürzlich durfte er Touristen durch eine Sonderausstellung im *Musée Granet* in Aix führen. Aber die Chancen, eine Daueranstellung als Fremdenführer zu bekommen, waren gleich Null – bei seiner Vorgeschichte. Außerdem war er mit seinen siebenundvierzig Jahren viel zu teuer, im Vergleich mit den jungen Bewerbern um solche Stellen.

Freunde waren Maurice und Luc geworden, weil sie im selben Wohnblock am Rande von Brignoles wohnten. Vor allem aber wegen ihrer Begeisterung für das Pétanquespiel, der provenzalischen Variante des Boulesports.

Weil sein Kumpel nach wie vor in die Sportzeitung vertieft war, nahm sich Maurice ein auf dem Nebentisch liegen gebliebenes Exemplar der regionalen Tageszeitung *Var Matin* und begann lustlos darin zu blättern. Plötzlich lachte er auf:

„He, Luc. Schau mal, das ist toll!"

Er schob die Zeitung zu seinem Freund hinüber und deutete auf einen Artikel.

„Da gibt es Leute, die können die GPS-Daten von einem Navi aus der Ferne so umprogrammieren, dass das Auto ganz woanders hingeleitet wird als der Fahrer will."

„Na und? Was habe ich davon?"

„Da könntest du einen LKW von deinem Unternehmen, der irgendwas Wertvolles geladen hat, zu einem geheimen Ort dirigieren, wo man ihn dann ausrauben kann."

14

„Blödsinn, das klappt nicht. Die in der Zentrale sehen doch am Computer genau, wo unsere LKW sind."

„*Non*! Da steht, das kann man so programmieren, dass die Kontrolleure in der Zentrale glauben, der sei auf dem richtigen Weg, obwohl er ganz woanders ist."

„Mmmh, glaub ich nicht!"

„Doch, irgend so Wissenschaftler im INRTR haben das hinbekommen."

„INRTR, was ist das?"

Maurice suchte im Zeitungsartikel, ob die Abkürzung irgendwo ausgeschrieben stand.

„*Institut National de Recherche Télématique Routière*. Die Technik kommt wohl aus Amerika. Spoofing nennen die das."

„Das hilft mir jetzt auch nicht. Weil, das kann ich nicht, das Programmieren. Und du auch nicht."

„Stimmt auch wieder. Trotzdem, wäre toll wenn man sowas könnte!"

Die beiden vertieften sich wieder in ihre Zeitungen.

***

Die Angestellten des Restaurants begannen damit, die Stühle auf die Tische zu stellen. Reinigungspersonal wischte den braun gefliesten Boden mit überbreiten Wischmops. Luc und Maurice saßen noch immer an ihrem Platz neben der Türe und schauten den Arbeiten zu. Eine Bewegung vor dem Fenster und Motorengeräusch lenkten ihre Aufmerksamkeit nach draußen. Ein grauer Lieferwagen war vorgefahren und hielt direkt vor dem Eingangsportal zum Supermarkt, wo an sich ein striktes Halteverbot galt. *Trans-Sécur* stand in dicken schwarzen Buchstaben auf der fensterlosen Seitenwand des gepanzerten Fahrzeugs. Eine schmale Türe wurde geöffnet und sofort wieder geschlossen, nachdem ein kräftiger Mann in schwarzer Uniform ausgestiegen war. Mit demonstrativ sichtbarer Pistole im Holster ging er in den Supermarkt.

„Der holt jetzt die Tageseinnahmen ab", murmelte Luc. „Wieviel das wohl ist?"

Maurice Gaullefrond fasste dies als Aufforderung auf, das überschlagsmäßig zu schätzen.

„Die haben zwanzig Kassen, aber die sind meistens nur zur Hälfte besetzt. Und vor jeder steht eine Schlange von ein paar Leuten. Sagen wir mal, so eine Kassiererin braucht drei Minuten für einen Kunden, dann sind das von acht bis zwanzig Uhr …"

„Mehr!", unterbrach ihn Luc. „Viel mehr, weil die quatschen doch mit jedem Kunden mindestens nochmal so lange."

„Na gut, dann fünf Minuten. Das sind dann zwölf Stunden durch fünf Minuten, äh ….Moment, das hab ich gleich!" Er wischte mit dem Zeigefinger den Taschenrechner auf seinem Smartphone herbei.

„12 mal 60 durch 5 Minuten … da schafft eine Kasse 144 Kunden am Tag. Zehn Kassen machen 1.440 Kunden. Wenn jeder für 50 Euro einkauft, dann sind das …" Er tippte wieder in sein Smartphone. „72.000 Euro."

„Die kaufen doch viel mehr. Du siehst doch, wie voll die Einkaufswagen sind, die sie vor sich herschieben."

„Meinetwegen! Dann kaufen sie halt für 100 € ein. Das gibt dann fast 150.000 € Tageseinnahmen."

„Der fährt doch nicht nur zu einem Kunden. Der kassiert mindesten bei zehn Supermärkten ab. Dann sind da eineinhalb Millionen in dem Auto drin. So einen Karren müsste man knacken! Dann hätten wir ausgesorgt."

Inzwischen war der Geldbote mit einem silbern blitzenden Metallkoffer aus dem Supermarkt zurückgekommen. Die Tür zum Transporter öffnete sich, eine Hand reckte sich heraus, übernahm den Geldkoffer und zog ihn ins Innere des gepanzerten Wagens. Nur einen Augenblick später war auch der Kofferträger darin verschwunden, und das Gefährt setzte sich in Bewegung.

„Jetzt fährt er zum nächsten und kassiert dort wieder so einen Batzen Knete." Sehnsüchtig blickte Luc dem zwischen den schier endlosen Reihen parkender Autos verschwindenden Geldtransporter nach.

„Gib nochmal die Zeitung her!"

Kapitel 2
Kunstinteresse könnte nicht unterschiedlicher sein

Sonntag, 8. August

Die Mittagssonne brannte in den gepflasterten Innenhof der *Ancien Moulin à Huile Frédéric Papperin*.

Commissaire Jean-Luc Papperin saß auf der Steinbank unter der riesigen, Schatten spendenden Platane und genoss sein freies Wochenende. Das erste Mal seit Wochen hatte er so richtig ausschlafen und sich nach einem schnellen Frühstück seinem Hobby, dem Kochen, widmen können. Das alles war völlig überraschend gekommen. Sein Kommissariat in Aix en Provence musste während der vergangenen vierzehn Tage auf Hochtouren arbeiten. Sie hatten zwei Raubüberfälle auf Juweliere zu lösen, und die Ermittlungen schienen sich in einer Sackgasse festgefahren zu haben. Tagelang hatten sie nach den beiden Tätern gefahndet, aber keinerlei brauchbare Hinweise finden können. Die beiden Banditen waren jeweils zur Mittagszeit, kurz bevor die Schmuckhändler ihre Geschäfte für die Mittagspause zusperrten, mit einem Motorrad vorgefahren und in den Laden gestürmt. Während einer der Räuber die anwesenden Personen mit einer Schusswaffe in Schach hielt, konnte der andere in aller Ruhe die Vitrinen mit den wertvollen Schmuckstücken ausräumen. Das Ganze wäre ein übliches Szenario gewesen, das in Marseille und in neuerer Zeit leider auch in Aix immer wieder vorkam, wenn nicht - beim zweiten Überfall – ein Angestellter besonders mutig sein und dem Bewaffneten die Pistole aus der Hand schlagen wollte. Reflexartig hatte dieser abgedrückt. Das Projektil hatte die Aorta des Verkäufers zerfetzt, wie sich später bei der Obduktion herausstellte. Die beiden Verbrecher waren mit der Beute auf dem Motorrad geflüchtet. Die sofort gerufene Rettung war zu spät gekommen. Der Notarzt hatte nur noch den Tod des Mannes feststellen können. Er war verblutet. Alle im Laden anwesenden Personen – der Inhaber und zwei weitere seiner Angestellten sowie zwei Kunden – waren derart unter Schock gestanden, dass es zu lange gedauert hatte, bis sich jemand um den Verletzten zu kümmern begann.

Alles hatte danach ausgesehen, dass auch das bevorstehende Wochenende der Ermittlungsarbeit zum Opfer fallen würde, bis sich, völlig überraschend, einer der Täter bei der Polizei gemeldet hatte. Der Mord sei nicht geplant gewesen, betonte er in seinem Geständnis. Und dass sich sein Kumpel jetzt auch noch damit rühmte, das könne er nicht ertragen, nicht mit seinem Gewissen vereinbaren. Deswegen wolle er aussagen und bitte um Behandlung nach der Kronzeugenregelung. Der gesamte Fall konnte noch am Samstag abgeschlossen, der zweite Täter, der den Todesschuss abgegeben hatte, verhaftet, und die Akte am Abend dem Ermittlungsrichter übergeben werden. So kam es, dass Papperin und alle Mitarbeiter seines Kommissariats plötzlich einen freien Sonntag vor sich hatten.

Wegen dieser unerwarteten Entwicklung war man in der Ölmühle vom Aufkreuzen des Kommissars total überrascht gewesen. Odile Papperin, Jean-Lucs Mutter, hatte nichts Besonderes eingekauft, und schon gar nichts, was den kulinarischen Ansprüchen ihres Sohnes entsprochen hätte. Aber Cabanosque war ein kleines Dorf, und Odile mit fast allen Einwohnern befreundet. Ein Anruf bei Cyril Bastin, dem *poissonnier* des Ortes, und die Schilderung des überraschenden Auftauchens von Jean-Luc hatten genügt, und dieser war in seinen Fischladen gefahren, hatte einen großen Steinbutt hergerichtet, ausgenommen und ihn persönlich seiner guten Kundin und Freundin Odile in die Ölmühle gebracht.

Jetzt konnte Jean-Luc in seinem Hobby voll aufgehen. Kochen entspannte ihn, half ihm zu vergessen, was sein Beruf ihm manchmal zumutete: Verstümmelte Leichen, entführte Kinder, missbrauchte Frauen. Es war fast, als trete er bei dieser Tätigkeit einen Schritt zurück vom Abgrund des Verbrechens, mit dem er sonst Tag für Tag konfrontiert wurde.

Er schnitt die Seitenflossen des flachen Fisches ab, wusch und beträufelte ihn mit Olivenöl aus der eigenen Ölmühle und streute dann ganz wenig Salz darauf und etwas von dem Thymian, der überall im Garten und in allen Mauernischen wucherte. Auf weitere Gewürze verzichtete er, damit der feine Eigengeschmack des Fisches nicht überdeckt wurde. Als Beilagen bereitete er das zu, was die Vorratskammer hergab: Kartoffeln, in Spalten geschnitten und in Olivenöl gewendet, mit Salz und etwas Pfeffer gewürzt. Mit frischen Rosmarinnadeln aus dem Garten bestreut, kamen sie als erstes in den Herd, da ihre Backzeit am längsten dauerte. Kurze Zeit später schob er den Fisch neben die Rosmarinkartoffeln in den Grillofen. Als Gemüse gab es eine einfache provenzalische Ratatouille: Paprika, Courgettes, Auberginen, mit Schalotten und viel Knoblauch in Olivenöl in der Pfanne gegart.

Jean-Luc Papperin lehnte sich zufrieden zurück, wohlig gesättigt von dem hervorragenden Essen, das er, Odile und Antoine, ihr Angestellter und – wie Papperin vermutete – heimlicher Liebhaber, im Freien am Marmortisch unter der großen Platane genossen hatten, und müde von dem eiskalten Rosé aus dem Weingut Grand Jas bei Entrecasteaux.

„Machst du noch einen Kaffee, *maman*? *Un espresso? S'il te plaît!*", bettelte er.

Während sie auf die kleinen Tassen mit dem starken schwarzen Getränk warteten, zündete sich Antoine eine Gauloises an, und Papperin vertiefte sich in den *Var-Matin*, zu dessen Lektüre er in den letzten Tagen vor lauter Stress nicht gekommen war.

„Hör mal, *maman*, in Château Barbaresque soll es demnächst eine exklusive Sonderausstellung ,*Les peintres du Midi*' geben. Da sollen Bilder von berühmten Künstlern, die in der Provence gemalt haben, zu sehen sein. Darunter einige aus Privatsammlungen, die bisher noch nie in der Öffentlichkeit gezeigt wurden. Von Ende September bis Januar geht das. Da will ich unbedingt hin. Interessiert dich das auch? Und weißt du, wo der Ort liegt?"

„Nein, kenne ich nicht. Keine Ahnung, wo das ist. Aber es klingt sehr interessant."

Während Odile Papperin nickte, dachte sich Jean-Luc, das könnte auch etwas für Nia sein, seine im fernen Paris arbeitende Freundin. Seit ihrem traumatischen Erlebnis letztes Jahr auf der Insel Porquerolles, bei dem Nia fast erschossen worden wäre, hatten sie sich nicht allzu oft gesehen, meistens, wenn er zu dienstlichen Konferenzen in die Zentrale der *police judiciaire* nach Paris kommen musste. Und natürlich im Urlaub. Diese Begegnungen waren immer sehr intensiv und herzlich gewesen, aber viel zu selten. Nia litt, so glaubte Jean-Luc, sehr unter einem inneren Zwiespalt. Einerseits war sie seiner Brigadierin Jeannine Dalmasso überaus dankbar – hatte diese ihr doch das Leben gerettet, als sie schneller geschossen hatte als der Drogenhändler. Andererseits schienen in ihr immer wieder die Eifersucht zu nagen und der Zweifel, ob die Affäre zwischen Jean-Luc und Jeannine wirklich beendet war. Aber das war Vergangenheit. Wie konnte er Nia davon überzeugen? Wenn sie doch nur zu ihm in die Provence ziehen würde! Er wünschte sich so, dass alles wieder wie früher würde, als sie ein unzertrennliches Paar waren.

Papperin beschloss, Nia am Abend anzurufen und sie zu bitten, zur Eröffnung zu kommen, um mit ihm diese Ausstellung zu besuchen.

***

Die beiden Türme des Château Gramellons am östlichen Ausläufer der Montagne du Luberon leuchteten hellrosa in der tiefstehenden Abendsonne. Vicomte und Vicomtesse de Gramellons saßen sich an den Schmalseiten des langen Esstisches im Speisesaal des Schlosses gegenüber und aßen schweigend ihre Vorspeise, eine cremige Kürbissuppe mit einem Inselchen *crème fraîche* darauf, verziert mit einem grünen Basilikumblatt. Außer einem gelegentlichen, leisen Klacken, wenn ein Löffel den Teller berührte, war kein Geräusch zu hören. Erst als Vicomtesse de Gramellons die silberne Glocke ergriff, die neben ihrem Teller stand, und sie sanft hin und her schwenkte, erfüllte ein freundlicher, heller Klang den hohen Raum. Er stand in starkem Kontrast zu der Düsternis des Saales mit seiner tiefblauen Seidentapete, deren verblasstes Goldmuster die schwermütige Atmosphäre ebenso wenig auflockern konnte, wie die fein ziselierten Schnitzereien an den massigen, aus dunklem Holz gefertigten Möbeln. Auf das Klingeln erschien eine junge Frau in schwarzem Rock, schwarzer Bluse und einem weißen Spitzenhäubchen im blondgefärbten Haar. Mit einer laschen Handbewegung deutete der Vicomte an, dass abgedeckt werden solle.

„Gerne, *monsieur le Comte*!"

Die Frau, die offensichtlich die Funktion eines Dienstmädchens hatte, nahm die Teller in der devoten Manier einer Untergebenen und trug sie aus dem Raum. Nachdem sie die schwere Doppelflügeltür hinter sich geschlossen hatte, wandte sich der Vicomte an seine Frau:

„Mein Cousin, der Comte de Barbaresque hat mir geschrieben und angefragt, ob ich unseren Cézanne zu seiner Sonderausstellung auf das Château Barbaresque schicken möchte. Soll ich? Was meinst du dazu?"

„Woher weiß der von unserem Cézanne? Das sollte doch eigentlich geheim bleiben. Allein schon wegen der fehlenden Alarmvorrichtungen hier im Château. Wenn das Gott und die Welt wissen, können wir uns vor Dieben, Einbrechern und Bittstellern nicht mehr retten."

Der Vicomte versuchte das zu erklären. Wahrscheinlich habe er bei einem Treffen mit seinem Verwandten einmal aus Versehen verlauten lassen, dass sie einen Cézanne besäßen. Ein Gemälde, das der Künstler persönlich seinem Großvater geschenkt hatte, als er einen längeren Aufenthalt auf diesem Schloss verbracht hatte.

„Musstest du wieder mal angeben, prahlen, mit dem einzig Wertvollen, das wir besitzen! Du hättest besser nichts gesagt. Außerdem hat er es nicht deinem, sondern meinem Großvater geschenkt."

Eine Weile saßen sich die beiden schweigend gegenüber. Das Dienstmädchen servierte den Hauptgang. Anschließend, beim Dessert, ergriff der Vicomte wieder das Wort.

„Möchtest du meine Meinung hören?"

Als seine Frau nickte, fuhr er fort:

„Ich habe mir das gut überlegt. Wenn sich in der Fachwelt herumspricht, dass wir ein bisher unbekanntes Unikat, ein Originalgemälde des Künstlers besitzen, dann wird das Interesse der Kunsthändler und Sammler geweckt. Und wenn wir uns dann konsequent weigern, es zu verkaufen, wird sein Wert immer weiter steigen – kürzlich wurde ein Bild von Cézanne für etwas mehr als zwanzig Millionen Dollar versteigert. Damit könnten wir unsere Schulden tilgen, das Haus hier renovieren und ein sorgenfreies Leben führen."

„Niemals! Niemals werde ich das Bild hergeben. Du weißt, es gehört mir, mir alleine und ich hänge daran. Es gehört hierher, auf das Schloss, und hier wird es immer bleiben. Es ist ein herrliches Gefühl, solch einen Schatz zu besitzen und niemand weiß davon. Nein, es wird nicht verkauft! Basta!"

„Aber *chérie*, denk doch an unsere prekäre finanzielle Lage!"

Kapitel 3
Ein Komplize wird gesucht

Donnerstag, 12. August

Im Städtchen Pertuis an der Durance herrschte Hochbetrieb. Man bereitete sich auf die regionalen Pétanquemeisterschaften vor, die von Freitag bis Sonntag auf dem riesigen Bouleplatz am Stadtrand stattfinden sollten. Die Begeisterung für diesen in Südfrankreich so beliebten Sport hatte alle Bevölkerungsschichten in der Stadt und in der ganzen Region gepackt. Von überall her aus der Provence kamen Pétanquespieler mit ihren Freunden und Familien angereist.

Auch Luc und Maurice waren dort. Sie wollten sich das Spektakel nicht entgehen lassen. Nicht dass sie an den Wettkämpfen beteiligt wären – dazu war ihre Wurftechnik bei weitem nicht professionell genug. Sie wollten nur zuschauen und, wo immer sich dies ergab, mit Gleichgesinnten das eine oder andere Spielchen bestreiten. Selbstverständlich hatte jeder seine drei Kugeln in einem länglichen, schmuddeligen Leinentäschchen dabei. Angereist waren sie in Lucs betagtem Peugeotkombi. Da sie sich weder ein Hotelzimmer noch ein *chambre d'hôtes* leisten konnten, hatten sie vor, am Ufer der Durance im Auto zu übernachten. Die Ladefläche des Kombi war zum Glück groß genug.

***

Die beiden Freunde schlenderten durch die verwinkelte Altstadt und gelangten schließlich auf einen kleinen, von mehreren Platanen beschatteten Platz, auf dem ein paar bunt aus Männern und Frauen zusammengewürfelte Mannschaften sich dem Pétanquespiel widmeten. Die roten

Plastikstühle und -tische einer Bar direkt neben dem Bouleplatz zogen sie magisch an.

„*Une bière et une cigarette?*", fragte Maurice, und da Luc nichts dagegen hatte, wählten sie einen Tisch ganz vorne am Ende der Terrasse, wo sie die Spieler am besten beobachten konnten. Sie bestellten ihr Bier und begleiteten die Würfe der Wettkämpfer mit fachmännischen Kommentaren.

„He Luc, was machst du hier? *Salut!*"

Eine Frauenstimme lenkte die Aufmerksamkeit von den Pétanquespielern ab.

„Paulette?", wunderte sich Luc. „*Salut*! Ich dachte du arbeitest oben im Vaucluse. Was tust du hier?", gab er die an ihn gestellte Frage zurück und fügte hinzu:

„Wir wollen die Pétanquemeisterschaft anschauen."

Maurice musterte die vor ihnen stehende Frau. Sie hatte eine tolle Figur, aber die zu grell geschminkten Lippen gaben ihrem Gesicht einen leicht vulgären Zug.

„Genau das will ich auch", antwortete sie. Dann zu Maurice gewandt: „Und du schau mich nicht so geil an. Wer bist du überhaupt?"

Obwohl Höflichkeit in seinen Kreisen keine große Rolle spielte, merkte Luc, dass er die beiden wohl miteinander bekannt machen sollte.

„Das ist mein Freund Maurice, wir wohnen im selben Haus in Brignoles. Und das", wandte er sich an Maurice, „das ist meine Schwester Paulette. Magst du auch ein Bier?" Die Frage galt wieder seiner Schwester. Als diese nickte, rief er quer über die Terrasse:

„*Garçon, un demi s'il te plaît !* "

Das unerwartete Zusammentreffen ließ sie vorübergehend das Interesse an den Pétanquespielern vergessen. Die

Geschwister hatten in den letzten Jahren den Kontakt schleifen lassen. Sie hatten sich kaum gesehen, und Luc telefonierte nicht gern. Jetzt musste erstmal die Neugierde befriedigt werden: Was jeder in dieser Zeit so getrieben hatte, ob man noch dieselbe Arbeit hatte, und was sich sonst alles geändert hatte. All das war jetzt wichtiger. Paulette, die ihr Bierglas mit wenigen Zügen geleert hatte und dem Kellner mit einer eindeutigen Geste klarmachte, dass sie noch eines wollte, berichtete zuerst. Sie habe jetzt eine Stelle als Dienstmädchen im Schloss eines Vicomte und seiner Frau. Ziemlich einsam am Rande des Luberon. Die nächste größere Stadt sei Manosque, fast eine Stunde weg. Für die Zeit der Spiele hier habe sie von ihren Arbeitgebern aber frei bekommen. Allerdings sei es nicht einfach gewesen, denen das abzuringen. Schließlich hätten sie zugestimmt. Natürlich nur unter der Bedingung, dass sie für die paar Tage keinen Lohn bekomme.

„Die sind fürchterlich geizig und dabei sind sie stinkreich, wohnen in einem tollen Schloss mit lauter wertvollen Sachen drin, Möbel, Gemälde und so Zeug."

„Hm, die richtig Reichen sind alle geizig", entgegnete ihr Bruder.

„Sonst wären sie ja nicht so reich", ergänzte Maurice und fragte dann, durchaus interessiert:

„Wie sind die so, die adligen Reichen? Ich meine nicht das, was man so in der Zeitung liest, sondern im täglichen Umgang?"

„Der Alte würde mich gerne bumsen, aber die Vicomtesse lässt ihm keine Chance. Die hat ihn schwer unter Kontrolle. Ab und zu begrapscht er meinen Busen oder meinem Hintern, wenn sie nicht hinschaut. Aber mehr ist nicht drin. Fast tut er mir leid."

Das georderte Bier wurde gebracht. Eine Weile herrschte Schweigen, da die drei sich auf eine spannende Partie konzentrierten, die direkt vor ihrem Platz stattfand. Vier Männer spielten eine *doublette* – eine Partie zwei gegen zwei. Ein sehr Alter mit weißem, zu einem Pferdeschwanz gebundenen Haar und einem locker im Wind flatternden weißen Kaftan hatte gerade eine Kugel ganz nahe an den *cochonnet*, die kleine rote Zielkugel, rollen lassen und blickte stolz in die Runde. Sein wesentlich jüngerer Partner freute sich riesig über den gelungenen Wurf und gratulierte dem glücklichen Werfer überschwänglich. Sein Outfit hob sich deutlich von dem der beiden anderen jüngeren Spieler ab. Mit seinen Designerjeans und dem saloppen, aber sauberen und modischen T-Shirt, seinem schwarzen Dreitagebart und den nur wenige Millimeter kurzen Haarstoppeln auf seinem Kopf wirkte er wie ein Großstadtyuppie. Beim gegnerischen Team schien es sich um Arbeiter oder Handwerker zu handeln. Zumindest ihre Kleidung legte das nahe: schmutzige blaue Overallhosen, verschwitzte T-Shirts und staubige ziemlich ausgelatschte Schnürstiefel.

Gerade hatte der bärtige Rothaarige von ihnen mit gezieltem direktem Wurf versucht, eine gegnerische Kugel vom *cochonnet* wegzuschießen. Doch der Schuss war danebengegangen.

„*Idiot! Une raspaille, pas un tir au fer!*", ereiferte sich Luc lautstark.

„Mach's doch besser!", brüllte der enttäuschte Werfer zurück. Luc sprang auf und lief aufs Spielfeld.

„Da!" Dabei deutete er auf einen Punkt auf dem Sandplatz. „Da hättest du sie hinsetzen sollen, dann wäre er genau hier neben die Rote gerollt!"

„Wenn du so super bist, dann spiel doch mit!"

„Mach ich gerne, aber mein Kumpel muss auch mitmachen!" Dabei deutete er auf den vor seinem Bier sitzenden Maurice.

Mit diesem letzten Fehlwurf war das Spiel zu Ende gegangen.

„Ich muss jetzt leider gehen, meine Alte macht mir sonst die Hölle heiß!", entschuldigte sich einer der vier Kombattanten, der alte Weißhaarige. „Sie will heute unbedingt nach Aix zum Einkaufen und in der Großstadt traut sie sich nicht fahren."

„Wenn du gehst, Jaques, sind wir nur noch zu dritt", maulte einer der anderen *pétanqueurs* enttäuscht. „Und zu fünft geht es nicht!", meinte er mit einem Blick auf Luc und Maurice.

„Dann spielen wir eben keine *doublette*, sondern eine *triplette*. Wir drei gegen die drei Neuen da – drei gegen drei statt zwei gegen zwei. Kann deine Frau nicht mitmachen?", fragte der Rotbärtige. „Dann sind wir sechs."

„Meinst du mich?" Luc deutete auf sich und dann auf Paulette. „Das ist meine Schwester, nicht meine Frau. Klar kann sie mitspielen, oder?" Lucs fragender Blick zu Paulette wurde durch ein erfreutes Nicken beantwortet.

„Ja, dann aber jeder nur mit zwei Kugeln, sonst ist es gegen die Regeln", belehrte sie der Alte. „Aber jetzt muss ich wirklich gehen."

Mit einer bedauernden Geste seiner beiden Arme verließ er den Platz.

Unter dem dichten Laubdach der Schatten und Kühle spendenden Platanen wurden schnell die Mannschaften gebildet – die drei bisherigen Spieler gegen die drei neuen. Dann gaben Luc und Maurice jeder eine ihrer drei Kugeln an Paulette, und das Spiel drei gegen drei mit zwölf Kugeln konnte regelkonform beginnen. Es wurde ein spannendes Match mit Revanche und Revanche für die Revanche und so fort. Schließlich, nach acht Spielen und dem Stand von fünf zu drei, setzten sich die sechs zu einem kühlen Bier auf die Terrasse der Bar. Eine Zeit lang debattierten sie noch über die geglückten und weniger gelungenen Würfe, bis sie sich schließlich anderen Themen zuwandten. Die beiden mit den Overalls waren tatsächlich Bauarbeiter auf einer Baustelle in der Nähe, wo eine Ferienhausanlage aus dem Boden gestampft wurde. Der etwas aus dem Rahmen fallende Dritte hieß Frank Renaud und arbeitete als Internetprogrammierer und Softwareingenieur bei einem Unternehmen in Manosque.

Einer der beiden Bauarbeiter schaute auf seine Armbanduhr. Erschrocken wandte er sich an seinen Kumpel:

„He Pascal, weißt du, wie spät es schon ist? Fast Vier! Der *chef d'équipe* wird uns den Marsch blasen, weil wir die Mittagspause so überzogen haben. Da brauchen wir eine gute Ausrede."

„Quatsch! Unser Polier? Der merkt das doch gar nicht. Wetten, dass er selber noch auf irgendeinem Platz hier spielt. So pétanqueverrückt wie er ist."

„Trotzdem sollten wir jetzt gehen."

Sie schlugen jedem der Zurückbleibenden kameradschaftlich auf die Schulter, dann eilten die beiden Arbeiter auf ihre Baustelle.

„Und du, Frank? Musst du auch wieder malochen?"

Mit grimmigem Gesichtsausdruck und heruntergezogenen Mundwinkeln schüttelte dieser kurz den Kopf.

„*Non*! Ich habe mir für heute Nachmittag und morgen freigenommen. Mein Boss war zwar nicht glücklich darüber. Aber was soll er dagegen machen? Jetzt sieht er mal, wie sein Laden läuft, wenn ich nicht da bin."

„Er könnte dich doch einfach rausschmeißen?"

„Dann müsste er sich einen Neuen suchen. Und bis der eingearbeitet ist, das dauert. Dazu ist er viel zu faul. Außerdem kann ich zu viel, was sonst niemand beherrscht in dem Verein. Aber du hast Recht, mittelfristig will ich mir einen neuen Job suchen. Nur hier auf dem Land ist das nicht so einfach. Da müsste ich nach Paris, oder wenigstens nach Lyon oder Grenoble – aber ich kann hier nicht weg."

„Familie? Deine Frau?", fragte Maurice neugierig.

„Das geht dich nichts an!", fuhr ihm Frank über den Mund.

„Okay, okay, schon gut. Will ich gar nicht wissen!"

„Sag mal, wo schlaft ihr eigentlich?", unterbrach Paulette die entstandene peinliche Pause.

„Im Auto am Fluss. Was anderes können wir uns nicht leisten."

Sie dachte einige Zeit nach, schließlich meinte sie:

„Ich wohne bei Clémence, einer Freundin. Die hat eine super Wohnung, mitten im Zentrum. In einem uralten Haus, nicht sehr komfortabel, aber viele Zimmer. Die hat sicher eines frei für euch. Ich ruf sie gleich an."

Das Telefonat ergab, dass die beiden Freunde nicht in freier Wildbahn im Auto zu nächtigen brauchten, dass sie allerdings eine Luftmatratze mitbringen müssten, da sich in dem Zimmer nur ein Bett befand.

„Wollen wir uns morgen wieder zu einer Partie treffen? Mir hat das heute super gefallen." Frank Renaud blickte die drei fragend an.

„Gerne, wann? Um zehn? Oder hast du was anderes vor, Paulette?" fragte Luc. Als diese Zustimmung signalisierte, bestimmte der Informatiker:

„Also dann morgen um zehn hier. Dann spielen wir eine *doublette*. Wir zwei gegen die beiden da?" Es war mehr ein Befehl, denn eine Frage, mit dem er die Frau als seine Partnerin bestimmte. Ganz offensichtlich hatte er mehr als pétanquesportliches Interesse an ihr.

***

Nach einem schnellen Abendessen im MacDo, bei dem Luc alles bezahlt hatte – er sah sich verpflichtet, ihre neue Zimmerwirtin zu Hamburger mit Frites und einer Cola einzuladen, Maurice hatte erwartungsgemäß kein Geld dabei gehabt – hatten sie sich in die Wohnung von Paulettes Freundin zurückgezogen und saßen debattierend um den Tisch in der geräumigen Küche in der zweiten Etage des Altbaus. Aus einem Fünf-Liter-*Bidon*, einem quaderförmigen Karton, aus dessen Kunststoffsack im Inneren durch ein rotes Plastikventil einfacher roter Landwein gezapft werden konnte, füllten sie immer wieder ihre Gläser nach. Bald schon musste Clémence die Gruppe verlassen. Sie war Kellnerin in einer Bar und hatte Spätdienst.

Maurice, der sich gerade wieder über die Rotweinquelle gebeugt hatte, war so in Gedanken versunken, dass er sein Glas bis zum Überlaufen vollgeschenkt hatte.

„Sag mal, Luc – denkst du das gleiche wie ich?"

„Nee, wieso? Was denkst du?"

„Na ja, der Frank, der ist doch Informatiker, Software-programmierer. Der müsste das doch können … das mit dem Navi."

„Du meinst das aus der Zeitung, letzten Mittwoch in Brignoles? Hmm, weiß nicht, vielleicht?"

„Glaubst du, wir sollten ihn fragen?"

„Fragen kostet nichts."

Die beiden blickten nachdenklich vor sich hin. Maurice versuchte den verschütteten Wein mit seinen Turnschuhen gleichmäßig auf dem Kachelboden zu verreiben. Die Pfütze trocknete sehr schnell, denn die sechseckigen, ockerfarbenen *terre-cuite*-Bodenfliesen saugten sich voll und nahmen dadurch eine noch dunklere Farbe an. Luc rieb mit seinem Zeigefinger über den Rand seines Weinglases, bis es einen zarten, hellen Ton von sich gab. Schließlich durchbrach Paulette das wortlose Schweigen:

„Leute, *je ne comprends riens*, ich versteh nur Bahnhof. Wen wollt ihr was fragen, mit welchem Navi?"

Luc und Maurice wechselten einen langen Blick. Sollten sie Paulette einweihen? Mit einem fast unmerklichen Wimpernzucken gab Maurice seinem Freund zu verstehen, dass er nichts dagegen einzuwenden hätte.

„Weißt du, das ist so... da kann man, wenn man weiß wie es geht, das Navi eines Autos so manipulieren, dass ..."

Und nun erzählte er von dem Zeitungsartikel, von dem Geldtransporter und den Summen, die da zu holen wären, und davon, dass sie das alleine nicht stemmen könnten, weil sie sich mit diesem Informatikzeug nicht genügend auskennen würden.

„Das Praktische, die Handarbeit sozusagen, das könnten wir zwei machen, Maurice und ich. Nur die Kopfarbeit, das Theoretische, ich meine diese Elektroniksachen, dazu brauchen wir jemanden, der das kann."

„Und da denkt ihr an Frank?"

Nach kurzem Zögern fügte sie mit zweifelnder Miene hinzu:

„Wieso meint ihr, dass er mitmacht? Der hat es doch gar nicht nötig – er hat einen Job und so wie er aussieht, verdient er auch sehr gut. Ich glaube nicht, dass der sich auf was Kriminelles einlässt!"

„Aber er hat doch erzählt, dass er unzufrieden mit seiner Stelle ist", entgegnete Maurice.

„Deswegen wird er noch lange nicht kriminell", war sich Paulette sicher.

Eine Weile schauten die beiden Freunde Lucs Schwester erstaunt an. Dieser Einwand machte sie nachdenklich. So hatten sie das alles nicht gesehen. Aber natürlich, Frank ging es gut, er hatte überhaupt keinen Grund, seine gesicherte Existenz wegen ihres noch kaum durchdachten Projekts aufs Spiel zu setzen. Frustriert ging Luc zum Weinkanister und schenkte sein Glas voll. Auf dem Weg zurück zum Tisch musterte er Paulette und Maurice. Diese starrten nachdenklich auf die grobe Holzmaserung der Tischplatte. Mit stumpfem Blick ließ Maurice den Roten in seinem Weinglas kreisen und schüttelte dabei ungläubig den Kopf. Schließlich gab sich Paulette einen Ruck und schaute die Beiden mitleidig an:

„Aus der Traum! Es war doch eh nur ein Luftschloss. Ich geh jetzt schlafen." Sie stand auf und wandte sich zur Türe.

„Stopp!" Lucs Ruf ließ sie haltmachen.

„Du, du bringst ihn dazu mitzumachen. Der steht auf dich. Das war doch deutlich zu sehen. Du bist der Lockvogel! Wenn du dich ein bisschen scharf anziehst morgen und dich an ihn anwanzt, dann sehen wir schon, ob es funktioniert."

„Außerdem", warf Maurice ein, dessen Blick wieder zu glänzen begann, „... außerdem ist das mit seinem Job gar nicht so toll. Er hat doch selbst gesagt, dass er seinen Chef nicht ausstehen kann und dass er lieber was anderes machen würde."

„Er kriegt aber nichts, weil er nicht weg will, hier aus der Gegend." In Lucs Augen blitzte jetzt Begeisterung auf.

Paulette stemmte die Hände in die Hüften und reckte ihren beachtlichen Busen aufreizend vor.

„Ich soll mit ihm vögeln, damit ihr das Geld kassiert? Nee, Kumpels, so läuft das nicht!"

„Natürlich nicht! Ich bescheiße doch meine eigene Schwester nicht. Wir teilen alles, jeder kriegt ein Viertel."

Maurice, der logischer Denkende der beiden Freunde warf ein:

„Das ist jetzt aber etwas voreilig, weil ..."

Er hielt an und blickte Luc nachdenklich an.

„Wir wissen doch noch gar nicht, ob der das überhaupt kann – das mit dem GPS und dem Navi-Manipulieren. Das müssen wir als erstes rausbekommen."

Freitag, 13. August

Der nächste Vormittag stand wieder voll im Zeichen des Pétanquespiels. Sie trafen sich mit Frank Renaud in derselben kleinen Bar, in der sie schon am Vortag zusammen gesessen hatten. Noch sagte keiner der Drei etwas von ihrem Plan. Sie unterhielten sich über belanglose Dinge.

„Kommt, trinkt aus, machen wir ein Spiel!" Luc erhob sich und schlug seine Boulekugeln auffordernd aneinander.

„Spielen wir zwei zusammen?" Paulette hakte sich bei Frank ein, zog ihn hoch und hinter sich her auf den Platz.

Die folgenden Stunden konzentrierten sie sich voll auf das Pétanquematch. Die beiden Teams waren etwa gleich gut. Mal führten die einen, mal die anderen. Nach jedem gelungenen Wurf brach die erfolgreiche Partei in lauten Jubel aus. Paulette war besonders geschickt im *tir au fer*, dem direkten Wegschießen von gegnerischen Kugeln. Wie fast alle Provenzalen beherrschten sie die Spielregeln und die verschiedenen Wurftechniken. Jedes Mal, wenn ihr ein Wurf gelungen war, und ihre an Stelle der fortkatapultierten Kugel von Luc oder Maurice nahe beim roten *cochonnet* liegen blieb, versuchte Frank sie zu umarmen und ihr einen Begeisterungskuss auf die Lippen zu drücken. Doch immer entzog sie sich ihm geschickt.

***

Der Pétanquetag endete so, wie er begonnen hatte – in der Bar mit den roten Stühlen auf der Terrasse. Nur langsam kühlten die von den spannenden Spielen erhitzten Gemüter ab. Etliche eiskalte Heineken waren bereits durch die durstigen Kehlen geflossen, als Frank der Bedienung zurief:

„He, Chef! Jetzt brauch ich was Stärkeres."

Der Kellner näherte sich langsam, stellte im Vorbeigehen noch Gläser und prallvolle Aschenbecher von einigen freigewordenen Tischen auf sein Tablett und wischte die Tischplatten mit einem nicht gerade sehr hygienisch aussehenden feuchten Lappen kurz ab.

„Na endlich!", seufzte Frank, als der *serveur* an ihrem Tisch ankam.

„*Un Cognac, s'il te plaît!*", bestellte er, um dann, nach einem fragenden Blick auf die anderen, und nachdem alle drei zustimmend genickt hatten, die Bestellung zu korrigieren:

„*Quatre! Quatre Cognacs!*"

„*Et quatre demis!*", ergänzte Luc die Order um vier weitere Bier.

Die angenehme Kühle der Nacht hatte die Tageshitze abgelöst. Die riesigen Platanen rauschten leise im sanften Wind. Dieses stille Geraschel wurde überlagert vom auf- und abschwellenden Geräuschpegel der mehr oder weniger lauten Unterhaltungen an den anderen Tischen. Hinzu kam die behaglich-magische Stimmung, die die Kette bunter Glühlampen verbreitete, welche die Markise über der Terrasse säumte.

Wie es an solchen Abenden nun einmal ist, war das nicht die letzte Bestellung, nicht das letzte Bier und auch nicht der letzte Cognac. Mitternacht war schon lange vorbei, als Frank, bei einem zufälligen Blick auf seine Uhr, erschrocken feststellte:

„*Merde*! Schon so spät – äh... früh! Ich muss ja noch zurück nach Manosque. Ich glaube, ich mach mich jetzt auf den Weg. Schade, es war gerade so schön!" Dabei legte er einen Arm um Paulettes nackte Schulter.

„Autofahren würde ich an deiner Stelle jetzt aber nicht mehr – *une bière, un cognac, une bière, un cognac ... et cetera et cetera*. Die *flics* sollen heute besonders scharf sein – wegen der Pétanquemeisterschaft. Die lauern bestimmt auf der D973 um Alk-Kontrollen zu machen."

„Dann fahre ich eben über die A51. Auf der Autobahn halten die doch niemanden an."

„Aber an den Zahlstellen! Da stehen sie mit ihren Teströhrchen."

„Und? Was soll ich dann machen? Hier unter einer der Platanen schlafen?"

Luc nahm einen tiefen Schluck aus seinem Glas, dabei schaute er seine Schwester fragend an.

„Sag mal, deine Freundin Clémence hat doch sicher nichts dagegen, wenn heute noch einer mehr in ihrer Wohnung übernachtet, oder?"

„Das ist ihr völlig egal", meinte Paulette. Sie gähnte langanhaltend. „Ach Gott, bin ich müde. Kommt, wir gehen! Zahlst du, Frank?"

Zu viert untergehakt schlenderten sie laut singend und lachend durch die zu so später Stunde verlassenen Gassen der Altstadt. Das Aufsperren der Haustüre, das Hinauftorkeln in die zweite Etage über die enge und gewundene Steintreppe, das Öffnen der Wohnungstüre, die sich mit einem durchdringenden Knarzen gegen die frühmorgendliche Störung zu wehren schien, all das erfolgte unter lautem Palavern, Witzereißen und Gelächter. Etwas Ernüchterung trat erst ein, als Maurice feststellte:

„He Frank, du musst auf dem Boden schlafen. Wir haben kein Bett für dich. Und meine Isomatte brauch ich selber."

Noch ehe sich Ratlosigkeit ausbreiten konnte, fasste Paulette Frank um die Taille und zog ihn zu ihrer Zimmertür.

„Kein Problem. Du schläfst einfach bei mir. Mein Bett ist breit genug für zwei."

Mit einem kaum merklichen Augenzwinkern zu ihrem Bruder schob sie den überraschten Frank in ihr Zimmer und ließ die Türe mit lautem Knall ins Schloss fallen.

Beim gemeinsamen Frühstück am nächsten Morgen war die Stimmung anfangs etwas beklommen. Paulette und Clémence schnitten zwei Baguettes vom Vortag der Länge nach auf und schoben sie in den Backherd. Dann – während die drei Männer vor ihrem ersten Glas Roten stumm am Tisch saßen – füllte Clémence die *cafetière* mit Espressopulver, schraubte sie zu und stellte sie auf den Gasherd. Es gab keine große Auswahl. Außer einem Rest Salzbutter, einem ein halbleeren Glas Nutella und einem originalverpackten, noch ungeöffneten Plastikbecher mit *miel de romarin* hatten sie nichts in der engen dunklen Speisekammer gefunden, was sich für ein Frühstück geeignet hätte. Dazu gab es die goldbraun getoasteten Baguettestreifen.

„Und? Wie war die Nacht?"

Mit grinsendem Gesicht blickte Luc seine Schwester an. Seine dreiste, neugierige Frage ließ Frank schamvoll erröten, während Paulette genauso direkt antwortete:

„Na super! Oder Frank?"

Die Röte in Franks Gesicht vertiefte sich noch weiter. Doch dann gab er sich einen Ruck, lehnte sich zurück und neigte sich mit angriffslustig verschränkten Armen zu Luc hinüber.

„*Formidable*! Ist doch klar. Oder hast du Zweifel an meinen Qualitäten?"

Maurice verfolgte dieses Geplänkel mit gemischten Gefühlen. Es lag in der Luft, man konnte es fühlen, dass er in dieser Nacht gerne an Franks Stelle gewesen wäre. Frank, der dies auch spürte, meinte unverblümt:

„Nur keine Panik, du findest schon auch noch einmal eine Frau."

Maurice errötete und versuchte die Unterhaltung wieder in harmlosere Bahnen zu lenken.

„Sagt mal, was machen wir heute?"

„Na was wohl? Bei den Pétanquespielen zuschauen. Heute geht die Meisterschaft erst richtig los."

Es herrschte wieder Ruhe, die nur von vereinzeltem Schlürfen des Milchkaffes aus den großen Kaffeeschalen unterbrochen wurde, und dem Knacken und Knurpsen, die das Abbeißen von den knusprig getoasteten Baguettestücken begleiteten. Nach einer Weile forderte Paulette ihren Bruder mit kaum merklichen Kopfbewegungen und Blicken auf, das Gespräch doch endlich auf das Thema zu bringen, das ihnen allen dreien auf den Nägeln brannte. Doch Luc war unsicher, er wusste nicht, wie er beginnen sollte. Schließlich meinte er:

„Du Frank, du weißt doch sicher, wie so ein Navi funktioniert?"

„Ja, schon. Wieso?"

„Nun, wir haben da was gelesen", fiel Maurice ein. „Das hat kürzlich im *Var Matin* gestanden. Aber wir glauben nicht, dass es sowas gibt. Vermutlich haben die Zeitungsleute ihren Lesern einen Bären aufgebunden...."

„Also rein theoretisch ...", kam ihm Luc zu Hilfe „soll es möglich sein, dass man ein Navigationsgerät aus der Ferne so manipulieren kann, dass weder der Fahrer im Auto, noch ein Kontrolleur in irgendeiner Firmenzentrale etwas merken. So soll man das Auto zu einem beliebigen Ort leiten können, und keiner weiß es."

Luc atmete tief ein.

„Du bist doch so ein Programmierfreak. Ist da was dran? Glaubst du, dass das geht?

„Spoofing meinst du? Ja das gibt es! Aber wieso interessiert euch das?"

„Nur so, rein theoretisch! Wir glauben einfach nicht, was da im *Var Matin* stand."

„Nee, das ist nicht nur Theorie. Das funktioniert in der Praxis. Man muss es nur können. Da hat es schon Fälle gegeben."

Frank hatte davon in einer Fachzeitschrift gelesen, hatte sich auch schon Gedanken darüber gemacht, ob er es nicht für sich selbst nutzen konnte, um seine Finanzen aufzubessern, hatte dann aber keine Zeit mehr gehabt, es weiter zu verfolgen. Jetzt griff er seine früheren Überlegungen wieder auf:

„Wenn man das geschickt macht, könnte man schon viel Geld damit machen. Ist allerdings nicht legal. Aber wir könnten ja mal darüber nachdenken – rein theoretisch!"

Jetzt schaltete sich Paulette ins Gespräch ein:

„Die zwei haben beobachtet, wie so ein Trans-Sécur-Auto die Tageseinnahmen vom *supermarché* abgeholt hat, und haben nachgerechnet, wieviel der am Ende des Tages so geladen hat."

„Mit dem Ding, da, dem Spoofing, könnte man den Geldtransporter umleiten, irgendwohin, wo es einsam ist, und ihn dann ausnehmen", sprang Maurice ein.

Mit Begeisterung in den Augen spann Luc den Faden weiter:

„Und dann mit der Knete abhauen. Wenn wir das ein paarmal machen, dann haben wir ausgesorgt für den Rest unseres Lebens."

Frank starrte die beiden Freunde zweifelnd an.

„*Non, non!* Das funktioniert nicht. An sowas habe ich auch schon mal gedacht. Gut, nehmen wir mal an, es gelingt, den Wagen irgendwohin zu lotsen, an einen geeigneten Ort. Und was sollen wir dann machen? Der Wagen ist gepanzert, von innen verschlossen. Wie wollen wir den aufkriegen? Da sind Männer drin, die sind bewaffnet. Die haben uns abgeknallt, ehe wir auch nur den Türgriff anfassen können."

„Dann machen wir es so wie im Kino. Ein Unfall, Maurice legt sich als Verletzter auf die Straße – oder noch besser Paulette, eine Frau zieht immer – dann steigen die aus, und wir schlagen sie nieder, holen das Geld aus dem Wagen und hauen ab."

„Geht auch nicht! Erstens steigen nie alle gleichzeitig aus. Da bleibt mindestens einer drin. Der setzt einen Notruf ab, und bis wir uns umschauen, sind die *flics* da. Außerdem sind die Securitymänner bewaffnet und an der Schusswaffe ausgebildet. Da können wir nicht mithalten."

Er nahm einen Schluck aus der Kaffeeschale und setzte noch hinzu:

„Wenn das so einfach ginge, dann hätte ich das schon längst gemacht. Vergesst es! Kommt, machen wir was Vernünftiges. Gehen wir zu den Boulespielen."

Kapitel 4
... doch die Idee ist noch nicht gestorben

Montag, 16. August

Der Montag begann auf Château Gramellons wie der Sonntag geendet hatte. Der Vicomte und die Vicomtesse standen in herzlicher Abneigung zueinander. Wie tief die Abgründe auch waren, die sie trennten, eine Gemeinsamkeit gab es doch: Das Interesse an Geld, daran, der erdrückenden Schuldenlast entfliehen zu können, die auf dem Anwesen und auf ihrer Ehe lastete. Nur wegen dieses Damoklesschwertes eines Bankrotts, das über ihnen schwebte und jederzeit auf sie herabschlagen konnte, war es dem Vicomte gelungen, seine Frau von der Notwendigkeit zu überzeugen, dass der Cézanne zu Geld gemacht werden musste. Einig war man sich auch über die Vorgehensweise. Der Erlös aus dem Verkauf oder der Versteigerung musste so hoch wie irgend möglich ausfallen. Der ursprüngliche Plan des Vicomte, das Bild zunächst einer völlig überraschten, ja überrumpelten Öffentlichkeit zu präsentieren, um damit das Interesse und die Begehrlichkeit der privaten Sammler und Museen zu wecken und anzustacheln, hatte nach einigen anfänglichen Bedenken schließlich die Zustimmung der Vicomtesse gefunden. Es war kein Problem den Beweis für die Herkunft und Authentizität des Gemäldes zu liefern, gab es doch einen Brief, handgeschrieben vom Maler persönlich, den er aus Aix an den Großvater der Vicomtesse gerichtet hatte. Er enthielt die wichtige Passage:

„Mon cher Comte! Ich bin Ihnen zu unendlichem Dank verpflichtet für den Gefallen, den Sie mir getan haben. Ich hoffe, das Bild, das ich Ihnen als Gegengabe übereignet ha-

be, findet Ihren Gefallen. Besonders der deutliche Kontrast, den die kleine Hütte im Vergleich mit der übrigen Farbgebung bildet, hat mich beim Malen gereizt..."

Einen schlüssigeren Beweis der Echtheit des Bildes gab es nicht, da der Cézanne der Gramellons eben diesen Farbkontrast enthielt, und die Originalität des Briefes über jeden Zweifel erhaben war.

***

Die Vicomtesse und der Vicomte saßen sich in der Bibliothek des Château gegenüber. In den riesigen Fauteuils, mit ihren in dunklem Blau bezogenen, leicht verschlissenen Samtpolstern, in die das Familienwappen in Gold eingewebt war, verschwanden die darin Sitzenden fast – besonders die zierliche Vicomtesse.

„Ich habe mit unserem Cousin bereits darüber gesprochen." Der Vicomte begann von seinem Telefonat mit dem Comte de Barbaresque zu berichten.

„Er sagt, das Bild müsse von einem darauf spezialisierten Transportunternehmen zum Ausstellungsort überstellt werden. Dann meinte er, dass die Versicherung für die Dauer der Ausstellung und des Transportes wohl erweitert werden müsse."

„Aber es ist doch gar nicht versichert", warf die Vicomtesse ein. „Das hast du ihm hoffentlich nicht gesagt, sonst wüsste er ja, wie es um unsere Finanzen bestellt ist."

Der Vicomte gab nach einigem Zögern stotternd zu, dass er dies dem Comte nicht hatte verheimlichen können.

„Er ist sehr hilfsbereit, mein Cousin. Er wird das übernehmen, hat er gesagt. Die Versicherung, allerdings nur für die Zeit, in der das Bild unser Haus verlassen hat. Die

44

Transportkosten sollen dafür wir tragen. Das konnte ich ihm nicht auch noch aufbürden."

Die Vicomtesse hatte diese Ankündigung zunächst mit kritisch besorgtem Gesichtsausdruck zur Kenntnis genommen. Erst die Nachricht von der Abwälzung der Versicherungskosten auf den Aussteller ließ ein sanftes Lächeln über ihre Züge gleiten. Sie griff nach dem an der Wand hängendem Brokatband und zog zweimal kräftig daran. Die Glocke, die dadurch im Dienstbotenraum laut erklang, war in der Bibliothek nur ganz schwach zu hören.

„Es ist Zeit für den Aperitif", meinte sie an den Vicomte gewandt. Kurz darauf öffnete sich die schwere, eichene Doppelflügeltüre und das Dienstmädchen erschien.

„Paulette, bringen Sie uns den Aperitif!", orderte die Gräfin. „Für mich einen *kir royal*, nur wenig *crème de cassis*, hauptsächlich Champagner. Und was möchtest du?", wandte sie sich an den Grafen.

„Ach, bitte bringen Sie mir einfach ein Bier, aber eiskalt! Sollen wir ihm zwanzig Millionen als Versicherungssumme vorschlagen, was meinst du?" Diese Frage galt wieder der Vicomtesse.

Die Hausangestellte verließ den Raum und kam nach wenigen Minuten mit einem silbernen Tablett zurück, auf dem zwei Gläser und eine Schale voll salziger Knabbereien standen. Kühles, goldgelbes Bier leuchtete aus einem vor Kälte matt beschlagenem Glaskrug. Hell violett perlte der Inhalt einer Champagnerflöte.

***

„Paulette, wir brauchen etwas vom Dachboden. Sehen Sie oben nach, es muss dort jede Menge Kisten, Kartons und Schachteln geben. Und bringen Sie alles in die Bibliothek, was etwa diese Größe hat und flach ist!"

Bei diesen Worten umriss die Vicomtesse mit beiden Händen das Format der benötigten Verpackung.

„So wird das nichts!", wandte der Graf ein. „Ich messe das Bild erst aus und dann gehe ich mit hinauf, und Paulette und ich suchen gemeinsam einen geeigneten Behälter."

„Ich komme mit!"

Der argwöhnische Blick, den die Gräfin zwischen ihrem Mann und dem Dienstmädchen hin und her wandern ließ, verriet ihre Gedanken.

„*Ma chérie*, das ist doch nichts für dich. Da oben ist es schmutzig, Vögel nisten dort, alles ist mit ihrem Kot verdreckt. Dein schönes Kleid bleibt an den vielen rostigen Haken und Nägeln hängen, die aus den Balken ragen. Das ist wirklich nichts für zarte Damen."

Die Vicomtesse wirkte etwas verunsichert, bestand aber weiter darauf, die beiden zu begleiten.

„Die vielen Spinnweben und deine herrliche Frisur, das wird nicht gut gehen."

„Igitt! Die Spinnen. Du hast Recht, ich bleibe lieber hier … aber du kommst sofort zurück, so schnell wie möglich!"

Als Vicomte Victor de Gramellons und die Hausangestellte die Bibliothek verlassen hatten, begab sich die Vicomtesse in ihr Boudoir. Zufrieden betrachtete sie ihre Hochfrisur in dem dreiteiligen Spiegel des Schminktisches. Sie steckte einige widerspenstige Haarsträhnen fest. Schließlich setzte sie sich an ihr i-pad und loggte sich in ihren E-Mail-Account ein. Sie hatte keinerlei Vorstellung, wieviel ihr Cézanne wert war. Sie hoffte, ihr Freund, oder sollte sie sagen: Liebhaber, konnte hier weiterhelfen. Er würde sich in solchen Dingen auskennen. Deshalb tippte sie mit zwei Fingern zuerst seine Adresse und dann die folgenden Zeilen:

Mon cher ami! Victor möchte unbedingt meinen Cézanne auf der Ausstellung im September in deinem Château zeigen. Nach reiflichem Überlegen habe ich zugestimmt, vor allem, weil wir nicht selbst für die erforderliche Versicherung aufkommen müssen. Was meinst du, wie hoch sollen wir ihn versichern? Victor schlägt zwanzig Millionen vor. Ist das nicht zu wenig. Stell dir vor, er wird beschädigt oder gar gestohlen! Dann wäre ich reich! Was könnten wir alles mit so viel Geld anfangen! Ich hoffe von dir zu hören oder noch besser, dich bald wieder zu treffen und küsse dich!

Deine Marie-Caroline!

Nachdem die Nachricht erfolgreich versandt war, löschte sie sie aus dem Ordner der gesendeten Mails und loggte sich aus. Es ging schließlich niemandem etwas an, was sie ihrem Freund geschrieben hatte.

Zurück in der Bibliothek rückte sie einen Sessel an eines der hohen Sprossenfenster und macht es sich darin bequem. Sie beobachtete die schlanken Zypressen im etwas verwilderten Schlosspark, die im sanften Abendwind wankten und sich bogen. Zwei Elstern flatterten mit lautem Keckern vom Turmdach zur Stromleitung, die sich quer über den Park spannte. Wie lange waren Victor und Paulette jetzt schon fort? Eigentlich konnte es ihr egal sein, was ihr Mann mit dem Hausmädchen trieb. Aber die Etikette musste gewahrt werden. Die ungeschriebenen Gesetze des Adels verpflichteten auch ihn. Wenn schon ein Seitensprung, dann nur mit Gleichgestellten und schon gar nicht so plump, wie Victor das anstellte.

Endlich war ein Poltern zu hören, dann öffnete sich die Bibliothekstür. Paulette trat ein, beladen mit mehreren Pappkartons. Hinter ihr, durch die Türe, konnte Marie-Caroline sehen, wie ihr Mann eine Holzkiste aufzuheben versuchte, während er mit dem linken Arm zwei weitere flache Kartons an seinen Körper presste. Mit vor Anstrengung gerötetem Kopf betrat auch er schließlich die Bibliothek. Täuschte sie sich, oder war seine linke Gesichtshälfte von tieferem Rot als die rechte?

„Ma chérie, da wären wir. Die haben alle ungefähr die richtigen Maße. Dabei deutete er auf die Behältnisse, die Paulette nebeneinander auf dem Parkettboden abgelegt hatte.

„Ich hole jetzt den Cézanne, und Sie, Paulette, bringen bitte Decken – möglichst weiche."

„Aber keine neuen!", befahl die Vicomtesse. „In der Remise sind jede Menge alte Pferdedecken."

„Aber *chérie*, wir können doch den Cézanne nicht in alte Pferdedecken wickeln!"

„Weshalb nicht? Die riechen nicht mehr. Erstens haben wir schon lange keine Pferde mehr, und zweitens wurde alles gewaschen, als wir die Pferdezucht und den Reitstall aufgegeben haben. Aber das weißt du doch. Geh lieber und hol ein Klebeband!"

Gemeinsam verpackten sie den Cézanne, zuerst in frische weiße Bettlaken. Dann wurde er in mehrere weiche Decken gehüllt, die mit Klebeband fixiert wurden. Als nächstes kam das gut gepolsterte Paket in steifen Pappkarton, den das Hausmädchen auf die richtige Größe zugeschnitten hatte. Schließlich legten sie das Gebinde vorsichtig in die flache Holzkiste, die der Vicomte vom Dachboden mitgebracht hatte. Die Vicomtesse hatte jeden der Verpackungsschritte mit ihrem Smartphone fotografisch festgehalten.

„Für die Versicherung", sagte sie zu Paulette. „Damit wir beweisen können, dass das Bild sorgfältig und fachgerecht verpackt wurde."

Schon am Vortag hatte sie über den Transport mit ihrem Mann gesprochen. Da professionelle Kunstboten zu teuer waren, hatten sie beschlossen, dass der Graf den Cézanne im Auto zum Ausstellungsort, dem Château Barbaresque, bringen sollte.

„Wann willst du fahren, morgen?", fragte die Vicomtesse.

„Ma chère, so schnell geht das nicht. Erst muss das mit der Versicherung unter Dach und Fach sein. Außerdem weiß ich nicht, ob die Ausstellungsräume schon hergerichtet sind, Beleuchtung, Alarmanlage und all sowas. Ich werde den Comte de Barbaresque morgen anrufen. Aber das wird wohl noch eine Woche dauern, wenn nicht sogar zwei."

„Dann haben wir ja noch Zeit. Wo wollen wir das Paket solange aufbewahren? Aufhängen können wir das Bild ja nicht mehr."

Sie überlegte kurz.

„Am besten sperrst du es in deinen Gewehrschrank. Und schließ ihn gut ab! Selbst wenn Einbrecher kommen sollten, dort können sie nicht rein. Paulette, wann gibt es das *dîner*?"

„Comtesse, ich war doch den ganzen Nachmittag mit dem Verpacken beschäftigt. Da blieb keine Zeit zum Kochen."

„Sie hätten es eben schon vorher vorbereiten können. Dienstboten sind auch nicht mehr das, was sie früher waren!", klagte sie theatralisch mit einem verzweifelnden Blick zu ihrem Mann.

Paulette ärgerte sich. Die Gräfin musste das doch wissen. Sie hatte sie ja selbst die ganze Zeit herumkommandiert.

„Dann richten Sie eben etwas Kaltes her. Crevettencocktail, *foie gras*. Gibt es wenigstens frische Baguettes?"

„*Non madame*, aber ich kann welche aufbacken."

„Dazu den Veuve Cliquot, aber gut gekühlt!"

***

Nach dem *dîner*, das wie immer schweigend im Speisesaal des Schlosses eingenommen worden war, begaben sich der Graf und die Gräfin zur Ruhe – jeder in sein eigenes Schlafgemach. Paulette machte in der Küche alles fertig, räumte auf und deckte den Tisch für das Frühstück der beiden adeligen Herrschaften. Gegen zehn Uhr ging auch sie in ihr Zimmer.

***

Luc Percier und Maurice Gaullefrond saßen in der Bar *Des Sports* in Brignoles und ließen den ereignislosen Tag bei einem Bier ausklingen.

„Gott sei Dank, nur noch einen Tag malochen. Scheiße die Firma, in der ich arbeite. Immer das Gleiche: LKW entladen, LKW beladen. Etwas aus dem Lager holen, etwas ins Lager bringen. Immer wieder. Wenn nur schon Wochenende wäre!", gähnte Luc, räkelte sich und reckte seine Arme weit in die Luft.

„Vielleicht könnten wir dann wieder Boule spielen – mit deiner Schwester."

„Die gefällt dir, *hein*?"

Maurice nickte verträumt.

„Ich kann sie ja mal anrufen und fragen."

Luc grub in seiner Hosentasche nach dem Handy. Seit dem Pétanque-Weekend in Pertuis hatte er ihre Nummer gespeichert.

„*Allô*! Paulette? Schläfst du schon?"

„Nein, was gibt's?"

„Mein Freund Maurice hat Sehnsucht nach dir."

„Aber ich nicht nach ihm. Sag ihm das!"

„Sie will nicht mit dir", raunte Luc seinem Freund zu.

„Gibt's sonst was Neues, weshalb du anrufst?"

„*Non*, eigentlich nicht. Wir wollten bloß fragen, ob wir mal wieder Pétanque spielen können."

„Wenn Frank mitmacht gerne."

„Okay, am Wochenende. Fragst du ihn oder soll ich? Und wo?"

„Weiß nicht, musst du sagen."

„Okay, ich überleg mir was. Gibt's bei dir was Neues in deinem Schloss mit der gräflichen Herrschaft?"

„Nichts Besonderes. Die spinnen, die Adeligen!"

„Wieso, was war?"

„Heute musste ich den halben Tag mit dem Grafen auf dem Dachboden rumkriechen, um passende Schachteln und Kisten zu suchen."

„Wieso das?"

„Die haben ein Bild. Einen Cézanne sagen sie. Der soll wertvoll sein und muss gut verpackt werden, weil er auf eine Ausstellung gebracht werden soll."

„Wie wertvoll?"

„Zwanzig Millionen, das glauben die aber nur. Irgend so ein dämliches Landschaftsbild. Sowas gibt es überall zu kaufen."

Nach einer kurzen Pause fuhr Paulette fort:

„Heute hat sich der Vicomte an mich rangemacht. Weil seine Alte nicht dabei war. Auf dem Dachboden. Die hat Angst vor Spinnen, deswegen ist sie nicht mit rauf."

„Und, was hat er gemacht, dich gebumst?"

„*Mais non*! Mit dem doch nicht! Erst hat er mir an den Busen gelangt und mich geküsst. Das hab ich ihn noch lassen. Aber dann wurde er zudringlich und wollte mir unter den Rock. Da habe ich ihm eine geklebt und gesagt, er kann mir ja kündigen. Aber das hat er sich nicht getraut. Hat wohl Angst vor ihr. Er hat klein beigegeben und gesagt, wenn ich der Gräfin nichts verrate, dann kündigt er mir nicht."

„Und dann?"

„Dann sind wir wieder runter mit all den Kisten und Kartons, die wir gefunden haben und haben das Bild eingepackt."

„Und die Gräfin? Hat die nichts gespannt?"

„Ich glaub, das ist der egal. Die tut nur so als ob."

„Und was ist mit dem Zwanzig-Millionen-Bild?"

„Das hat er sicher weggesperrt und bringt es irgendwann in ein oder zwei Wochen zu der Ausstellung."

„Wo ist die?"

„Weiß nicht, irgendwo in der Nähe von Aix. Und am Wochenende spielen wir wieder? Mit Frank?"

„Ja, ich rufe gleich bei ihm an. *Salut* Paulette!"

***

„*Salut* Frank! Hättest du mal wieder Lust auf ein Pétanque-Match? Am Wochenende!"

„Ist Paulette auch dabei?"

„Na klar!"

„*Bien*! Dann mache ich mit. Wann?"

„Gleich übermorgen, am Samstag?"

„Kommt ihr zu mir nach Manosque? Ihr könnt auch bei mir übernachten."

„Super! Ich sag's Maurice und Paulette. Wo treffen wir uns? Bei dir? Wo wohnst du?"

Nachdem Frank ihm die Adresse genannt hatte, sagte Luc noch: „Außerdem gibt es was Wichtiges zu besprechen. *Salut* Frank!"

Dann brach er das Gespräch ab.

Samstag, 21. August

„Scheiß Strecke! Wir hätten sagen sollen, er soll runterkommen nach Brignoles."

Luc Percier ließ seinem Ärger freien Lauf. Wochenendverkehr! Hinzu kamen die zahllosen Touristen, die in der Sommerurlaubszeit die Provence überschwemmten. Die Strecke von Brignoles nach Manosque führte zwar durch traumhaft schöne Landstriche, durch bergige Gegenden mit Eichenwäldern, tiefen Schluchten und dazwischen ausgedehnten Lavendelfeldern. Immer wieder durchquerten sie idyllische Dörfer und kleine Städte mit mittelalterlichem Charme. Aber Luc und Maurice hatten keinen Blick für die Schönheit der Landschaft und die malerischen Ortschaften. Erstens kannten sie das alles schon, waren daran gewöhnt. Und zweitens: Sie hatten Wichtigeres vor als eine beschauliche Spazierfahrt durch die Haute Provence.

Immer wieder wurden sie von langsamen Traktoren oder von vor sich hin bummelnden Touristenautos aufgehalten. Überholen war so gut wie unmöglich, denn die einfache *route départementale* schlängelte sich kurvenreich durch das hügelige Terrain mit nur einer Spur in jeder Fahrtrichtung. Luc verfluchte sein altes Auto und seine finanzielle Lage, die es ihm nicht erlaubte, sich ein Navi anzuschaffen. Sonst hätte er den entnervenden Autoschlangen entkommen und sie auf kleinen Sträßchen und Feldwegen umfahren können. Nicht einmal eine Straßenkarte hatten sie dabei. Die Karten-App seines Handys funktionierte nicht, da es kein Netz gab, hier mitten in der Ödnis. So waren sie dem stotternden und immer wieder stockenden Verkehrsstrom ausgeliefert. Hinzu kamen die brütende Hitze, die den Asphalt zum Schmelzen brachte, und die Abgase, die in der absoluten Windstille zwischen den glühenden Autos waberten.

Zu normalen Zeiten hätte er die rund achtzig Kilometer in gut einer Stunde geschafft. Heute dauerte es fast drei, bis sie den Stadtrand von Manosque endlich erreicht hatten.

„Wo hat er gesagt wohnt er?", fragte Luc seinen Mitfahrer.

„Irgendwo bei der Kreuzung Allée de la Ponsonne und Avenue Jean Giono. Wenn wir über die Durancebrücke kommen, sollen wir immer geradeaus weiterfahren, bis zum Kreisverkehr und dann schräg rechts. Die nächste große Kreuzung ist es dann, hat er am Telefon gesagt."

Aufgrund dieser Beschreibung gelangten sie ohne weitere Irrfahrten an die gesuchte Kreuzung. Hohe Wohnblöcke aus den 1970-er Jahren prägten das Stadtbild. Zwei mehrspurige, stark befahrene Boulevards kreuzten sich und schlugen hässliche, fußgängerfeindliche Schneisen in die ohnehin reizlose Vorstadtbebauung. Ihr Freund Frank wohnte unmittelbar an diesem Verkehrsknotenpunkt in einer Zweizimmerwohnung im fünften Stock eines solchen Wohnsilos. Einen Parkplatz zu finden war zum Glück kein Problem. Viel mehr ärgerte sie der nicht funktionierende Aufzug in dem Hochhaus. So mussten sie ihr Gepäck - Schlafsäcke, Isomatten und Boulekugeln - über eine gefühlt unendliche Stufenzahl durch das Treppenhaus hinauf schleppen.

***

„Na endlich! Wo bleibt ihr solange? Wir warten schon seit einer Ewigkeit auf euch!"

„Scheiß Verkehr! Scheiß Hitze! Scheiß Touristen! Hast du ein kaltes Bier?", stammelte Luc, verschwitzt vom Treppensteigen, an Stelle einer Begrüßung.

„Na klar! Kommt rein. Paulette ist auch schon da."

„Die hat's ja auch viel näher von ihrem Château im Luberon."

„Deswegen ist sie auch schon seit Langem hier. Wir haben uns sehr gut unterhalten", dabei schenkte er ihr ein fragendes Lächeln.

„Jetzt trinkt schnell was und dann gehen wir. Gleich vorne um die Ecke ist ein Bouleplatz."

***

Das Pétanquematch, das die vier ausfochten, war durchaus spannend. Aber irgendwie kam nicht die Stimmung auf wie beim letzten Mal. Vielleicht lag es an der nüchternen Umgebung. Die wenigen Platanen, die sich auf dem Boulodrome zwischen den hohen Wohnblöcken verloren, konnten nicht die Atmosphäre schaffen, wie sie auf dem Platz in der Altstadt von Pertuis geherrscht hatte. Außerdem fehlte es an einer Bar oder einem Bistro, wo man sich zwischen den Spielen ausruhen und etwas zu trinken genehmigen konnte.

„Ich mag nicht mehr. Kommt, gehen wir in die Stadt und suchen uns eine gemütliche Bar!" Paulette steckte ihre Eisenkugeln in den Leinensack und forderte die drei Männer auf, es ihr gleich zu tun. Es war ein etwas längerer Fußmarsch, die breite, nach dem Provencedichter Jean Giono benannte Straße entlang, bis sie am Ende der Avenue durch die Porte de la Saunerie, das mittelalterliche Stadttor, in die Altstadt gelangten. Da während des Pétanquespiels Konzentration gefragt, und deshalb keine Zeit für tiefer gehende Gespräche war, hatten sie sich auf dem Weg viel zu erzählen. Paulette berichtete von ihrem Leben als Dienstmädchen im Schloss und machte sich über die Marotten der Gräfin und des Grafen lustig. Sie erzählte von dem Bild, das der Vicomte auf die Ausstellung bringen sollte, und von dem Trara, das mit der Verpackung des angeblich so wertvollen Gemäldes gemacht wurde. Frank Renaud schimpfte über seinen Chef, der selber nichts zuwege brächte und ihm alle Arbeit aufbürdete.

„Wenn ich das Geld nicht bräuchte, würde ich ihm alles hinschmeißen."

„Es heißt doch, Geld liegt auf der Straße. Man muss es nur aufheben", juxte Maurice. „Dumm bloß, dass ich es nie finde. Ich würde es schon aufheben, wenn es einer verlöre. Ich hätte auch gar keine Skrupel, es zu behalten, auch wenn es jemandem anderen gehört."

„Aber so viel Geld trägt doch keiner mit sich rum, dass es zum Leben reicht – für wie viele Jahre? Und vor allem verliert so jemand es nicht einfach."

Sie debattierten weiter, wieviel Geld man wohl bräuchte, um davon auf Dauer gut leben zu können. Schätzungen wurden angestellt.

„Also bei fünf Prozent Zinsen könnte man mit einer Million jedes Jahr fünfzig Mille kassieren. Das würde mir längelang genügen."

„Da nimmt die Steuer noch was weg - Kapitalertragsteuer. Bevor dir eine Bank die Zinsen auszahlt, zieht die das automatisch ab", wandte Frank realistisch ein.

„Wieviel denn?"

„Weiß nicht. Aber bestimmt zwanzig oder dreißig Prozent!"

„*Merde*, dann reicht es nicht!"

„Aber zehn Millionen würden genügen, oder?", überlegte Paulette.

„Und dein Graf meint, es ist zwanzig wert?", fragte Luc.

„Was?"

„Na, das Bild da, der Cézanne."

Zwischenzeitlich waren sie an einer Brasserie mit silbern glänzenden Aluminiumstühlen und -tischen auf einem schmalen, im Schatten der Häuser gelegenen Platz angelangt. Sie diskutierten eine Weile mit dem Kellner über die Getränke, und ob es vielleicht eine Kleinigkeit zu Essen gebe. Schließlich einigten sie sich auf ein Bier und *une assiette de frites* für jeden. Dann setzten sie ihre Unterhaltung fort.

„Nein, Luc, das glaube ich nicht. Ich kenne das Bild doch. Sowas verkaufen die an allen Straßenecken in Aix. Die Montagne Sainte Victoire mit irgendwas im Vordergrund. Das bildet sich meine Herrschaft nur ein, dass das so viel wert ist."

„Aber wenn die Versicherungen mitmachen? Die versichern doch keinen Ramsch."

„Glaubst du?"

Frank hatte zunächst nur mit halbem Ohr zugehört. Das letzte Argument von Luc ließ ihn aber doch aufhorchen. Schließlich warf er halb im Spaß ein:

„Dann klau doch das Bild einfach und verscherbel es. Dann siehst du schon, wieviel es wert ist."

„Das geht nicht. Der Vicomte hat es weggesperrt, in seinen Waffenschrank. Das ist ein Tresor mit Spezialschlüssel. An den komm ich weder dran, noch in den Schrank rein. Außerdem wüsste ich nicht, an wen ich es verkaufen sollte, wem ich so etwas anbieten kann."

„Schade, dann müssen wir eben arm bleiben", grinste Frank. „Aber super wäre es schon – zwanzig Mio!", setzte er mit einer ernsten, nachdenklichen Miene hinzu.

Für eine Weile herrschte ein etwas bedrücktes Schweigen. Jeder sinnierte vor sich hin, was er wohl mit solch einer Summe alles anfangen würde, wenn er sie denn hätte.

Luc Percier dachte an seinen knochenharten Job im Speditionsunternehmen und das magere Salär, das er für diese Arbeit bekam, und was er sich alles kaufen könnte, wenn er so viel Geld hätte. Und dann die Weiber, die fliegen nur so auf einen Kerl wie mich, dachte er – einen Mann mit Muskeln, schnellen Autos und Zaster.

Maurice Gaullefrond träumte auch vom Geld. Aber nicht wie Luc. Er würde ein Unternehmen gründen. Für die gebildete und betuchte Klientel aus dem In- und Ausland würde er geführte Kunst- und Literaturreisen durch die Provence veranstalten, mit Übernachtungen in schicken Luxushotels, Mahlzeiten in den führenden Gourmettempeln der Region, und natürlich mit attraktiven Reisebegleiterinnen, die sich um die Gäste kümmerten und ihn bei seiner Arbeit unterstützten. Als Wohnsitz und Sitz seines Unternehmens würde er ein Château am Fuße der Montagne Sainte Victoire kaufen – vielleicht mit einem kleinen Weingut dabei.

„Alles nur ein Traum!", seufzte er unhörbar für die anderen. *„Merde, merde, merde!"*

Frank Renaud rechnete. Die monatlichen Zahlungen an seine geschiedene Frau würden für ihn dann zu einem lächerlichen Minibetrag schrumpfen. Auch die Anwaltskosten könnte er mit links begleichen. Vielleicht würde er das Softwarehaus seines Chefs kaufen und diesen als Angestellten weiterbeschäftigen. Dem würde er das Leben zur Hölle machen! Ihn triezen und kujonieren. Oder er würde mit Paulette die Welt erobern. Luxusreisen rund um den Erdball – New York, San Francisco, Hawaii, Hongkong, Kapstadt, Rio, Tokyo. Vielleicht würden sie sich irgendwo niederlassen, wo es besonders schön war. Mit ihr wäre das toll!

„Warum grinst du so?", wollte Paulette wissen.

„Ach, ich hab mir gerade vorgestellt, was ich mit so viel Geld anfangen würde. Ich war gerade in San Francisco und wollte weiter nach Hawaii zum Surfen. Und dann vielleicht nach Hongkong. So eine Traumreise, weißt du!"

„Das würde mir auch gefallen. Nimmst du mich mit?"

„Jetzt hört endlich zu Spinnen auf. Es hilft nichts, wir müssen sehen, dass wir mit dem, was wir haben, zurecht kommen." Maurice versuchte, seine Freunde wieder auf den harten Boden der Realität zurückzuführen.

„Ja schon, aber dass wir lieber mehr Geld hätten, ist doch auch klar." Luc trank nachdenklich aus seinem Bierglas.

„Vielleicht sollten wir mal einen Supermarkt überfallen. Wenn die Kassiererin gerade die Geldklappe offen hat, schnell reingreifen und möglichst viele Hunderter grapschen und dann sofort abhauen."

„Geht nicht, Luc. Erstens ist da nie viel drin. Und zweitens werden die Supermärkte Video-überwacht. Dann bist du auf dem Film und die *flics* brauchen nur zu dir nachhause zu kommen und dich festzunehmen."

„Dann maskieren wir uns."

„Trotzdem: Enormes Risiko und minimale Gewinnchance. Wenn, dann müssten wir was machen, was bombensicher ist und genug Geld bringt, für uns alle. Mit einem einzigen großen Coup, ohne Wiederholungen. Denn wenn man sowas öfter macht, dann schleichen sich Fehler ein, und die Polizei mit ihren modernen Methoden hätte uns irgendwann eingekreist. "

Frank fuhr sich mit der flachen Hand über sein kurzes stoppeliges Haar. Fragend schaute er Paulette an.

„Wie war das mit dem Bild deiner Gräfin? Nehmen wir mal an, das ist ein echter Cézanne. Dein Chef will das selber mit dem Auto zur Ausstellung bringen. Weiß du, wo die ist?"

„Nee, aber das bekomme ich raus."

„Dann müssten wir ihn nur auf der Fahrt dorthin …"

„Und wenn sich raustellt, dass es doch eine Fälschung ist, dann haben wir ein Auto überfallen, besitzen ein wertloses Bild, aber kein Geld um uns abzusetzen. Trotzdem haben wir die Polente auf den Fersen und landen bald im Knast", brachte der sonst eher visionäre und begeisterungsfähige Maurice das Risiko resignierend auf den Punkt.

„Heißt das, du glaubst wir schaffen es, wenn der Cézanne keine Fälschung ist?"

60

„Wenigstens haben wir dann genug Zaster um uns in Sicherheit zu bringen – Südamerika oder sonst wo, wo es schön ist, und es sich gut leben lässt", fing Maurice wieder zu träumen an.

„Moment mal! Dann haben zwar wir ein Bild, aber noch lange nichts Bares!", warf Paulette ein.

Luc hatte die kriminelle Fachsimpelei seiner Freunde mit wachsendem Interesse verfolgt. Jetzt hatte auch er wieder Feuer gefangen.

„Das sollten wir hinkriegen. Ich wüsste schon jemanden, der uns weiterhelfen könnte. Ich war lange genug im Knast."

„Ein Hehler?", fragte Paulette. „Der gibt uns doch nicht die zwanzig Millionen, der will doch auch was haben – und nicht zu wenig, schätze ich."

„Mehr als die Hälfte wird er schon nicht wollen. Dann bleibt uns immer noch genug."

Die Vier steckten die Köpfe noch näher zusammen und diskutierten leise weiter. Zunächst mussten sie herausbekommen, ob das Bild wirklich ein Original war, und falls ja, wie viel es tatsächlich wert war.

„Wenn wir das wissen, müsstest du dich um den Hehler kümmern – deinen Knastkumpel", begann Frank Aufgaben zu verteilen.

„Und vorher musst du, Paulette, in deinem Château aufpassen. Wenn so ein Bild versichert wird, kommt immer ein Sachverständiger der Versicherungsgesellschaft und schaut es sich an. Der erstellt ein schriftliches Gutachten, und die Versicherung macht das zur Grundlage für ihr Angebot. Wenn das so ist, dann müsstest du eigentlich nur die ankommende Post kontrollieren. Kommst du da ran? Dann wüssten wir, wieviel das Ding wert ist."

„*Messieurs dames*? Darf es noch etwas sein?" Der Kellner war an ihren Tisch gekommen und sammelte die inzwischen leer getrunkenen Gläser ein.

„*Non, merci, l'addition s'il te plaît!*", orderte Frank die Rechnung und meinte:

„Wir gehen lieber zu mir. Da gibt es auch was zu trinken und wir können unbeobachtet reden."

***

Bis weit in den frühen Sonntagmorgen ging das Diskutieren und Planen weiter. Nachdem Franks Biervorräte ausgetrunken waren, wechselten sie zum Wein. Die zentrale Frage, wie man an den Cézanne gelangen und ihn zu Höchstpreisen verkaufen konnte, stellte sich immer einfacher dar. Mit jedem Glas Rosé wurde das Problem lösbarer. Schließlich schwelgten sie in Gedanken, weinbeseelt und im Besitz von vielen Millionen Euro, vom Luxusleben der High Society und sahen sich im Mittelpunkt aller Schönen und Reichen dieser Welt.

Kapitel 5
Der Plan wird konkret

Mittwoch, 25. August

„Paulette, es schellt! Nun machen Sie schon. Sehen Sie nach wer das ist und öffnen Sie! Es müsste der Sachverständige von der Versicherungsgesellschaft sein."

„Sehr wohl, *comtesse*!"

Durch das hohe Bogenfenster der Eingangshalle erblickte das Dienstmädchen ein Cabrio auf dem gekiesten Rondell vor dem Château. Das superelegante Auto, ein Mercedes, stand in deutlichem Kontrast zu dem wenig gepflegten und von Unkraut überwucherten Vorplatz. Es parkte unmittelbar am Fuße der breiten Marmortreppe, deren fünf Stufen zum Eingangstor hinaufführten. Ein eleganter, etwas älterer Mann in einem hellen sommerlichen Leinenanzug stand vor dem Tor auf der obersten Stufe. Paulette drückte die bronzene Klinke. Knarrend schwang das Tor auf.

„Sie wünschen?"

„Ramon Fernandez, Kunstsachverständiger. Ich komme im Auftrag der AXA-Versicherung und habe einen Termin mit Vicomte und Vicomtesse de Gramellons."

Ohne weitere Worte führte das Dienstmädchen den Versicherungsmann zur Vicomtesse in die Bibliothek.

„Paulette, gehen Sie in das Studio meines Mannes und sagen Sie ihm, er soll den Cézanne bringen."

Es dauerte nicht lange, bis das Gemälde auf dem Louis-quinze-Schreibtisch der Bibliothek lag.

Nachdem klar war, dass das Bild einem von der Versicherung beauftragten Kunstexperten gezeigt werden musste, hatte der Graf mit Unterstützung von Paulette die dicke Verpackung schon vor Tagen wieder entfernt. Jetzt lag es im hellen Sonnenlicht vor dem Fachmann. Der hatte den Graf und die Gräfin fast unhöflich und nur mit einem Kopfnicken begrüßt und sich sofort dem Kunstobjekt zugewandt, das er mit ernster, fast ablehnender Miene kritisch betrachtete.

„Darf ich Ihnen etwas anbieten? Einen Kaffee? Einen Aperitif?" Die Vicomtesse hoffte, das strenge, nüchterne Wesen des Versicherungsmannes mit diesem Angebot aufzulockern und die Stimmung ins Positive zu kehren.

„Eine Tasse Kaffee und ein Glas Wasser, sehr gerne!", antwortete dieser schon etwas freundlicher.

„Paulette, bringen Sie einen *Espresso*, ein *Badoit* und dazu einige Süßigkeiten, *nougat de Montélimar*, *macarons* und *calissons*. Und machen Sie schnell!"

Der Experte hatte sich wieder dem Cézanne zugewandt und betrachtete das Bild lange. Er beugte sich darüber und prüfte die einzelnen Motive. Schließlich klemmte er sich ein Lupenokular ans rechte Auge und begann, die Leinwand Zentimeter für Zentimeter abzusuchen. Seine Miene wurde immer begeisterter, fast ehrfurchtsvoll. Besonders lange verweilte er bei der Signatur.

„Wunderschön!"

Er nahm ein Gerät aus seinem Aktenkoffer, um damit das Bild mit ultraviolettem Licht zu beleuchten.

„Wir haben hier eine Expertise vom Künstler selbst." Mit diesen Worten reichte die Vicomtesse dem Experten den handgeschriebenen Brief des Malers. Auch dieses Dokument wurde einer eingehenden Prüfung unterzogen. Schließlich richtete er sich auf und blickte die Gräfin bewundernd an:

„Es handelt sich zweifellos um ein Original! Zu diesem Besitz kann ich Ihnen nur gratulieren."

„Und der Wert, was können Sie dazu sagen?"

„Ehe ich dazu ein abschließendes Urteil abgeben kann, muss ich noch die aktuelle Marktentwicklung genauer analysieren. Es herrschen zur Zeit erhebliche Turbulenzen, insbesondere bei den Impressionisten. Sobald wie möglich werde ich Ihnen eine Kopie meiner Expertise mit voraussichtlicher Wertangabe zukommen lassen. Sie gestatten?"

Er holte eine Nikon aus seinem Köfferchen, und während er das Bild aus verschiedenen Blickwinkeln und Lichtnuancen aufnahm, öffnete sich die Bibliothekstüre und das Dienstmädchen brachte ein Tablett mit dem Kaffee, einem Glas Wasser und einem silbernen Schälchen mit den geordneten Süßigkeiten.

„Wenn Sie keine weiteren Fragen haben, dann darf ich mich verabschieden. Ah, hier ist ja mein Kaffee!"

Vicomte de Gramellons war mit den wenig genauen Erläuterungen des Experten höchst unzufrieden. Deshalb drängte er:

„Wann können wir mit dem Ergebnis rechnen? Und welchen Wert würden Sie dem Bild zumessen? Wenigstens ungefähr!"

„Wie schon gesagt, das lässt sich so genau nicht bestimmen. Wie jeder Markt ist auch der Kunstmarkt abhängig von Angebot und Nachfrage und – in hohem Maße – von psychologischen Einflussfaktoren, von Gerüchten."

„Wir haben uns informiert", insistierte Victor de Gramellons. „Vor einiger Zeit soll ein Cézanne zwanzig Millionen bei einer Auktion gebracht haben. Wäre das auch hier eine realistische Größenordnung?"

Der Experte konnte das Drängen des Grafen zwar verstehen, wollte sich aber nicht festnageln lassen.

„Was heißt hier schon realistisch? Wenn Sie das Bild auf eine Auktion geben, dann kann es durchaus sein, dass der Zuschlag bei deutlich weniger erfolgt. Genauso gut könnte es aber auch das Doppelte bringen. Wie gesagt, das hängt von so vielen Imponderabilien ab. Ich werde sorgfältig abwägen, welche Versicherungssumme ich meiner Auftraggeberin, der AXA-Versicherung, vorschlagen werde. Und nun: *Au revoir, comtesse, comte!*"

Die Gräfin reichte dem Experten würdevoll die Hand zum Abschied. Sie wollte gerade an dem Brokatband ziehen, das die Glocke im Dienstbotenraum läuten ließ, als sie die Hausangestellte neben der Bibliothekstüre stehen sah.

„Wieso stehen Sie noch hier herum, Paulette? Sie haben im Dienstbotenzimmer zu warten, wenn Sie hier nichts zu tun haben. Und jetzt gehen Sie schon! Halt, nein! Geleiten Sie *monsieur* Fernandez hinaus."

***

„*Allô!* Luc? Bist du dran? Paulette hier."

„Du, ich kann jetzt nicht. Wir dürfen in der Arbeit nicht privat telefonieren."

„Aber es ist wichtig!"

„Dann sag schnell, was gibt es?"

„Das Bild, der Cézanne, der ist echt und bis zu vierzig Millionen wert."

„Das haut mich um. Erzähl!" Das Telefonverbot war plötzlich uninteressant für Luc Percier.

„Ich muss aufhören. Die Gräfin kommt. Ich ruf dich abends an, wenn die Herrschaften schlafen. *Salut Luc!*"

***

Wieder saßen die vier Freunde um den Tisch in Franks Wohnküche. Seit Mittwochabend wusste jeder um den sagenhaften Wert des Bildes. Aber wegen der Entfernung zwischen ihren Wohnorten, und den von ihren Chefs verlangten überlangen Arbeitszeiten, war ein früheres Treffen weder für Luc noch für Frank möglich gewesen. Auch Paulette wurde von ihrem Arbeitgeber ohne Rücksicht auf die gesetzliche 35-Stundenwoche von früh bis spät beansprucht. Nur bei Maurice hätte es keine derartigen Probleme gegeben. Arbeitslosigkeit hatte eben auch ihre Vorteile.

Von Paulette waren sie alle telefonisch davon informiert worden, dass der Vicomte das Bild in seinem eigenen Auto zum Ausstellungsort bringen wollte.

„Also, sobald wir wissen, wann dein Graf mit dem Bild losfährt, verfolgen wir ihn, zwingen ihn zum Anhalten, nehmen uns das Bild und hauen damit ab. So einfach ist das!" Für Luc war der Fall klar.

Ganz anders Maurice. Nachdenklich musterte er seinen vor lauter Eifer und Tatendrang glühenden Freund.

„Ganz so einfach ist das nicht, Luc. Bei dem Verkehr der jetzt im Sommer auf allen Straßen herrscht, werden wir kaum eine Stelle finden, wo wir das Auto des Adeligen anhalten, ihn überfallen und ausrauben können, ohne dass es von anderen beobachtet wird. Währenddessen fahren sicher Dutzende Autos an uns vorbei. Die sehen das und verständigen per Handy die Polizei. Die wird schnell da sein, vor allem wenn sie mit einem der Helis kommt, die zur Frühentdeckung von Waldbränden dauernd in der Luft sind."

Luc wollte diesen Einwand nicht zur Kenntnis nehmen.

„Und wir, wir sitzen mit dem Bild im Auto und kommen nicht weg, weil wir im Stau stecken", ergänzte Frank Maurice's Befürchtungen. Wenn überhaupt, dann muss das ganz anders ablaufen."

„Auf irgendeiner kleineren Nebenstraße oder einer *route communale* finden wir schon eine Stelle, die einsam genug ist", insistierte Luc.

„Der fährt doch auf dem schnellsten Weg und nicht über winzige Nebenstraßen. Nee, das funktioniert auch nicht."

„Dann stellen wir eine Straßensperre auf mit einem Umleitungsschild. Dann muss er auf die Nebenstraße!", triumphierte Luc.

„Da fahren dann aber alle anderen Autos auch!"

„Scheiße! Dann holen wir uns das Ding eben gleich aus dem Schloss, wir brechen ein, nehmen es und sind weg damit." Luc wollte partout eine Lösung erzwingen, und war sie noch so undurchführbar. Aber er hatte auch im Hinterkopf, was Paulette über den Waffentresor des Grafen gesagt hatte, in dem das Bild einbruchsicher verwahrt wurde. Resignierend hob er schließlich die Schultern und fragte:

„Da hätten wir einmal die Chance, zu Geld zu kommen – zu sehr viel Geld sogar. Müssen wir die wirklich sausen lassen?"

„Ach, scheißen wir auf das Ganze. Da wird nichts draus. Ich hab Hunger. Kommt, wir gehen was essen!" Paulette hatte genug vom ergebnislosen Debattieren. Sie fragte Frank, wohin man am besten gehen sollte, wenn man gut aber billig essen wollte.

„Ein paar Häuserecken weiter ist ein Algerier. Sein *couscous royal* ist gigantisch. Da ist es nicht so ganz sauber, aber es schmeckt!"

Dorthin machten sie sich auf den Weg. Kaum hatten sie das winzige Restaurant betreten, schon besserte sich ihre Laune schlagartig. Ein herrlicher Duft aus gegrilltem Lammfleisch und orientalischen Gewürzen empfing sie in dem engen, drückend heißen Lokal. Um den knappen Raum konkurrierten fünf einfache Holztische. Nur zwei von ihnen waren noch besetzt, denn es war schon spät, die meisten Gäste waren bereits gegangen.

„*Bon soir, mon ami Frank*!", rief es durch ein Loch in der Wand, eine Durchreiche, die den Gastraum von der Küche trennte. Die Schwingtür daneben klappte auf, und ein kleiner, dicklicher Mann watschelte auf die neuen Gäste zu. Er wischte seine Hände an der nicht mehr ganz weißen Schürze ab, umarmte Frank und schmatzte ihm zwei Begrüßungsküsse auf beide Wangen.

„Ihr habt Glück, ich wollte gerade die Küche schließen. Aber wenn du kommst, dann bleibt sie geöffnet. Wie immer? Ein *royal*? Für alle vier?"

Ohne auf eine Bestellung zu warten, füllte er eine Glaskaraffe mit Rosé und stellte sie mit vier klobigen Wassergläsern auf den nächstbesten Tisch.

„*Asseyez vous, asseyez vous*! Nehmt Platz. Mögt ihr ein kleines *mise en bouche*? Eine *spécialité algérienne*?"

Der Besitzer watschelte zur Durchreiche, beugte sich durch die Öffnung und rief seiner Frau zu:

„Safira, bring vier *Karanteta* für Frank und seine Freunde."

Nicht lange danach standen vier Untertassen mit je einer kleinen Schnitte der würzigen Teigspezialität aus Ki-

69

chererbsen und ein Schälchen mit dem horrend scharfen roten Harissa vor den Vieren.

„Jetzt muss ich wieder in die Küche, euren *Couscous* machen." Der Besitzer strich sich mit der flachen Hand über seinen schweißglänzenden kahlen Schädel, drückte die Schwingtüre mit seinem beachtlichen Bauch auf und war verschwunden. Durch das Loch in der Wand hörten sie ihn arbeiten. Sein lauter Gesang bei der Zubereitung des Gerichtes wurde nur unterbrochen, wenn er seiner Frau Befehle erteile. Untermalt wurde diese Geräuschkulisse vom Klappern der Küchengeräte.

In erstaunlich kurzer Zeit standen die Schüsseln und Schalen mit den Ingredienzien des *couscous royal* vor ihnen. In der größten Schüssel dampfte goldgelb *la semoule du couscous*, die Grundlage jedes Couscousgerichts. In einer anderen Schüssel befand sich das gedünstete Gemüse – Karotten, Zwiebeln, Zucchini und weiße Rüben – in einer scharfen rötlichen Soße. Darüber waren die gegrillten Fleischstücke drapiert: Vier große Spieße mit Lammstücken, vier Hühnerkeulen, und acht dünne und scharfe Merguezwürste. In kleinen Schälchen ergänzten die weiteren Zutaten – Kichererbsen, blassgelbe Rosinen und das unverzichtbare Harissa – das aromatisch nach Safran, Ras el Hanout, Koriander und Kreuzkümmel duftende Gericht.

Das Schlemmen dauerte bis weit nach Mitternacht. Nachdem die anderen Gäste gegangen waren, hatte der Algerier das Geschlossen-Schild in die Eingangstüre gehängt und sich zu seinem Stammkunden Frank und dessen drei Begleiter gesetzt. Als die Schüsseln sich geleert hatten, ließ er zusätzliches Gemüse und noch mehr Gries aus der Küche kommen. Schließlich waren alle satt, mehr als satt: vollgefüllt mit der maghrebinischen Delikatesse.

Frank lehnte sich erschöpft zurück, strich sich mit beiden Händen über das seinen Bauch eng umspannende Hemd und stöhnte:

„Karim, du bist der beste Couscouskoch von Manosque – ach was sag ich: von der ganzen Welt.

Geschmeichelt von solchem Lob fragte dieser in die Runde:

„Mögt ihr einen Digestif, eine Spezialität aus dem Maghreb?"

Als alle begeistert nickten, rief er in die Küche:

„Safira, hol die Flasche Boukha und bring uns fünf Gläser."

Der scharfe Dattelschnaps, der kurz darauf vor ihnen stand, lockerte die Gemüter und ließ die Stimmung noch weiter steigen.

„Karim, weißt du, wie spät es ist? Jetzt ist Schluss! Wir müssen morgen wieder früh raus." Safira, die Ehefrau des Restaurantbesitzers, begann bei diesen Worten mit dem Ausschalten der vielen bunten Lampen, die den Raum in geheimnisvolles Licht versetzten. Als nur noch das aus der Küche durch die Durchreiche scheinende Neonlicht den Gastraum schwach erleuchtete, erhob sich Karim.

„Wenn meine Chefin das sagt, dann müssen wir Schluss machen, Frank", sagte er. Und als er sah, wie dieser nach seiner Geldbörse griff, „Bezahlen kannst du, wenn du das nächste Mal kommst. Jetzt ist schon alles ausgeschaltet – die Kasse und der Computer."

Er geleitete seine Gäste zur Türe, schloss auf und verabschiedete sich von jedem mit den zwei üblichen Wangenküssen.

Laut singend zogen die vier durch die in der frühmorgendlichen Dunkelheit leergefegten Straßen. Sie merkten nichts von den scharfen Windböen, die plötzlich die dicht belaubten Kronen der Platanen zum Rauschen brachten, und selbst dickste Äste im Sturm wanken ließen. Es dauerte nicht lange, und Blitze zuckten über den schwarzen Himmel, unmittelbar gefolgt von ohrenbetäubendem Donnerkrachen. Schon prasselte der Regen in dicken Strähnen wie ein Wasserfall auf die ausgetrocknete Stadt. Zum Glück hatten die vier nur die ersten Tropfen abbekommen. Noch ehe die Regenkaskade immer dichter wurde und schließlich wie eine geschlossene Wasserwand herabstürzte, hatten sie sich unter das Vordach von Franks Hauseingang retten können.

Da an Schlafen bei diesem Krachen und Prasseln nicht zu denken war, setzten sie sich auf den regengeschützten überdachten Balkon seiner Wohnung. Mit einem *bidon de rosé* und Gläsern ausgerüstet bestaunten sie die Urgewalten, die sich über ihnen am Himmel entluden.

Als die Morgendämmerung einsetzte und die Schwärze der Nacht langsam verdrängte, wurden die dicken schwarzen Wolkengebirge sichtbar, aus denen immer wieder grelle Blitze zuckten. Der Höhenzug des Luberongebirges, das man sonst in voller Länge von Franks Wohnung in der fünften Etage sehen konnte, verschwand im dunklen Grauschwarz des Himmels.

„Vielleicht haben wir Glück, und es herrscht so ein Wetter, wenn dein Vicomte mit seinem Bild durch die Gegend fährt, dann ist da kein Auto weit und breit. Wir könnten ihn problemlos anhalten und …"

„Ja schon, aber das Wetter kannst du nicht vorbestellen wie ein *côte de boeuf* beim *boucher*."

„Weiß ich doch. Aber super wäre es schon!"

Samstag, 28. August

Beim Frühstück auf Franks Balkon – die Wolken waren immer noch dick und tiefgrau, aber der Regen und das Blitzen und Donnern hatten aufgehört – kam Luc wieder auf das zurück, was ihn seit Tagen bewegte.

„Paulette, weißt du übrigens schon, wo das ist, die Ausstellung, zu der dein Graf muss?"

„Château Barbaresque."

„Wo ist das?"

„Irgendwo in den Bergen, weit hinter dem Sainte Victoire."

„In dem Schloss soll früher mal Picasso … oder war es Braque? Egal, irgendeiner von diesen Expressionisten hat da früher eine Zeitlang drin gewohnt und gemalt", erklärte Maurice, der Schöngeist der Gruppe.

„Es liegt mitten in der Pampa, ziemlich weit weg von Aix."

Hier wurde Frank hellhörig.

„Dann muss er quer durch die Haute Provence. Da gibt's keine Autobahn und keine *route nationale*, sondern nur lauter kleine Straßen. Da sollte es schon klappen, in der Einsamkeit …"

„Oder er nimmt die Autobahn über Aix." Auch Maurice kannte sich mit der Geographie der Haute Provence aus.

„Aber das ist ein Riesenumweg."

„Und wenn er das trotzdem macht? Auf der Autobahn haben wir kaum eine Chance. Und falls es doch gelingt, dann schnappen die uns bei den Zahlstellen. Da stehen jede Menge Gendarmen rum."

„Der nimmt nicht die Autobahn", warf Paulette ein. „Ganz sicher nicht. Die kostet zu viel. Dazu sind die viel zu geizig, der Graf und seine Alte. Da könnt ihr euch drauf verlassen. Ich kenn die!"

„Dann fährt er also wirklich auf kleinen Straßen durch die Gegend. Trotzdem werden dort viele Autos unterwegs sein. Es geht nicht! Das haben wir doch alles schon mal durchgekaut", warf Luc Percier resignierend ein.

„Doch! Ich weiß wie!", grinste Frank die anderen an.

„Und wie?"

„Wir lenken ihn einfach um, weg von den Touristen."

Auf die ratlosen Blicke der drei erklärte er:

„Na mit dem, was ihr neulich im *Var Matin* gelesen habt. Spoofing! Wir manipulieren sein Navi. Das sagt ihm plötzlich, er soll links abbiegen. Natürlich an einer Stelle, die wir vorher aussuchen. Dann biegt er ab, und die anderen Autos fahren geradeaus weiter, weil nur sein Navi so reagiert, aber die in den anderen Autos nicht."

„Toll!"

Paulette blickte Frank bewundernd an.

„Und du kannst das?", fragte Maurice zweifelnd. „Das ist doch ein Monsteraufwand, wenn es überhaupt möglich ist. Musst du da die Satelliten umprogrammieren? Das mag ja gehen, wenn man ein gigantisches technisches Labor mit vielen Geräten und starken Sendern hat. Oder wie willst du an die GPS-Satelliten rankommen, da oben im All?"

„Nee, das ist viel einfacher. Man muss nur ein Signal aussenden, das stärker ist als das GPS-Signal vom Satelliten. Dann nimmt das Navi das als das Richtige und folgt ihm."

In den Blicken, mit denen sie ihren Freund musterten, lagen gleichzeitig Zweifel, Unglauben, aber auch Hoffnung und Bewunderung.

„Ich kann es mir trotzdem nicht vorstellen, dass sowas funktioniert."

„Doch! Das ist sogar wissenschaftlich erprobt und dokumentiert. Vor zwei Jahren haben das Studenten der University of Texas gemacht. Mit einem Laptop, einer kleinen Antenne und einem selbstgebastelten USB-Stick haben die solche Signale generiert und eine Achtzig-Millionen-Dollar-Jacht woanders hingeleitet. Der Kapitän und die Crew haben geglaubt, sie sind auf dem richtigen Kurs. Wie hieß das Schiff gleich nochmal …"Frank kratzte sich hinter dem Ohr.

„Jetzt hab ich's: *The White Rose oft the Drachs*. Wegen dem komischen Namen hab ich mir das merken können. Der amerikanische Professor und seine Studenten haben das natürlich mit Zustimmung des Schiffseigners gemacht, als wissenschaftliches Experiment."

„Und dann haben die das Schiff einfach so umgepolt, dass es einen anderen Kurs gefahren ist? So ganz automatisch?", wollte Maurice wissen.

„Nein, das ging nicht automatisch. Das GPS-Spoofing hat dem Kapitän falsche Daten übermittelt. Er selber hat dann den Kurs geändert und das Schiff umgesteuert."

„Unser Vicomte wird also von seinem Navi aufgefordert, z.B. links abzubiegen, auch wenn der richtige Weg geradeaus wäre. Und er biegt dann ab, weil er dem Navi glaubt. Ist das so?"

„Exakt!", bestätigte Frank, um dann die alles entscheidende Frage zu stellen:

„Aber das setzt natürlich voraus, dass er in seinem Auto so ein Navi hat. Weiß du das?", wandte er sich an Paulette.

„Ja, die haben zwar einen uralten Mercedes, aber vor einiger Zeit hat er sich ein TomTom gekauft – so eines, das sich an der Frontscheibe festsaugt."

„Und so ein Gerät, das man für dieses Spoofing an deinen Laptop anschließen muss, das kannst du bauen?", erkundigte sich Luc.

„Grundsätzlich ja. Aber die Dinger kann man auch kaufen. Im Internet. Die kosten inzwischen nur noch ein paar hundert Dollar. Ist nicht legal, aber man kriegt sie. Und dann kann ich es so programmieren, wie wir das brauchen."

„Frank, du bist ein Genie!", himmelte Paulette ihn an.

„Und du bist sicher, dass das funktioniert?", erkundigte sich Maurice nochmals mit eher skeptischer Miene.

„Doch, das klappt!" Luc war wieder Feuer und Flamme. „Du richtest das so ein, dass der Graf den Befehlen des Navi folgt. Und der lenkt das Auto genau dahin, wo Maurice und ich warten. Natürlich an einer ganz einsamen Stelle mitten im Wald. Wir sind vermummt, damit uns der Vicomte später nicht identifizieren kann. Wir fesseln ihn und hauen mit dem Cézanne ab."

„Und was passiert mit dem Grafen?", fragte Paulette. „Muss der da gefesselt liegen bleiben und verdursten. Oder er wird von Wildschweinen angegriffen? Das können wir doch nicht machen!"

„Natürlich nicht. Wenn alles gelaufen ist, rufen wir seine Frau an und sagen ihr, wo sie ihn findet. Wir sind doch keine Mörder. Es darf niemand zu Schaden kommen", beruhigte Luc seine Schwester.

„Und wann geht's los? Morgen? Übermorgen?"

Auch Maurice hatte jetzt seine Skepsis abgelegt.

„Ganz so schnell geht es auch wieder nicht. Wir wissen ja noch gar nicht, wann der Transport überhaupt stattfindet. Und außerdem brauche ich eine gewisse Vorbereitungszeit." Frank schaute Paulette an: „Ich benötige ein paar technische Daten vom Navi und vom Auto deines Grafen. Also, ganz wichtig sind …"

Jetzt erklärte Frank ausführlich, was er alles wissen musste.

„Meinst du, das kannst du rausbekommen?"

„Doch, das schaffe ich. Er fährt mich ja ab und zu zum Markt. Daher weiß ich, im Handschuhfach ist ein dicker Packen mit so technischem Zeug. Bedienungsanleitungen und so. Das kann ich nehmen und dir geben. Der Vicomte merkt nicht, wenn das fehlt. Der hat da so viel Papierkrempel drin, dass das nicht auffällt."

***

Vicomtesse Marie-Caroline de Gramellons lag auf dem Diwan in ihrem Boudoir und las. Zuerst leise, dann immer lauter werdend erklangen die ersten Takte von Beethovens Fünfter. Sie kamen nicht von der Hifi-Anlage, sondern aus dem rot blinkenden Hörer des Schnurlostelefons, das neben ihr auf dem Sofa lag.

„*Oui*?", fragte sie in den Hörer.

„*Allô! Ici comte Éric de Barbaresque*! Mit wem spreche ich?"

„*Éric, mon chéri*. Ich freue mich ja so, deine Stimme zu hören. Aber wir hatten doch vereinbart, dass du nicht hier anrufen sollst. Das ist viel zu gefährlich! Wann können wir uns wieder sehen?"

„Mein Liebling, ich weiß. Auch ich würde am liebsten sofort bei dir … Aber es geht um die Ausstellung und um dein Bild. Ist Victor da? Ach egal, du kannst es ihm ja dann berichten."

Die Vicomtesse lauschte den Worten ihres Liebhabers. Er habe gestern die Bestätigung von AXA über die Versicherung des Bildes erhalten. Ja, die Versicherungsprämie sei absolut nicht billig gewesen. Die Gesellschaft habe auf einer Versicherungssumme von fünfunddreißig Millionen bestanden. Und jetzt müsse das Bild schnellstmöglich zu ihm ins Château Barbaresque gebracht werden, damit es keine weiteren Verzögerungen bei den Vorarbeiten zur Ausstellung gebe. Es müssten der optimale Platz für dieses und die anderen Exponate gefunden, die Beleuchtungs- und Sicherheitsinstallationen angepasst werden, und vieles mehr.

„Wann kann das Bild denn hier sein?"

„Vermutlich Anfang der Woche, aber ich muss das mit Victor besprechen. Er ruft dich rechtzeitig vorher an."

Damit endete das Gespräch. Die Vicomtesse lehnte sich in die weichen Polster ihres Sofas zurück und schloss die Augen. Sie sehnte sich nach Éric und seinen zärtlichen Händen. Aber bald schon schweiften ihre Gedanken wieder ab und kreisten um den Punkt, über den sie schon seit längerem brütete. Sie hatte die Idee aber immer wieder fallen lassen, da ihr das alles zu weit entfernt und irreal vorgekommen war. Jetzt plötzlich schien die Zeit zu drängen, und sie musste sich entscheiden. Erneut griff sie zum Telefon und wählte die hausinterne Nummer des Studios ihres Mannes.

„Victor, würdest du bitte kurz zu mir herüber kommen. Ich möchte mir dir etwas besprechen."

Marie-Caroline de Gramellons drückte auf die ‚Gespräch-Beenden'-Taste des Apparats und legte ihn vor sich auf den runden Glastisch. Es dauerte nicht lange bis es an der hohen Doppelfügeltür klopfte und ihr Gemahl eintrat.

„Komm her, setz dich zu mir!"

Auffordernd deutete die Gräfin auf den Platz neben sich. Als sich der Vicomte auf dem samtbezogenen Sofa niedergelassen hatte, begann seine Frau.

„Gerade hat dein Cousin angerufen. Er drängt, er braucht das Bild so schnell wie möglich. Sonst kommen die Vorbereitungen der Ausstellung ins Stocken, hat er gesagt."

Sie machte eine längere Pause und blickte ihren Mann nachdenklich an. Wie sollte sie ihm ihre Idee schmackhaft machen. Er, der so sehr auf den Ehrenkodex des Adels bedacht war, würde niemals zustimmen. Trotzdem, sie musste es versuchen.

„Pass auf! Ich habe mir überlegt, wie wir zu Geld kommen und dennoch den Cézanne behalten können."

„Unmöglich! Das haben wir doch schon durchgekaut. Das geht nicht. Das ist wie die Quadratur des Kreises, und das ist bisher auch noch niemandem gelungen. Warum solltest du das schaffen, worum sich die Gelehrten sich seit Jahrhunderten vergeblich bemüht haben?"

„*Mon petit cheri*! Es geht nicht um die Quadratur des Kreises, sondern um unsere Finanzen. Wir müssen an die Versicherungssumme kommen. Und das ist ganz einfach, allerdings nicht legal. Wir dürfen uns dabei nicht erwischen lassen."

„Aber Marie-Caroline, so kenne ich dich gar nicht! Seit wann …"

„Jetzt hör erst mal zu: Auf dem Weg von hier zur Ausstellung wirst du überfallen und beraubt. Natürlich nicht in

Wirklichkeit. Du musst nur an einer einsamen Stelle halten und die Gendarmerie anrufen und aufgeregt erklären, dass du bestohlen worden seist."

„Und was soll ich denen sagen?"

„Na zum Beispiel, dass du angehalten hast weil du ein …" sie zögerte auf der Suche nach dem richtigen Wort. „nun weil du dringend austreten musstest. Du bist hinter einen Busch gegangen, und währenddessen hat man das Bild aus dem Auto gestohlen."

„Aber…"

„Kein Aber. Dein Urologe kann das bestätigen. Du hast doch diesen häufigen, unwiderstehlichen Harndrang - altersbedingt!", fügte sie etwas boshaft hinzu.

„Das ist doch Quatsch!", fuhr der Vicomte dazwischen.

„Woher wissen die Gangster, die mich überfallen sollen, wo ich pinkeln gehe, d.h. wo sie sich auf die Lauer legen müssen."

Der Vicomtesse fiel sofort eine Alternative ein.

„Dann wurdest du eben angehalten. Zum Beispiel lagen ein Motorrad auf der Straße und ein Mann, leblos neben seinem Zweirad. Du wolltest helfen, bist ausgestiegen und dann wurdest du niedergeschlagen."

Sie blickte ihren Gemahl mit gespieltem Mitleid an:

„Natürlich musst du dir glaubhafte Verletzungen zufügen, ehe die Gendarmen an Ort und Stelle sind."

Die Begeisterung des Grafen hielt sich sehr in Grenzen. Deshalb suchte er nach Ausreden.

„Also erstens ist das völlig illegal. Gilt der plötzlich nicht mehr für dich, unser adeliger Ehrenkodex? Bisher hast du den ja immer hochgehalten und wie eine moralische Monstranz vor dir hergetragen. Aber selbst wenn wir den mal hintan stellen: Was ist - zweitens - mit dem

Cézanne? Soll ich den irgendwo im Gebüsch verstecken und ihn später holen, wenn die *flics* wieder weg sind? Und wenn ihn inzwischen jemand anderes entdeckt und mitnimmt?"

„Nein, nicht so, das ist Blödsinn! Ich muss darüber nachdenken, aber ich werde eine Lösung finden."

Wieder pausierte die Unterhaltung. Beide dachten schweigend nach.

„Wir machen es so: Du musst das Bild irgendwo sicher verstecken, zum Beispiel in einer der verfallenen Bergerien, die niemand mehr betritt. Es gibt genügend davon in den *collines*. Es muss aber weit genug weg von der Stelle sein, wo du überfallen wirst. Wenn dann alles vorbei ist, holen wir unseren Cézanne dort wieder ab."

„Und wenn wir ihn gleich in meinem Waffentresor lassen?", fragte der Vicomte.

„Idiot! Auf die Idee, dass wir einen Versicherungsbetrug begehen könnten, kommt die Polizei doch auch. Die werden unser Anwesen hier genau unter die Lupe nehmen."

„Okay, dann machen wir es so, wie du sagst. Ich weiß auch schon ein perfektes Versteck."

Wieder herrschte Schweigen.

„Und du meinst, die zahlen die Versicherungssumme so ohne weiteres aus?", nahm der Vicomte das Gespräch wieder auf. Die Gräfin erläuterte ihm geduldig, dass man sich natürlich auf einen längeren Streit mit der Versicherungsgesellschaft gefasst machen müsse. Aber letztendlich müsste diese doch bezahlen.

„Und wenn irgendjemand das Bild später bei uns hier sieht, dann landen wir beide im Gefängnis."

Selbstverständlich müssten sie den Cézanne für eine längere Zeit versteckt lassen. Aber wichtig sei doch, dass er ihnen erhalten bliebe.

„Wenn wir ihn sehen wollen, dann können wir ihn immer wieder aus dem Safe holen und anschauen. Und wenn ausreichend Zeit verstrichen ist, dann hängen wir ihn wieder auf und sagen einfach, wir hätten eine Kopie nach einem Foto malen lassen. Weil es für uns so schmerzhaft gewesen sei, immer die leere Stelle an der Wand sehen zu müssen, an dem der Echte früher gehangen habe. Das ist doch die optimale Lösung!"

Sie blickte ihren Mann triumphierend an.

„So, und jetzt trinken wir einen Espresso und dann machen wir unseren Cézanne reisefertig."

***

„Paulette!", rief die Vicomtesse nach dem Hausmädchen.

„Bringen Sie die Holzkiste, die Decken und die Kartons wieder her. Die, mit denen wir den Cézanne schon einmal verpackt hatten. Und suchen Sie die zwei großen Plastiktüten, in denen die Reifen waren, die wir neulich bei Amazon gekauft haben. Und du", wandte sie sich an ihren Ehemann, „du holst jetzt das Bild aus dem Waffentresor."

Wieder wurde das Gemälde gebracht, vorsichtig zuerst in weiße Bettlaken, dann in die weichen Pferdedecken gehüllt, schließlich mit mehreren Lagen Wellpappe umschlungen, um dann in der stabilen Holzkiste zu verschwinden. Zuletzt wurde das unhandliche Gebinde in die riesigen Plastiktüten gesteckt. Mit starkem Paketklebeband, das er mehrmals kreuz und quer um das Paket wickelte, beendete der Vicomte die aufwändige Verpackungsprozedur.

In einem kurzen Telefonat mit dem Comte de Barbaresque wurde vereinbart, dass er das Bild am nächsten Dienstag, dem 31. August, nach Château Barbaresque bringen sollte.

„Ich verstehe nicht, dass ihr dieses Kunstwerk bisher überhaupt nicht versichert habt", gab der Cousin des Vicomte seiner Verwunderung Ausdruck.

„So etwas Kostbares hängt man nicht einfach an die Wand, ohne für seine Sicherheit ausreichend Vorsorge zu treffen. Die Versicherungsgesellschaft hat auf einer Versicherungssumme von mindestens 35 Millionen bestanden. Habt ihr wenigstens eine gute Alarmanlage installiert?"

„Das war nicht nötig", erklärte der Vicomte, „da doch niemand von dem Bild wusste. Und unseren Freunden und Gästen haben wir selbstverständlich nicht auf die Nase gebunden, dass das ein echter Cézanne ist. Nein, nein, das war bisher nicht erforderlich. Jetzt aber, nach der Ausstellung, werden wir das wohl machen müssen. Sag, mal, wie teuer ist so eine Versicherung gegen Diebstahl, Beschädigung und Zerstörung?"

Der Comte und der Vicomte sprachen noch eine gute Weile über Versicherungsfragen und über die Werte der anderen Gemälde, die auf der Ausstellung gezeigt würden.

„Und jetzt", bestimmte die Vicomtesse, „sperrst du das Paket mit dem Bild wieder in deinen Tresor. Paulette, Sie helfen ihm, das unhandliche Ding zu tragen. Und dort bleibt es weggesperrt! Bis zum kommenden Dienstag. Es wäre mehr als tragisch, wenn es jetzt gestohlen würde. Obwohl – dein Cousin hat es ja versichert. Dann wären wir um fünfunddreißig Millionen reicher!"

„Stimmt nicht", wandte der Graf ein. „Gar nichts würden wir bekommen, weil es nur für die Dauer des Trans-
ports und der Ausstellung versichert ist. Aber nicht, wenn
es hier im Haus ist."

„Umso wichtiger ist es, dass es bis dahin einbruchssi-
cher im Tresor liegt."

***

„*Allô*! Luc, bist du dran? Paulette hier !"

„Was gibt es ? "

„Die Sache steigt am kommenden Dienstag. Am 31. will
der Graf das Bild hinbringen. Und wert soll es fünfunddreißig Millionen sein. So hoch ist es versichert worden."

„Okay! Dann müssen wir uns so schnell wie möglich
treffen. Am besten morgen, bei deinem Frank in Manosque.
Hast du ihm schon alle Infos gegeben, die er zu dem Navi
braucht?"

„Schon längst!"

„*Bien*. Rufst du ihn an, wegen dem Treffen? Ich sag's
Maurice. *Salut e à demain*!"

Kapitel 6
Ein Cézanne verschwindet

Dienstag, 31. August

„Paulette, Sie helfen später meinem Mann, den Cézanne in den Benz zu tragen!"

Die Vicomtesse de Gramellons liebte es, den betagten Mercedes des gräflichen Ehepaares so zu nennen. Das klang viel vornehmer, meinte sie.

Kann er das Ding nicht alleine tragen?, dachte das Hausmädchen. So schwer ist es doch wirklich nicht. Laut sagte sie mit nicht sehr freundlichem, leicht vorwurfsvollem Tonfall:

„Aber *comtesse*, Sie wissen doch, dass Sie mir heute frei gegeben haben. Trotzdem überhäufen Sie mich immer wieder mit Aufträgen. Ich wollte schon längst weg sein."

„Jetzt machen Sie schon. Später können Sie fahren. Jetzt brauchen wir Sie noch."

Als das unhandliche Paket auf der Rückbank verstaut, und die Türen abgeschlossen waren, fasste Vicomte Victor de Gramellons seine Gattin am Arm und wollte sie durch die Eingangstüre zurück ins Schloss führen.

„Und jetzt, *ma chère*, trinken wir noch einen Espresso, und dann mache ich mich auf den Weg."

„*Non, mon ami! Pas du tout*! Erstens können wir den Cézanne nicht unbewacht hier im Auto lassen. Und zweitens: Ich habe lange nachgedacht und mich doch anders entschieden. Wir lassen unseren Plan fallen und bringen das Bild schnellstmöglich zur Ausstellung. Außerdem wirst nicht du fahren, sondern ich. *Ich* werde den Cézanne nach Château Barbaresque bringen."

„Aber wir sind doch immer davon ausgegangen, dass ich …", wollte der von dieser unerwarteten Wendung völlig überraschte Vicomte gerade erwidern, als seine Frau ihm ins Wort fiel.

„Wie du weißt, gehört der Cézanne mir. Und jetzt, wo ich weiß, wie wertvoll er ist, möchte ich ihn keine Sekunde mehr aus den Augen lassen."

„Dann komme ich mit!"

Mit Blick auf die Hausangestellte bestimmte die Gräfin mit fester, keinen Widerspruch duldender Stimme:

„Nein. Du bleibst hier. Irgendjemand muss schließlich auf unser Château aufpassen, Telefonate und die Post entgegen nehmen und so weiter. Dummerweise haben wir Paulette frei gegeben. Also: Du hältst hier die Stellung. Und ich fahre das Bild zu deinem Cousin!"

„Aber chérie, warum kann unser Haus nicht leer stehen. Was sollen schon für wichtige Telefonate oder Postsendungen kommen? Das sind doch keine Argumente. Ich will mitkommen!"

„Victor, zugegeben, das waren vorgeschobene Gründe. Aber ich will einfach allein sein – mit meinem Cézanne. Ich brauche Ruhe zum Nachdenken. Diese neue Situation, die über uns hereingestürzt ist: Unsere mehr als knappen Finanzen, und jetzt plötzlich dieses unermessliche Vermögen, mit dem wir so aber nichts anfangen können. Wollen wir, will ich es wirklich veräußern? Es ist ein altes Erbstück und ich hänge daran, wie du weißt. Vielleicht finden wir eine Lösung, es nicht verkaufen zu müssen. Möglicherweise kann man es an Museen vermieten – gegen Geld? Ich muss nachdenken. Alleine!"

Um Verständnis bittend schaute die Gräfin ihrem Mann in die Augen.

Verstehen Sie das?, schienen die Blicke zu fragen, die der Vicomte der in der Tür auf weitere Befehle wartenden Paulette zuwarf. Seine Frau redete weiter auf ihn ein:

„Und das geht wunderbar während der Fahrt durch die schöne Landschaft. Also: lass mich das machen."

„Marie-Caroline, du bist eine Frau und alleine unterwegs. Was, wenn du überfallen wirst?"

„Aber Victor, es weiß doch niemand davon. Wer soll mich also überfallen? Außerdem sind so viele Touristen auf den Straßen, da ist ein Überfall praktisch ausgeschlossen."

„Trotzdem, das kann passieren. Dann fahre ich mit dem Lada eben hinter dir her. Dann bist du ungestört und hast Zeit zum Nachdenken."

„Nein! Ich würde immer nur in den Rückspiegel schauen. Aber ich will wirklich meine absolute Ruhe haben. Also, ist das klar? Du bleibst hier und ich fahre!"

„Du solltest auf alle Fälle eine Waffe dabei haben, um dich im Ernstfall verteidigen zu können."

„Dein Jagdgewehr? Meinetwegen! Obwohl ich es für unnötig halte."

Trotzdem holte der Vicomte seine Mauser M3 aus dem Waffentresor und erklärte seiner Frau die Handhabung.

„Danke, *mon chéri*, dass du mir das alles nochmal gezeigt hast, aber wie du eigentlich wissen solltest, kenne mich damit aus. Außerdem bin sicher, ich brauche die Waffe nicht. Was soll schon passieren, mitten in Frankreich, am helllichten Tag und auf belebten Autostraßen?"

„Und wenn du dich verfährst?"

„Das kann nicht geschehen. Wir haben schließlich ein Navi im Auto. Ich werde mich streng daran halten. Stellst du mir das Ziel bitte ein? Ich kenne mich mit diesem technischen Zeug nicht so aus."

„Natürlich mache ich das. Aber, Marie-Caroline, ich verstehe dich nicht. Was hat dich bewogen, unseren Plan zu ändern?"

Er war wirklich ratlos. Warum musste sie plötzlich alles umwerfen? Vertraute sie ihm nicht?

„Du musst das nicht verstehen, Victor. Nimm es einfach hin, wie es ist: Ich möchte das so. Und ich habe das Recht dazu, denn es ist mein Bild, wie du weißt. Es ändert sich ja nichts, nur dass jetzt ich fahre und nicht du."

Sie schob ihren Mann mit sanftem Druck zu den Treppen, die auf den Schlossvorplatz hinab führten. Dann drehte sie sich um und ging zurück ins Haus.

„Paulette", rief sie der Hausangestellten zu, die neben dem Eingang stand und das Gespräch der beiden mit Interesse verfolgt hatte.

„Bevor ich losfahre möchte ich noch einen Espresso trinken. Würden Sie ihn bitte zubereiten. Und du stell jetzt bitte endlich das Navigationsgerät ein", fuhr sie ihren immer noch verblüfft auf den Treppen stehenden Mann an.

Während der Vicomte sich diesem Problem widmete, den Zielort eingab und die Optionen wählte – schnellste Verbindung – Vermeiden von gebührenpflichtigen Autobahnen – wurde er immer nachdenklicher. Zweifel begannen an ihm zu nagen. Ob sie irgendetwas vorhatte mit dem Bild, rätselte er. Oder wollte sie sich mit jemandem treffen? Warum vertraute sie ihm nicht? War sie etwa misstrauisch, weil er so vehement zum Verkauf des Gemäldes gedrängt hatte? Fürchtete sie, er würde sich mit dem Bild auf und davon machen und sie verarmt zurücklassen? Wollte sie deshalb unbedingt selbst fahren? Aber dann hätte sie doch die Versicherungssumme. Wieso wollte sie ihn nicht dabei haben? Vielleicht hatte sie gerade das vor – sich mit dem Gemälde abzusetzen?

***

Vicomtesse Marie-Caroline de Gramellons genoss die Fahrt bei strahlend schönem Wetter. Zunächst ging es auf engen Sträßchen durch die idyllischen östlichen Ausläufer des Luberongebirges nach Manosque. Sobald sie die industriell und kommerziell geprägten Vororte der Provinzhauptstadt verlassen und die Ebene der Durance durchquert hatte, wurde die Gegend wieder hügelig und einsam. Die Route führte sie über Gréoux les Bains, Saint Julien und La Verdière. Hin und wieder telefonierte sie mit ihrem Mann, um ihn zu beruhigen, dass sie nicht überfallen worden war. Sie summte leise die Melodie der Marseillaise vor sich hin. Ab und zu schaute sie auf das Display des Navigationsgerätes: noch dreiundvierzig Kilometer bis zum Ziel.

In einer guten Stunde könnte ich dort ankommen, dachte sie.

„Nach achthundert Metern rechts abbiegen!", unterbrach die Computerstimme des Navis ihre Gedanken.

„Das verstehe ich nicht. Es geht doch geradeaus weiter", murmelte Sie. Ein Blick auf das Display bestätigte jedoch die Meldung: Die dicke blaue Linie knickte scharf nach rechts ab. Auf der normalen Strecke verkündeten gelb-rote Unfallsymbole die Sperrung der *route départementale*. Während sie dem Rat des Navis folgte und in eine schmale Teerstraße abbog, nahm sie das Handy und rief nacheinander zwei Nummern an.

Das Sträßchen wurde immer enger und führte durch einen dichten Wald aus Pinien und Steineichen. Irgendwann hörte der Asphaltbelag auf, und die Straße führte als

Schotterweg weiter. Rechts und links wucherten Ginsterbüsche. Ihre geschmeidigen Zweige reichten manchmal so weit in die holperige Fahrbahn, dass sie gegen die Rückspiegel und die Seiten des Mercedes peitschten. Langsam kamen der Gräfin Zweifel, ob das wirklich der richtige Weg war. Aber ein Blick auf das Display des Navigationsgeräts zeigte ihr, dass alles seine Richtigkeit hatte.

Auf einer sonnendurchfluteten Waldlichtung hörte das Sträßchen plötzlich auf. Es verlor sich in zwei von Thymiansträuchern und verdorrtem Gras überwucherten Fahrspuren, die weiter vorne wieder in den niedrigen Wald hineinführten. Abrupt bremste sie den Wagen ab und schaute sich ratlos um. Sie öffnete die Türe und verließ das Auto. Draußen fiel die Gluthitze über sie her, und das ohrenbetäubende Gekreische der Zikaden drohte ihre Trommelfelle platzen zu lassen. Zögernd folgte sie der Fahrspur ein paar Schritte. Nein, das konnte nicht richtig sein. Das Navigationsgerät musste sich getäuscht haben. Sie war ja immer schon skeptisch, was diese moderne Technik mit ihrem digitalen Schnickschnack anbelangte. Und das hier war wieder ein Beweis, dass man sich auf so etwas nicht verlassen konnte. Entschlossen, zurück auf die *route départementale* zu fahren, drehte sie sich auf dem Absatz um.

***

Mittwoch, 1. September

„Allô, bon jour! Ist dort die Gendarmerie in Manosque?"
„Oui."

„Ich muss eine Vermisstenanzeige aufgeben. Es ist dringend, meine Frau ist seit gestern verschwunden. Sie ist ..."

„*Lentement! Lentement!*", wurde der aufgeregte Rede-schwall des Anrufers von der tiefen Stimme des Gendarm-en gestoppt.

„Wer sind Sie?"

„Vicomte Victor de Gramellons! Meine Frau ist gestern mit dem Auto weggefahren und seitdem fehlt von ihr jede Spur. Sie müssen sofort nach ihr suchen!"

„So einfach geht das nicht. Wir brauchen erst eine for-melle Vermisstenmeldung, ehe wir Weiteres in Angriff nehmen können."

„Aber das sagte ich doch bereits! Ich will eine Vermiss-tenanzeige aufgeben. Jetzt schreiben Sie schon: Meine Frau, Vicomtesse Marie-Caroline de Gramellons ist ..."

Wieder wurde er von der Bassstimme unterbrochen.

„Am Telefon geht das nicht. Aber höchstwahrscheinlich ist das auch gar nicht nötig. Erfahrungsgemäß kommen die Frauen spätestens nach ein oder zwei Tagen von alleine zu ihren Familien zurück. Wieso ist sie denn weggelaufen?"

„Was unterstellen Sie da? Sie ist nicht weggelaufen. Sie ist verschwunden – spurlos und grundlos! Deswegen will ich sie als vermisst melden."

„Dazu müssen Sie persönlich hier auf dem Gendar-merieposten erscheinen. Von wo rufen Sie an?"

„Von unserem Wohnsitz, Château Gramellons im Hameau Gramellons am Fuße des Grand Luberon. Wieso geht das nicht telefonisch? Es ist ziemlich weit von hier nach Manosque."

„Leider, aber das ist Vorschrift."

„Das kommt mir jetzt aber sehr ungelegen. Glauben Sie, ich habe nichts Besseres zu tun, als meine Zeit mit die-ser unnötigen Autofahrt zu vergeuden. Inzwischen könnten Sie längst mit der Suche anfangen."

„Also wollen Sie jetzt, dass wir etwas unternehmen, oder nicht? Dann müssen Sie schon persönlich hier erscheinen!" Die Stimme des Gendarmen klang barsch und ungeduldig. Am liebsten hätte er gesagt, dass der Herr Graf seinen Arsch her bewegen müsse. Aber das hatte er zum Glück nur gedacht.

„Aber vor elf Uhr kann ich nicht dort sein."

„Kein Problem, wir sind immer im Dienst."

***

Victor de Gramellons knallte den Hörer in die Halterung. Was die sich einbildeten, diese Beamten. Erregt zündete er sich eine Zigarette an. Wieder gellte das Telefon.

„Wer ruft denn jetzt schon wieder an?", bellte er in den Apparat.

„Éric de Barbaresque. Ich bin es, *mon cher cousin*. Sag mal, was ist mit Marie-Caroline und dem Bild? Wieso hat sie den Cézanne nicht gebracht? Man hat mich noch gestern Nacht vom Ausstellungsort angerufen. Die warten dringend darauf."

„Ja, das weiß ich schon. Die haben auch mit mir telefoniert und gefragt, wann das Bild endlich kommt. Ich tappe auch im Dunkeln. Das einzige, was ich weiß, ist: Meine Frau ist gestern Vormittag mit dem Bild losgefahren. Ihr muss etwas passiert sein. Ich kann sie auf dem Handy nicht erreichen. Es kommt immer nur die automatische Ansage, dass die Nummer zurzeit nicht erreichbar ist. Ich bin sehr in Sorge."

„Das ist ja furchtbar! Deine arme Frau. Was kann ihr nur geschehen sein? Vielleicht hat sie diese entsetzliche Hitze nicht vertragen und einen Hitzschlag bekommen.

Oder sie wurde überfallen. Warst du schon bei der Polizei?"

„Ich habe mit der Gendarmerie telefoniert. Aber die wollen nichts unternehmen, sagen, sie wird schon wiederkommen. Wofür zahlen wir eigentlich Steuern? Man sollte die Beamten alle entlassen, wenn sie ihre Pflicht nicht tun!"

„Recht hast du! Aber bitte setze alles in Bewegung um sie zu finden. Hoffentlich klärt sich alles als harmlos auf. Wenn ihr etwas passiert ist! Victor, ich bin außer mir vor Sorge. Meine arme, arme Marie-Caroline!"

Dann kam er wieder auf den Grund seines Anrufes zurück: „Was sollen wir jetzt machen? Auf der Ausstellung?"

„Weiß ich nicht. Ich fahre gleich zur Gendarmerie, denen Beine machen!"

Nachdem er aufgelegt hatte, stutzte der Vicomte. Seit wann nannte Éric seine Frau bei ihren Vornamen? Das hatte er bisher nie getan. Und woher, fragte er sich, wusste sein Cousin, dass Marie-Caroline und nicht er, Victor de Gramellons, mit dem Cézanne unterwegs war? Das hatte Marie-Caroline doch erst unmittelbar vor der Abfahrt entschieden. Außer ihm selbst wusste das niemand. Doch, halt! Auch Paulette hatte das gehört. Sollte sie ihm das … Aber die kannte doch den Comte de Barbaresque gar nicht. Sollte seine Frau mit seinem Cousin Éric …?

„Ist ja auch scheiß egal!", fluchte er laut. „Ich fahr jetzt nach Manosque, die Vermisstenanzeige aufgeben."

Donnerstag, 2. September

„Hast du das gelesen, *maman*?"

Jean-Luc Papperin schob seine Kaffeetasse zur Seite und legte den *Var Matin* vor sich auf den Frühstückstisch.

„Hier auf Seite zwei den Bericht über das verschwundene Bild?" Dabei deutete er mit der Linken auf den groß aufgemachten halbseitigen Artikel der Regionalzeitung. Mit etwas gedämpfter Stimme, weil er gleichzeitig an einem Croissant kaute, las er vor:

Château Barbaresque, 2. September

Auf der ab Ende September stattfindenden Sonderausstellung ‚Die Maler des Midi' im Château Barbaresque hätte eigentlich eine Bombe platzen sollen: Ein bislang unbekanntes Gemälde des Malers Paul Cézanne sollte erstmals der Öffentlichkeit gezeigt werden. Comte Èric de Barbaresque, der Vorsitzende des Organisationskomitees, sagte dieser Zeitung: ‚Das neu entdeckte Bild ist auf dem Weg von seinem bisherigen Standort nach Château Barbaresque auf geheimnisvolle Weise abhandengekommen. Zusammen mit dem Kunstwerk ist auch seine Besitzerin verschwunden. Es war ein Fehler, mit der Überstellung nicht ein Spezialunternehmen für Kunsttransporte beauftragt zu haben. Aber die Eigentümer wollten das partout selbst übernehmen.'

Nach Exklusivinformationen des *Var Matin* soll es sich bei dem Gemälde um eine weitere Ansicht der Montagne Sainte Victoire bei Aix handeln. Im Gegensatz zu den vielen anderen gleichartigen Motiven soll der Maler für dieses Bild jedoch eine völlig andere Perspektive gewählt haben. Die Echtheit des Kunstwerks steht nach Auskunft des Versicherungsunternehmens außer Zweifel. Der Leiter der Gendarmerie von Manosque bestätigte das Verschwinden des Bildes und seiner Besitzerin, war aber zu weiteren Auskünften nicht bereit. Unser Reporter konnte bislang nicht erfahren, wem das Gemälde gehört, und wo und weshalb es sich über die langen Jahre versteckt vor der Öffentlichkeit befunden hat.

„Dann wird es ihnen wenigstens nicht langweilig, den Kollegen von der Gendarmerie", meinte Papperin zu seiner Mutter, die inzwischen die Zeitung zu sich herüber gezogen hatte. „Hoffentlich taucht es bis zur Eröffnung Ende September wieder auf. Würde mich schon interessieren, was er bei diesem Bild so ganz anders gemacht haben soll, als bei den vielen sonstigen Sainte-Victoire-Gemälden."

Teil II

Kapitel 7
... und eine Gräfin taucht auf

Samstag, 4. September

Im tiefblauen Himmel hoch über der grünen Provence schwebte einer der Helikopter, die das *Office National des Forêts* zur Früherkennung von Waldbränden einsetzte. Die beiden Piloten langweilten sich. Das Geräusch des Motors, das trotz der Schalldämmung in den Helmen entnervend in ihren Ohren wummerte, wirkte ebenso ermüdend, wie die unendliche grüne Waldfläche, die sich unter ihnen ausbreitete. Nur ab und zu sorgten Ortschaften mit den hellen, rötlich-braunen Farben der Hausdächer für Abwechslung im monotonen Waldteppich. Pflichtgemäß ließ der Copilot seine Blicke suchend in die Tiefe schweifen. Kein Rauch weit und breit. Das von der sommerlichen Sonnenglut ausgetrocknete Land schien heute vom Feuer verschont zu bleiben. Trotzdem, die Waldbrandgefahr lauerte überall. Eine Glasscherbe, in der das Sonnenlicht fokussiert wurde, oder eine achtlos aus dem Auto geworfene Zigarettenkippe konnten jederzeit einen Brand entzünden. Auch wenn heute kein Mistral blies, der die Flammen fauchend anfachte und über das Land peitschte, würde sich die Feuersbrunst schnell in dem ausgedörrten Gehölz und Gestrüpp verbreiten und im Nu ganze Landstriche verwüsten.

„Heute haben wir rot, oder? Da sind wenigstens keine Wanderer mehr unterwegs, die Unfug anstellen können", meinte der Pilot per Funk zu seinem neben ihm sitzenden Kollegen.

Wie immer in den heißen Hochsommermonaten herrschte fast überall in den sensiblen Waldgebieten ein abgestuftes Wanderverbot. An diesem Tag hatte der *service départementale incendie* die Waldbrand-Warnstufe rot ausgerufen. Wanderwege durften nur zwischen sechs und elf Uhr morgens begangen werden. Die Warnstufe schwarz, absolutes Wanderverbot, galt in der Regel nur bei Mistral.

„Schau mal da unten, auf der Lichtung", rief der Copilot seinem Piloten zu. „Da glänzt und blitzt etwas. Geh mal tiefer!"

Langsam verlor der Hubschrauber an Höhe.

„Ein Auto. Da parkt jemand mitten in der Macchie. Soll ich das an die Zentrale durchgeben?"

Der Pilot schüttelte den verneinend den Kopf.

„Warum soll das da nicht stehen? Ist doch nicht verboten."

Sein Kollege suchte inzwischen die Umgebung des Fahrzeugs mit dem Fernglas ab. In dem stark vergrößerten Bildausschnitt tauchte ein Körper auf.

„Hey Guy, da liegt jemand mitten im Gestrüpp. Scheint zu schlafen, und das bei dem Lärm, den unser Heli macht. Der muss doch einen Hitzschlag kriegen, in der prallen Sonne."

„Dann gib es halt durch. Sollen sich die Kollegen in der Leitstelle darum kümmern."

„Geh noch ein Stück tiefer! Jetzt sehe ich es genauer. Es ist eine Frau. Jetzt fliegt alles Mögliche durch die Gegend – vom Sog unseres Rotors. Du, da stimmt was nicht, die müsste doch längst aufgewacht sein. Ich funk das mal durch."

Er gab die Beobachtung an die Leitstelle weiter. Unverzüglich kam die Rückfrage: „Könnt ihr dort landen, oder ist das mitten im Wald?"

Der Pilot reckte den rechten Daumen hoch, und sein Copilot funkte zurück.

„Doch, das geht. Wir gehen runter."

Langsam senkte sich der dunkelgrüne Riesenvogel auf die Lichtung herab, so weit wie möglich von der liegenden Frau und dem Auto entfernt. Eine Türe wurde geöffnet, und der Copilot rannte tief geduckt durch den vom Rotor ausgelösten Sturmwind zu der liegenden Frau. Abrupt stoppte er, als wäre er gegen eine unsichtbare Wand gelaufen. Er drehte sich um und wankte zum Hubschrauber zurück.

„Was ist los mit dir?", rief ihm der Pilot aus der offenen Türe entgegen.

„Die ist tot! Erschossen, in den Kopf", stammelte er, als er das Fluggerät erreicht hatte.

„Entsetzlich! Das halbe Gesicht ist weg und alles ist blutverkrustet. Stell das Ding ab und komm mit!"

Als der Motor verstummt war, und die Rotorblätter still standen, kletterte der Pilot aus der Maschine und ging mit seinem Kollegen zur Leiche. Zunächst schien es, als näherten sie sich einer beschaulichen Idylle. Inmitten von kugeligen, buschigen Thymiansträuchern und hüfthohen Rosmarinbüschen lag eine Frau. Eingelullt von den würzigen, herben Düften der um sie wuchernden Pflanzen, schien sie ein Mittagsschläfchen zu halten. Die Sonne gleißte vom wolkenlosen Himmel. Kein Windhauch regte sich. Dennoch herrschte keine Ruhe, denn die Luft war erfüllt vom ohrenbetäubenden Geschnarre der allgegenwärtigen, aber unsichtbaren Zikaden. Doch das friedliche Szenario erwies sich als Trugschluss. Als sie näher herantraten, bot sich ihnen ein erschreckendes Bild. Als wäre der Anblick des halb weggerissenen Kopfes nicht entsetzlich genug, die

Fliegen, Käfer und Würmer, die in der Wunde und auf dem sich zu zersetzen beginnenden Körper wuselten, gaben den beiden Männern den Rest. Sie mussten sich abwenden, rannten auf die nächsten Bäume zu, klammerten sich an den Ästen fest und übergaben sich.

***

Eine gute Stunde später herrschte rege Betriebsamkeit. Drei dunkelblaue Einsatzfahrzeuge der *gendarmerie nationale* parkten am Rande der Lichtung, dort, wo der von der *route départementale* kommende Fahrweg ins Freie mündete, und versperrten die Zufahrt zum Schauplatz. Zwei Gendarmen waren dabei, den Fundort der Leiche weiträumig mit einem rot-weißen Absperrband zu umgrenzen. Gerade so, als ob Unmengen von Schaulustigen zu erwarten wären, die es vom Tatort fernzuhalten galt. Ein Beamter fotografierte die Tote aus unterschiedlichen Blickwinkeln und Entfernungen. Ein uniformierter Stabsarzt im Rang eines Majors wartete ungeduldig, bis der Fotograf fertig war. Endlich durfte er ran, kniete sich neben die tote Frau und begann mit seien medizinischen Untersuchungen. Mit halblauter Stimme sprach er zu dem neben ihm stehenden Chef der Gendarmeriebrigade.

„Dass sie tot ist, ist augenscheinlich, *capitaine* Duroc. Da brauche ich keinen Puls mehr zu fühlen." Er drehte den Kopf leicht zur Seite und murmelte: „Leichenstarre ist längst abgeklungen. Sehen Sie, sie wurde von hinten erschossen." Er zeigte auf die Einschusswunde knapp über dem obersten Halswirbel.

„Das Projektil ist schräg von unten in den Kopf eingedrungen und im Gesicht oberhalb der Nase wieder ausgetreten. Dabei hat es das halbe Gesicht weggerissen."

„Und wie lange ist sie schon tot?", wollte der Offizier wissen, der am liebsten die Augen geschlossen oder weggeschaut hätte, irgendwohin Schönes. So entsetzlich war der Anblick der Leiche.

„Schwer zu sagen. Sicher ein paar Tage. Genaueres kann ich erst sagen, wenn ich die Frau auf dem Tisch habe. Außerdem sollte ein forensischer Entomologe hinzugezogen werden. Der kann aus dem Entwicklungsstadium der Maden hier", er deutete mit einem Kugelschreiben auf die kleinen weißen Würmer, die in der Wunde zappelten „ziemlich genau angeben, wann die Fliegen ihre Eier abgelegt haben."

„Grauslich!", murmelte der Einsatzleiter. Dann wandte er sich ab und rief zwei Untergebene zu sich.

„*Adjudant* Merivel, Sie kümmern sich um den Halter des Autos. Geben Sie die Autonummer durch. Ich will unverzüglich wissen, wem der Wagen gehört. Und du, Charles", wandte er sich an einen einfachen *brigadier*, „siehst dir das Auto an, ob dort irgendwelche Hinweise auf die Identität der Toten zu finden sind - Handtasche zum Beispiel. Aber bitte keine Spuren zerstören! Die exakte Untersuchung des Mercedes überlassen wir der Spurensicherung. Wann kommt die endlich?"

Fragend schaute er seinen Stellvertreter an, einen bärtigen, behäbig wirkenden *lieutenant*, dessen Uniform um einen beachtlichen Bauch spannte.

„Ich habe sie angefordert. Vielleicht in einer Stunde? Genaueres konnten sie nicht sagen, weil sie gerade bei einem anderen Einsatz beschäftigt sind", erwiderte dieser, während er sich ohne Unterbrechung mit seiner Schirmmütze Luft in sein schweißglänzendes, hochrotes Gesicht fächelte.

„Gut, dann warten wir eben." Es schien *capitaine* Duroc, dem Leiter des Einsatzkommandos, nichts auszumachen, dass sie auf mehr oder weniger unbestimmte Zeit zur Untätigkeit verdammt waren.

„Aber die Leiche sollte schnellstmöglich in die Gerichtsmedizin. Die kann hier nicht liegen bleiben, in der mörderischen Hitze", mahnte der Polizeiarzt.

„Wenn Sie meinen", erwiderte der leitende Gendarm. „Marc!", rief er einen Uniformierten herbei.

„Du kümmerst dich um den Abtransport der Leiche. Der Doktor sagt, die muss schnellstmöglich weg von hier, wegen der Hitze."

Unter dem lauten Gekreische der Zikaden wurden die zugewiesenen Aufgaben erledigt. Eine Trage wurde aus einem der Einsatzwagen geholt. Zwei Gendarmen hoben die Leiche vorsichtig in einen grauen Leichensack, zogen den Reißverschluss zu, legten das Paket auf die Bahre und trugen es zurück zu dem dunkelblauen Kombi. Der Arzt klappte seinen Bereitschaftskoffer zu und folgte den Leichenträgern. Das Anlassen des Motors und das Wenden und Wegfahren des Autos konnte man nicht hören, wenngleich es nur knapp zehn Meter vom Tatort entfernt stattfand. Der von den Zikaden verursachte Lärmpegel überdeckte alle Geräusche.

Auf Geheiß ihres Vorgesetzten begannen die Gendarmen, sich zu ihren Autos im Schatten der Bäume zurückzuziehen, während sie auf die Spurensicherung warteten. Zwischenzeitlich kannte man den Halter das Mercedes: Vicomte Victor de Gramellons. Die Zentrale hatte den Namen und die Anschrift des Besitzers schnell herausgefunden und per Funk durchgegeben. Auch die Tote war identifiziert. Ihre Handtasche – ein etwas abgewetztes Louis-

Vuitton-Modell – lag auf dem Beifahrersitz. Die darin befindlichen Ausweispapiere wiesen sie als Vicomtesse Marie-Caroline de Gramellons aus – die Gemahlin des Autobesitzers, wie der Einsatzleiter annahm. Außer ein paar Münzen befand sich kein Geld in ihrer Tasche. Irgendwie kam ihm der Name bekannt vor. Er musste ihn in letzter Zeit gehört oder gelesen haben, aber er kam nicht drauf, wo das war. Egal, sagte er sich, jetzt gibt es Wichtigeres. Es würde ihm schon noch einfallen.

„Chef, sollten wir nicht den Vicomte her beordern? Der könnte uns Auskunft geben, zum Beispiel, ob etwas fehlt und so. Außerdem muss man dem doch sagen, dass seine Frau tot ist."

„Okay, ruf an, die sollen jemanden hinschicken, der das übernimmt. Und der soll dann mit dem Grafen gleich hierher kommen."

***

Fast zwei Stunden waren vergangen. Die Gendarmen saßen bei ihren Fahrzeugen im Schatten der Bäume, tranken aus den mitgeführten Wasserflaschen und warteten. Direkt am Tatort war es unerträglich heiß, viel zu heiß, um sich dort länger als nötig aufzuhalten. Er lag völlig ungeschützt in der prallen Mittagssonne. Außerdem wollten sie keine Spuren zerstören. Als sie angefangen hatten, das Gestrüpp um den Fundort der Leiche abzusuchen, hatte sie ihr *capitaine* zurückgerufen. Das sei Sache der Spurensicherung, hatte er gesagt.

Fast gleichzeitig trafen der Peugeot-Kastenwagen mit den Kriminaltechnikern und ein Streifenfahrzeug der Gendarmerie aus Manosque mit dem Vicomte de Gramellons ein. Blass und sichtlich erschüttert entstieg dieser dem Au-

103

to. Der Fahrer des Wagens, ein älterer und sehr erfahrener Gendarm, hatte ihm vom Tod seiner Frau berichtet und auf die Situation vorbereitet, die den Grafen jetzt erwartete. Als dieser seinen Mercedes mitten in der Lichtung erblickte, mit weit offen stehenden Türen, wankte er und musste sich am Autodach abstützen.

War das, weil ihm jetzt erst der Verlust vor Augen geführt und ihm so richtig bewusst wurde, fragte sich der Chef der Gendarmen. Oder lag es an der plötzlichen Hitze, die ihm nach der Fahrt im angenehm klimatisierten Auto zu schaffen machte?

„Mei… meine Frau, wo ist sie. Ich will sie sehen!", stammelte er. Er blickte suchend um sich.

„Ich sehe sie nicht, was haben Sie mit ihr gemacht?"

Der Einsatzleiter fasste ihn am Arm und führte ihn in den Schatten unter einer Eiche.

„Sie ist in der Gerichtsmedizin. Wir mussten sie wegbringen, wegen der Hitze. Sie verstehen das sicher."

Der Vicomte ging auf das Auto zu, an dem sich die Kriminaltechniker bereits zu schaffen machten. Er blickte auf die Rückbank und … starrte in die Leere, die sich ihm darbot.

„Er ist weg! Unser Cézanne, er ist weg, gestohlen, geraubt. Und Marie-Caroline ermordet. Diese hinterhältigen, gemeinen Verbrecher. Erschießen werde ich sie, wenn ich die erwische. Einzeln bringe ich jeden von denen um, damit sie merken, was sie mir angetan haben." Er schlug die Hände vors Gesicht und schluchzte.

Mit einem Schlag wurde dem *capitaine* der Gendarmerie klar: Die Vermisstenanzeige, die vor zwei Tagen an alle Polizei- und Gendarmeriestationen der Region ergangen war, betraf diese Leiche. Die Tote war die Frau, die auf dem

Gendarmerieposten von Manosque als vermisst gemeldet worden war.

„Aber warum hat sie sich nicht gewehrt? Sie hatte doch mein Gewehr. Sie hätte die Verbrecher erschießen können? Und wieso ist sie überhaupt hierher gefahren, weg von der Straße? Können Sie mir das erklären?", wandte sich der Graf an den Einsatzleiter.

„Was ist mit dem Gewehr?", überging dieser die Frage des Vicomte. „Im Auto haben wir keines gefunden!"

Der Graf berichtete nun unter Tränen, dass er seiner Frau sein Jagdgewehr mitgegeben hatte, damit sie sich bei einem etwaigen Überfall verteidigen konnte, sich und das wertvolle Bild, das sie dabei hatte. Er habe ihr die Handhabung der Waffe nochmals genau erklärt. Aber eigentlich kannte sie sich damit aus. Schließlich hätten sie auf dem Schießstand im Keller des Schlosses öfter damit geübt.

Der *capitaine* des Gendarmeriekommandos winkte einen Kollegen von der Spurensicherung herbei.

„Es fehlt ein Gewehr, ein Jagdgewehr der Marke … ?" Er sah den Grafen fragend an.

„Mauser M3", ergänzte dieser.

„Das hatte die Insassin des Wagens dabei, zu ihrem Schutz. Vermutlich wurde ihr das beim Überfall weggenommen, und sie damit erschossen. Wahrscheinlich haben es die Täter mitgenommen. Wenn nicht, dann muss es irgendwo hier im Gebüsch liegen."

„Gut, wir werden danach Ausschau halten. Aber wieso haben Sie Ihre Frau nicht begleitet, wenn Sie solche Angst vor einem Überfall hatten?"

„Das wollte ich ja! Aber sie war strikt dagegen. Sie hat das abgelehnt. Sie muss nachdenken, hat sie gesagt. Und dabei würde ich nur stören."

Kapitel 8
Der Fall zieht weitere Kreise

Montag, 6. September

Aus dem Bericht des leitenden Arztes am Gerichtsmedizinischen Instituts im *Centre Hospitalier de Manosque*, Dr. Paul-Claude Manichini, an die *gendarmerie départementale, brigade de Manosque*:

Die am 4.9. hier eingelieferte weibliche Leiche, Größe 172 cm, Gewicht ca. 67 kg (verwesungsbedingt ist eine präzisere Gewichtsangabe nicht möglich), Alter laut Personalausweis: 49 Jahre, wurde heute um 8.30 Uhr von mir obduziert. Todesursache ist ein Schuss aus einer Pistole oder einem Revolver, Hersteller der Waffe unbekannt. Der Schuss ist unmittelbar über dem HW1 von hinten in den Kopf eingedrungen, hat den Schädel durchquert und ist subfrontal wieder ausgetreten. Aufgrund der verwendeten Munition (es dürfte sich um ein Hohlspitz- oder Flachkopfgeschoß handeln, z.B. Kaliber 38-spezial o.ä.) wurde eine maximale Destruktion der Facies erreicht.

Bis auf eine Beule und ein Hämatom am Hinterkopf weist der Körper keine weiteren Verletzungen auf. Dieses ist mit größter Wahrscheinlichkeit auf einen Schlag mit einem stumpfen Gegenstand zurück zu führen, der aber weder zu einer offenen Wunde noch zu einer Fraktur des Schädelknochens geführt hat. Der Schlag fand zweifelsfrei zeitlich vor dem tödlichen Schuss statt – andernfalls hätte sich das Hämatom nicht ausbilden können. Es ist jedoch anzunehmen, dass er zu einer Bewusstlosigkeit von unbestimmter Dauer geführt hat. Ob der später erfolgte tödliche Schuss bereits vor oder erst nach dem Wiedererlangen des Bewusstseins des Opfers stattgefunden hat, lässt sich nicht feststellen.

Nach dem Verwesungsstatus der Leiche und unter Berücksichtigung des Fundortes und der Wetterverhältnisse in den letzten Tagen ist der Tod voraussichtlich vor 4 bis 5 Tagen eingetreten. Möglicherweise führen die entomologischen Analysen durch forensische Biologen zu einer genaueren Terminierung des Todeszeitpunktes.

Manosque, am 6. September   Dr. Manichini.

***

Capitaine Pierre-Louis Duroc überflog den Bericht. Dann stutzte er und las ihn nochmal, diesmal Wort für Wort. Schließlich ergriff er den Telefonhörer, wählte und ließ sich von der Telefonzentrale des Klinikums mit Dr. Manichini in der Pathologie verbinden.

„*Bon après-midi, monsieur le docteur!*", begrüßte er den Arzt, als er diesen endlich in der Leitung hatte.

„Danke für Ihren Bericht. Dazu hätte ich noch zwei Fragen."

„Und ich habe geglaubt, ich hätte ihn so verständlich formuliert, dass selbst für medizinische Laien keine Fragen offen bleiben."

„Das haben wir schon alles verstanden. Trotzdem bleiben zwei Fragen. Erstens: Wieviel Zeit lag zwischen dem Schlag auf den Hinterkopf und dem tödlichen Schuss. Und zweitens: Können Sie mit Sicherheit ausschließen, dass die Schusswunde von einem Gewehr, genauer: von einem Jagdgewehr des Typs Mauser M3 verursacht wurde?"

„Zu Ihrer ersten Frage: Nach der Ausbildung des Blutergusses würde ich schätzen: Vielleicht ein bis zwei Stunden. Aber nageln Sie mich nicht darauf fest. Bei dem Zustand der Leiche – und Sie haben ja gesehen, dass die Verwesung schon eingesetzt hatte – kann man das nicht mehr zuverlässig feststellen. Ihre zweite Frage kann ich dagegen präzise beantworten: Nein, es war mit Sicherheit kein Jagdgewehr. Die Art der verwendeten Munition und die Durchschlagskraft wären völlig anders gewesen. Hier handelt es

107

sich um den klassischen Fall von Fangschussmunition aus einer Faustfeuerwaffe. Eine Gewehrkugel hätte den Kopf mehr oder weniger glatt durchschlagen und keine derartigen innerkranialen Verletzungen verursacht. Nur: Das dürfte Ihnen bei Ihren Ermittlungen nicht weiterhelfen. Wir in Frankreich sind doch alle jagdbegeistert. Und fast jeder männliche Franzose besitzt neben einer Flinte auch ein Pistole oder einen Revolver – ganz legal und angemeldet, mich einbegriffen. War es das? Meine nächste Leiche wartet nämlich schon auf mich. Okay? *Au revoir*!"

***

In der kasernenartigen Gendarmeriestation von Manosque hatte *capitaine* Duroc seine Mannschaft um sich versammelt und berichtete von dem Telefongespräch, das er soeben mit einem Vertreter des *Directeur Géneral* geführt hatte. Er habe seinem Vorgesetzten den Fall geschildert und ihn gebeten, die Ermittlungen einer höheren, überregional tätigen Dienststelle zu übertragen. Es handele sich schließlich um ein die Départements übergreifendes Kapitalverbrechen, noch dazu an einem Mitglied des französischen Adels, verbunden mit einem spektakulären Kunstraub, der international größtes Aufsehen erregen werde. Die örtlich eingegrenzte Zuständigkeit seiner Dienststelle in Manosque sei hier bei weitem überschritten.

„Und? Was hat er gesagt? Müssen wir uns auch noch mit diesem Fall rumschlagen, oder können wir ihn abgeben?", fragte einer der anwesenden unteren Dienstränge. Wie die meisten in der Runde fürchtete er um die relative Ruhe und Beschaulichkeit des Dienstes, die bislang in diesem Gendarmerieposten geherrscht hatten. Gut, es gab schon einiges zu tun, Taschendiebstähle auf den Wochenmärkten, gelegentlich ein Einbruch in einen Supermarkt oder in ein Wohnhaus, Schlägereien zwischen Betrunkenen oder Rowdies. Nicht zu vergessen die vielen Verkehrsdelikte. Geschwindigkeitsüberwachungen und Alkoholkontrollen mussten regelmäßig durchgeführt und die zahlreichen Unfälle auf den Straßen ihres Distrikts aufgenommen und protokolliert werden. Das war zwar Arbeit, aber die hatten sie im Griff und konnten sie routinemäßig abwickeln. So ein Mord und Kunstraub würde die gewohnte Routine völlig durcheinander bringen, würde Überstunden erfordern. Das ohnehin problematische Privatleben der Beschäftigten in dieser straff militärisch geführten Polizeiorganisation würde zusätzlichen Belastungen ausgesetzt sein. Die Familien oder Lebenspartnerschaften müssten noch mehr leiden, als dies ohnehin schon der Fall war.

Capitaine Duroc teilte alle diese Befürchtungen. Vor allem wollte er sich keinen zusätzlichen Stress mehr aufhalsen, und die letzten zwei Jahre vor seiner Pensionierung in Ruhe ausklingen lassen. Das konnte er aber vor seiner Mannschaft nicht zugeben, und schon gar nicht seinen Vorgesetzten gegenüber. Durch geschicktes Argumentieren war es ihm gelungen, die *direction générale* zu überzeugen, dass die Last der Verantwortung nicht auf die Schultern der Beamten eines kleineren, regionalen Gendarmeriepostens gelegt werden dürfe.

„Und dann hat er gesagt", fuhr der *capitaine* fort, „dass der *gendarmerie nationale* im letzten Jahr so viele Planstellen weggenommen worden sind, um den Sparvorgaben der Regierung in Paris nachzukommen. ‚Für solche Zusatzaufgaben haben wir deshalb keine Kapazitäten mehr frei', hat er wörtlich gesagt. ‚Da soll sich die *police nationale* mit befassen. Die haben bei weitem nicht so viele Stellen abgeben müssen wie wir.' *Mes camarades*", *capitaine* Duroc blickte zufrieden in die Runde, „den Fall sind wir los, auf Befehl unseres höchsten Vorgesetzten. Wir müssen nur noch einen Bericht schreiben und ihn mit allen Unterlagen an die Kriminalpolizei in Aix en Provence schicken."

Dienstag, 7. September

Commissaire Jean-Luc Papperin saß in seinem Dienstzimmer im dritten Stock des Präsidiums der *police judiciaire* in Aix und studierte am Bildschirm seines Computers die eingegangenen Nachrichten und Berichte. Der Inhalt einer Meldung erregte seine Aufmerksamkeit. Sie kam von der Zentrale der *police judiciaire* in Paris. Mit Erstaunen las er, dass der Mord und Kunstraub, die am oder kurz nach dem 31. August im nördlichen Département Var stattgefunden hatten, seinem Kommissariat in Aix zugewiesen worden waren. Näheres, so besagte die Anweisung, würde ihm von der *gendarmerie départementale* aus Manosque mitgeteilt werden, die mit diesem Fall bisher befasst war. Eine weitere Mail von eben dieser Gendarmeriestation enthielt eine Reihe von Berichten und Protokollen zum Fall und die Mitteilung, dass der Leiter der Dienststelle Manosque nach Aix kommen werde und für Auskünfte und Fragen zur Verfügung stünde. *Capitaine* ... ab hier waren der Text unlesbar. Statt Buchstaben stand dort nur ein unentzifferbares Gewirr von Sonderzeichen, über eine halbe Seite lang.

„Monique, wissen Sie schon, wann dieser *gendarme* aus Manosque kommen will? Dieser *capitaine*...?"

„Duroc. Pierre Louis Duroc. Gegen zehn wird er hier sein, hat er am Telefon gesagt."

„Wenn der Verkehr ihm keinen Strich durch die Rechnung macht."

„Jean-Luc, du kennst doch die *gendarmerie*. Die fahren mit Blaulicht und Sirene, selbst wenn sie sich nur einen Kaffee aus der nächsten Bar oder Croissants vom Bäcker holen. Der kommt schon pünktlich. Soll ich Kaffee machen?"

„Ja bitte, Ihren berühmten Espresso. Und besorgen Sie bitte irgendetwas Süßes dazu."

Das Verhältnis zwischen *commissaire* Jean-Luc Papperin, dem Leiter der Mordkommission der *police judiciaire* in Aix en Provence, und seiner Sekretärin Monique Dépardieu war ein ganz spezielles. Sie, wesentlich älter als er, mit sorgfältig gepflegten grauen Haaren und stets dezent und elegant gekleidet, war schon unter Papperins Vorgänger die gute Seele des Kommissariats und die rechte Hand ihres Chefs gewesen. Damals hatte Papperin als einfacher *brigadier* in dieser Abteilung gedient, nur kurze Zeit, bis er nach Paris versetzt wurde. Seit jeher duzte sie ihn, wie sie auch alle anderen Mitglieder des Kommissariats duzte. Papperin hingegen, der erst seit wenigen Jahren als Leiter der Mordkommission nach Aix befördert worden war, siezte sie. Er schätzte ihr Organisationstalent, ihre unverbrüchliche Loyalität ihm gegenüber und die Art, wie sie das Arbeitsklima in seinem Kommissariat gestaltete. Mit strenger Hand führte sie die Geschäfte seiner Abteilung, war aber gleichzeitig verständnisvolle Ansprechpartnerin und Trösterin bei allen dienstlichen Problemen und privaten Seelennöten der Mitarbeiter. Da sie in erster Ehe mit einem Italiener verheiratet war und in Siena gelebt hatte, kochte sie hervorragenden Espresso, auf Omas Art in der *caffettiera*. Sie fuhr regelmäßig die gut zweihundert Kilometer von Aix nach Ventimiglia kurz hinter der französisch-italienischen Grenze, um dort dutzendweise Kimbopackungen zu kaufen und damit ihre privaten Vorräte sowie die des Kommissariats wieder aufzufüllen. Kimbo war nach ihrer Überzeugung die einzige Kaffeesorte, mit der man richtigen Espresso machen konnte.

Monique Dépardieu war schon auf dem Weg zur kleinen Teeküche des Kommissariats, als Papperins Bitte durch die offene Tür zu ihr drang: „Und rufen Sie bitte alle zur Lagebesprechung für zehn Uhr in den Besprechungsraum."

***

Eine gute Stunde hatte *capitaine* Duroc Papperin und seinem Team Rede und Antwort gestanden. Er sei überzeugt, betonte er immer wieder, dass Kunstraub und Mord auf das Konto eines gut organisierten und international agierenden Verbrechersyndikates gingen, italienische, russische oder chinesische Mafia. Schließlich verabschiedete er sich mit einem fröhlichen ‚*bon courage!*' und verließ den Konferenzraum.

„Der war richtig erleichtert, dass er den Fall von der Backe hatte", bemerkte Guy Debordeau, der Informatik- und Technikfreak der Abteilung, etwas despektierlich. Er verzog das Gesicht und klagte:

„Und wir, wir haben jetzt die Arschlochkarte gezogen. Als ob wir nicht schon mehr als genug zu tun hätten!"

Monique Dépardieu warf ihm einen strengen Blick zu.

„Das war jetzt aber nicht die feine Art, oder? Du lernst es wohl nie, dich halbwegs zivilisiert auszudrücken?", ermahnte sie ihn. Aber so war er eben, dachte sie. Ein lockeres Mundwerk, und immer schlampig gekleidet, alte Jeans, T-Shirt, Turnschuhe, die unvermeidliche rote Baseballkappe auf den langen, in einem Pferdeschwanz gebändigten

112

schwarzen Haaren. Aber er war ein begnadeter Informatiker, knackte jeden Geheimcode, hackte jeden Computer und konnte Telefongespräche abhören – auch ohne richterliche Genehmigung. Aber das wusste sie offiziell gar nicht.

„Es fällt doch exakt in unsere Zuständigkeit – fachlich und regional. Das kannst du nicht leugnen! Also kümmern wir uns darum", stellte Claude Lavalle, *lieutenant* und Papperins Stellvertreter, fest.

Jetzt begann eine heftige Diskussion. Der Fall wurde hin und her gewendet, unterschiedlichste Lösungsvorschläge wurden angedacht. Immer wieder musste die Sekretärin neuen Espresso kochen. Die Schale mit *Callissons d'Aix*, der lokalen Spezialität aus Mandeln, Orangen, Melonen und Zucker, war längst leer gegessen. Schließlich versuchte Papperin die Diskussion zusammen zu fassen:

„Es scheint drei mögliche Szenarien zu geben: Erstens: Wie der Kollege von der Gendarmerie meinte, hat eine organisierte internationale Verbrecherorganisation, z.B. die Mafia, die Tat begangen. Motiv: Raub des Gemäldes. Die Tote ist Kollateralschaden. Zweitens: Normale Gangster haben es auf das Bild abgesehen. Sie schlagen die Frau mit einem stumpfen Gegenstand bewusstlos und hauen mit dem Bild ab. Später kommen ihnen Zweifel und Angst, dass die Frau sie möglicherweise doch gesehen hat und sie identifizieren könnte. Deswegen kehren sie um und machen sie mundtot. Drittens: Die Frau wird niedergeschlagen und das Bild geraubt. Die Täter verschwinden. Später kommt eine dritte Person und erschießt die Gräfin. Habe ich etwas vergessen?"

„Es fehlt noch eine Variante", meldete sich *brigadier* Debordeau zu Wort: Die Frau begeht Selbstmord. Später kommt jemand vorbei, sieht die Tote und das Gewehr. Er entdeckt das Bild im Auto und verschwindet mit Bild und Waffe."

„Nein Guy-deux, das mit dem Selbstmord funktioniert nicht!", wurde er von *brigadier* Guy Malmotte korrigiert. „Sie wurde nicht mit dem Jagdgewehr erschossen, sondern mit einer Pistole oder einem Revolver. Und den hatte sie nicht dabei – laut Aussage ihres Mannes, dieses Vicomte. Außerdem: Wer hat sie dann niedergeschlagen?"

„Okay, geht nicht. War ja nur ein Versuch!", gab Guy Debordeau zu, den alle nur Guy-deux nannten, um Verwechslungen mit dem anderen Guy im Team zu vermeiden. Dieser, Guy Malmotte, war das krasse Gegenstück zu seinem Namensvetter. Er kam stets mit makellos sitzendem Anzug und Krawatte ins Kommissariat, hatte ordentlich geschnittene Haare und einen buschigen, aber sorgfältig gepflegten Schnurrbart.

„Mit der Mafia und dem organisierten Verbrechen liegen die Gendarmen auch daneben", griff *brigadière* Dalmasso einen anderen Punkt aus Papperins Zusammenfassung auf. „Das Ganze sieht doch eher nach Stümperarbeit aus. Erst schlagen sie die Frau nieder und dann erschießen sie sie auch noch. Und wieso lag sie neben dem Auto? Und Warum nehmen sie das Gewehr mit und das Geld – es war doch keines in der Handtasche, oder? Aber sie hatte ein paar Scheine einstecken, etwa hundertfünfzig Euro. Das hat ihr Mann bei der Gendarmerie zu Protokoll gegeben. Eine Flinte und etwas Kleingeld, das brauchen die von der Mafia doch gar nicht."

„Ich glaube, du hast recht, Jeannine", stimmte Papperin seiner Mitarbeiterin zu, die bis vor Kurzem viel mehr für ihn gewesen war, als nur eine Mitarbeiterin. Auf eine gewisse Art würde sie das vermutlich auch bleiben, gestand er sich ein.

„Die Mafia hätte sie direkt durch die Fensterscheibe im Fahrersitz erschossen. Aber was haltet ihr von den beiden anderen Lösungen, die ich skizziert habe?"

„Also, dass die Räuber sie zunächst niederschlagen und später doch umbringen, halte ich für realistisch", meinte *brigadier* Legrand. „Nur dass sie erst weggehen oder wegfahren und dann nochmal wiederkommen, um sie zu erschießen, das glaube ich nicht. Die haben sie gleich erschossen, meine ich. Über die Zeitspanne, die zwischen dem Schlag und dem Schuss liegt, kann der Arzt nichts sagen – das hat dieser *capitaine* der Gendarmerie doch berichtet."

„*D'accord*", stimmte Papperin zu. „In dieser Richtung müssen wir also ermitteln. Und was haltet ihr vom letzten Szenario mit dem unbekannten Dritten?", wollte er von seinen Leuten wissen.

„Möglich ist das schon. Aber wenig wahrscheinlich." François Legrand, der fünfte Detektiv in Papperins Mordkommission, begann seine Zweifel aufzuzählen: „Wenn unser Täter vom Gemäldetransport informiert war, woher sollte er wissen, dass die Vicomtesse die Hauptstraße verlassen hat und mitten in die weglose Pampa gefahren ist. Der Tatort liegt doch absolut nicht auf der Strecke nach Château Barbaresque. Und wenn einer zufällig dort vorbeikam – z.B. ein Wanderer oder ein Mountainbiker? Woher sollte der von dem Cézanne wissen, der dick verpackt auf der Rückbank lag? Und überhaupt: Wieso hatte er eine Pistole dabei? Außerdem wäre es sicher jemandem aufgefallen, wenn ein Wanderer oder ein Radfahrer mit einem Jagdgewehr und dem unhandlichen Paket mit dem Bild drin durch die Gegend gezogen wäre."

„Trotzdem", meinte Papperin „müssen wir das weiterverfolgen. Kümmerst du dich darum? Befragung der Bevölkerung, Aufruf in den Medien, ob jemand so einen Wanderer oder Radfahrer gesehen hat."

„Aber es könnte doch sein, dass der Täter ein Jäger ist. Er kommt mit dem Auto, sucht sich eine einsame Stelle mitten im Wald, um sich dort auf die Lauer zu legen und zu warten, bis Beute auftaucht – Hasen, Fasane, Bartavellen, Wildschweine. Es gibt in dieser Einsamkeit sicher viel Wild. Zufällig kommt er an die Lichtung, sieht das Auto und die Gräfin und …"

„Geht nicht. Man merkt, dass du mit Jagd nichts am Hut hast", blockte François Legrand den Vorschlag ab. Er war als einziger in Papperins Team ein leidenschaftlicher Jäger.

„Erstens, man jagt nicht in der Mittagshitze, sondern üblicherweise in der Morgen- oder Abenddämmerung. Und zweitens: Es ist Schonzeit."

„Ein Wilderer?"

„Nicht in der Mittagshitze!"

Während Monique Dépardieu mit einer weiteren *caffetiera* mit frisch gekochtem Espresso in den Besprechungsraum kam und die ihr hingehaltenen Tässchen nachfüllte, überlegte *commissaire* Papperin, wie jetzt weiter vorzugehen war. Dabei nahm er seine ‚Denkerstellung' ein, wie das seine Mitarbeiter spöttisch zu bezeichnen pflegten. Das Kinn zwischen Damen und Mittelfinger geklemmt und mit dem Zeigefinger die Nasenspitze nach oben geschoben, saß er eine Weile regungslos und blickte mit leeren Augen in die Luft. Das leise Plätschern und das Klappern der Tasse, als seine Sekretärin ihm Kaffee nachschenkte, brachte ihn wieder zurück in den Alltag.

„Bei allen Theorien, die wir diskutiert haben, drei Fragen sind bisher weder gestellt, und schon gar nicht beantwortet worden. Erstens: Wieso hat die Frau die Hauptstraße verlassen und ist in den Feldweg abgebogen? Und zweitens: Womit wurde ihr diese Beule am Hinterkopf zugefügt? Drittens: Wo ist der stumpfe Gegenstand, den der Arzt in seinem Bericht nennt? Habt ihr dazu irgendwelche Vorschläge?" *Commissaire* Papperin blickte seine Mitarbeiter auffordernd an.

„Auf die erste Frage werden wir vermutlich keine Antwort finden", meinte Jeannine.

„Vielleicht musste sie mal", warf Guy-deux ein.

„Aber dazu hätte sie sich nicht so weit von der Hauptstraße entfernen müssen – über einen Kilometer! Und außerdem: Mitten auf einer Lichtung? Der dichte Wald ist für so etwas besser geeignet."

„Du musst das ja wissen, als Frau. Wir", er schaute seine männlichen Kollegen an, „hätten das problemlos direkt am Straßenrand erledigt."

„Schluss jetzt!", beendete Papperin die Diskussion. „Wir können die Gräfin leider nicht mehr fragen. Kümmern wir uns lieber um das zweite Problem, den stumpfen Gegenstand."

Hier gab es nur zwei Möglichkeiten. Entweder hatte der Täter die Schlagwaffe zum Überfall mitgebracht, oder er hatte etwas zum Zuschlagen verwendet, was er am Tatort vorgefunden hatte.

„Im Bericht der Gendarmerie steht nichts davon, dass die einen derartigen Gegenstrand gefunden haben. Also hat er ihn wieder mitgenommen."

„Das muss nicht sein, Jeannine. Die haben doch überhaupt nicht danach gesucht. Die Beule am Kopf der Gräfin wurde erst bei der Obduktion entdeckt. Vorher, am Tatort, war sie noch niemandem aufgefallen, nicht einmal dem Arzt. Das steht alles im Protokoll. Die wussten also gar nicht, dass sie nach einer solchen Waffe suchen mussten."

„Das ist richtig", stimmte Papperin zu. „Das heißt, wir müssen hin fahren und das Gebiet rund um den Tatort nochmal gründlich absuchen. Was könnte das für ein Ding sein? Ein dicker Ast?", dachte er laut nach. „Eher unwahrscheinlich, denn die haben eine ziemlich raue Rinde. Das hätte zu einer Verletzung der Kopfhaut geführt. Und das ist laut Arztbericht nicht der Fall. Auch ein Stein dürfte eher nicht in Frage kommen, es sei denn er ist rund und glatt wie ein Flusskiesel. Aber in der Gegend gibt es weit und breit keinen Fluss. Bei den Steinen die dort herumliegen, dürfte es sich eher um kantige und zackige Gesteinsbrocken handeln. Es muss also etwas anderes sein. Aber was?"

Papperins Gedanken kreisten noch eine Weile um dieses Rätsel, kamen aber zu keinem Ergebnis. Schließlich wandte er sich wieder dem Naheliegenden zu:

„Wer hat Zeit, morgen mit mir dorthin zu fahren?"

Dieser neue Fall, den seine Vorgesetzten seinem Kommissariat überraschend zugewiesen hatten, brachte die Aufgabenverteilung und die Zeitplanung völlig durcheinander. Die nächsten Stunden vergingen deshalb damit, alles neu zu organisieren. Papperins dienstältester Mitarbeiter *lieutenant* Claude Lavalle und *brigadier* Guy Malmotte sollten sich weiter um die beiden Fälle kümmern, mit denen die Abteilung bisher befasst war. Die drei anderen berichteten von ihren Rechercheergebnissen, die sie hierzu bislang erzielt hatten, übergaben dem neuen Zweierteam ihre Unterlagen und spielten die erforderlichen Dateien auf deren PC's. Mit den restlichen drei seiner Mitarbeiter wollte *commissaire* Papperin am nächsten Morgen zum Tatort starten.

„Abfahrt um sieben Uhr?", fragte er, blickte um sich und erhielt von jedem ein zustimmendes Kopfnicken.

„Jeannine, besorge bitte ein Dienstfahrzeug. Und Sie, Guy-deux, kümmern sich um die Kameraausrüstung, *s'il vous plaît.*"

Als schon alle im Aufbruch begriffen, Stühle gerückt und die Espressotassen geleert waren, fragte Papperins Sekretärin:

„Wenn die Presseleute kommen, Jean-Luc, was soll ich denen sagen? Die werden schnell spitz kriegen, dass der Fall jetzt bei uns gelandet ist."

"Stimmt, Monique! Daran habe ich gar nicht gedacht", gab Papperin zu, überlegte kurz und sagte dann:

„Ich würde so wenig wie möglich rauslassen. Dass die Vicomtesse tot ist, ermordet, können Sie sagen. Den Namen können Sie ruhig nennen, die Medienleute würden das sowieso alles herausbekommen. Auch dass das Bild dabei gestohlen wurde. Vom Verschwinden des Gemäldes hat ja bereits der *Var Matin* berichtet, allerdings war damals noch nicht von Mord die Rede. Was wir vielleicht verschweigen sollten, ist die Art und Weise, wie sie ums Leben gekommen ist – also nicht, dass sie niedergeschlagen und erschossen wurde. Einfach nur ermordet. Und bitte auch nichts Konkretes zum Tatort, sonst trampeln die alles nieder und vernichten noch die letzten Spuren. Sagen Sie, ich werde bald eine Pressekonferenz geben, und sie mögen sich bitte bis dahin gedulden. So, und jetzt machen wir Schluss für heute! *Bon soir et à demain!*"

Kapitel 9
Die Tatwaffe gibt Rätsel auf

Mittwoch, 8. September

Pünktlich um sieben Uhr früh trafen sich *commissaire*
Papperin und seine drei Mitarbeiter, die Brigadiere Dalmasso, Debordeau und Legrand vor dem Kommissariat in
Aix en Provence. Um diese frühe Zeit waren noch kaum
Touristen unterwegs. Nur die Beschäftigten der Stadtver-
waltung belebten die Innenstadt. Fahrzeuge der städtischen
Straßenreinigung sprühten Wasserfontänen über die Pflas-
tersteine auf Straßen und Gehsteige, um für Abkühlung zu
sorgen und der in Bälde erwarteten Sommerhitze entgegen
zu wirken. Kleine dreirädrige Müllautos fuhren die zahlreichen öffentlichen Papier- und Abfallkörbe an, die den
Cours Mirabeau und die kleinen Seitenstraßen der Altstadt
säumten. Straßenkehrer in ihren grell-orangen Uniformen
fegten mit großen Reisigbesen die Trottoirs. Ansonsten war
die Stadt tot – die zahlreichen Geschäfte waren noch geschossen und durch mehr oder weniger stabile Gitter- oder
Stahlrollos vor nächtlichen Einbrechern und randalierenden
Betrunkenen geschützt. Sie würden erst gegen neun oder
zehn Uhr öffnen, wenn die kauflustigen Touristen sich
wieder durch die engen Gassen der Altstadt wälzten. Auch
die zahlreichen Cafés, Bars und Brasserien auf der Nordseite des Cours Mirabeau und um die Rotonde mit ihrem von
steinernen Löwen umsäumten Springbrunnen hatten fast
alle noch geschlossen. Nur ganz vereinzelt fanden sich Lokale, die den Frühaufstehern auf ihrem Weg zur Arbeit die
Möglichkeit boten, noch schnell einen *grand crème* oder einen *petit noir* und ein Croissant zu sich zu nehmen. Noch

war es kühl, angenehm kalt sogar. Es dürfte gut eine Stunde dauern, bis die Strahlen der südlichen Sonne ihren Weg in die Häuserschluchten der Innenstadt gefunden hatten. Die zentrale Prachtstraße der Stadt, der Cours Mirabeau, würde auch dann noch im Schatten der dichten Baumkronen liegen, den die alten und hohen Platanen den ganzen Tag über auf das emsige Treiben warfen.

***

In dem geräumigen Polizeifahrzeug, einem Citroën C4 Picasso, den *brigadier* Dalmasso für den Ausflug besorgt hatte, machten sich Papperin und sein Team auf den Weg zum Fundort der Leiche. Sie verließen die Stadt in östlicher Richtung. Der Weg führte sie am nördlichen Abhang der Montagne de Sainte Victoire vorbei und dann durch die einsame Hügellandschaft des waldreichen nördlichen Département Var. Es dauerte fast eine Stunde bis sie den Tatort erreicht hatten. Zum Glück hatte sich Guy-deux die Koordinaten des Ortes notiert und in das Navi des Dienstfahrzeugs eingegeben. Nur deshalb hatten sie die Abzweigung in den Schotterweg sofort gefunden, der von der Hauptstraße durch den dichten Wald zum Tatort führte. Kurz vor der Lichtung ließ Papperin anhalten. Der Mercedes der Vicomtesse stand nicht mehr dort. Die Gendarmerie hatte ihn bereits abschleppen und zur Untersuchung auf etwaige Spuren nach Aix bringen lassen. Im Schatten einer buschigen Eiche fand eine schnelle letzte Besprechung statt. Papperin führte seinen Mitarbeitern noch einmal vor Augen, worauf sie alles achten mussten – große runde Steine, Pétanquekugeln oder ähnliche Eisenteile, glatt geschliffene Holzknüppel, zum Beispiel Baseballschläger. Die Liste der möglichen Tatwaffen war zwar nicht unendlich, aber doch von unbestimmter Größe. Selbst von der Sonne gebleichte Knochen von Wildschweinskeletten kamen als Schlagwaffe in Frage. Nachdem sie das Areal in vier gleichgroße Sektoren eingeteilt hatten, konnte die Suche beginnen. Mit der Zeit wurde es fast unerträglich heiß. Die Sonne brannte aus einem wolkenlosen Himmel gnadenlos auf die baumlose Waldlichtung hernieder. Kein Windhauch regte sich. Die vier Mitglieder des Suchteams arbeiteten sich systematisch voran. Beginnend am Fundort der Leiche, entfernten sie sich weiter nach außen, in immer länger werdenden Schlangenlinien. Sie grasten jeden Zentimeter des mit harten Disteln, mit kugeligen Thymianpolstern und hüfthohen Rosmarinsträuchern bewachsenen Areals ab. Unzählige Eidechsen suchten verschreckt das Weite. Eine Viper, die sich auf dem glühenden Boden sonnte, schlängelte sich mit geschmeidigen Wellenbewegungen ins weiter entfernte, dichtere Gestrüpp.

„Mag jemand ein Heineken?", rief Guy-deux den anderen lachend zu. Dabei hielt er eine verbeulte Blechdose in den grünen Farben der bekannten Biermarke hoch.

„Es ist allerdings alles andere als eisgekühlt." Mit einem gekonnten Fußtritt beförderte er sie in hohem Bogen bis zum Waldrand. Die Suche verlief frustrierend. Zwar gab es genügend Steine, die von der Größe her in Betracht kamen. Aber sie waren alle uneben, zackig und schrundig und hätten in jedem Fall zu einer blutenden Verletzung geführt, wenn sie als Schlagwaffe verwendet worden wären. Unendlich viele Hülsen von Schrotpatronen, von Hobbyjägern verschossen, lagen zwischen den Sträuchern - rote, grüne und blaue Plastikröhrchen, je nach Größe des verwendeten Schrots. Ihre matten und blassen Farben belegten, dass sie schon seit Monaten, wenn nicht sogar seit Jahren hier lagen. Schließlich, nach einer endlos anmutenden Zeit der Suche in der brütenden, vom Zikadengekreische untermalten Hitze kam endlich ein Ruf:

„Chef, schauen Sie mal her! Könnte das die Waffe sein?" *Brigadier* Legrand hielt ein etwa armlanges Stück eines Rohres in die Höhe. An der Stelle, an der er es anfasste, hatte er es sorgfältig mit seinem blauen Stofftaschentuch umwickelt. Es handelte sich um ein verzinktes Eisenrohr mit einem Durchmesser von etwa drei Zentimetern, so wie es von Installateuren zur Verlegung von Gas- oder Wasserleitungen verwendet wurde. Die Oberfläche war matt, aber nicht rau und völlig frei von Rost. Sie begutachteten das Eisenstück sehr gründlich. Es wurde gedreht und gewendet. Augenscheinliche Spuren waren nicht zu entdecken.

„Ist kein Blut dran", stellte *brigadier* Legrand bedauernd fest, um nach einigem Nachdenken fortzufahren:

„Das ist auch gar nicht möglich. Die Frau hatte ja keine offene Wunde."

„Selbst wenn wir jetzt daran nichts entdecken", meinte Papperin, „das Ding muss ins Labor. Es kann durchaus die gesuchte Waffe sein. Bringen Sie es zum Auto, François. Und wir suchen inzwischen weiter", wandte er sich an Jeannine Dalmasso und Guy Debordeau. Die Suche wurde noch über eine Stunde fortgesetzt. Sie fanden auch noch viele Gegenstände, die aber aus den unterschiedlichsten Gründen nicht als die gesuchte Waffe in Frage kamen. Schließlich brach Papperin die Aktion ab.

„Jetzt haben wir im Umkreis von fast hundert Metern alles abgesucht und nichts weiter gefunden. Entweder ist das die Waffe, mit der die Frau niedergeschlagen wurde", dabei deutete er auf das Rohr, das in eine Plastkfolie gewickelt auf dem Rücksitz lag. „Oder die Täter haben etwas anderes verwendet, das sie dann allerdings wieder mitgenommen haben. In dem Fall haben wir keine Chance, es zu finden." Er blickte auf seine Armbanduhr.

„Jetzt ist es gleich zwölf. Am besten fahren wir ins nächste Dorf und suchen uns eine schattige Brasserie. Ich lade Sie alle zu einem *plat du jour* und einem Bier ein – wenn wir überhaupt ein Lokal finden, hier oben in der Einsamkeit der Haute Provence."

Papperins Befürchtungen erwiesen sich zunächst als zutreffend. Das erste Dorf, in das sie kamen, war winzig klein. Die Straßen und Gassen lagen menschenleer in der glühenden Sonne. Es gab kein Restaurant, keine Brasserie, nur eine einsame Bar. *Le cercle des amis* verkündete ein verwittertes Plastikschild über dem Eingang den Namen des Lokals. Auf den braunen Holzstühlen, die auf dem Gehsteig vor der Bar in der Sonne brüteten, saß niemand. Drinnen trafen sie auf drei Rentner, die rauchend am Tresen standen und der Besitzerin zuhörten, einer mageren, ausgezehrten Frau mit strähnigen, blondierten Haaren. Auch sie hatte eine Zigarette im Mundwinkel hängen und redete unentwegt. Ihr Alter war nicht zu bestimmen, alles zwischen vierzig und siebzig war möglich. Papperin brauchte gar nicht zu fragen. Es gab sicher keinen *plat du jour*. Und falls doch, hier würde er nicht essen wollen. Alles sah so heruntergekommen und schmuddelig aus. Mit einem gemurmelten *Au revoir* verließen sie die Bar, stiegen wieder ins Auto und fuhren weiter.

Schließlich hatten sie doch noch Glück. In einem kleinen Weiler, der einsam an der Wegkreuzung zweier Landstraßen lag, warf ein riesiger Maulbeerbaum seinen Schatten auf Tische und Stühle, die auf der Terrasse vor einem alten, zweistöckigen Haus standen. Große Teile der Hausfront waren überwuchert von der *trompette de jericho*. Die unzähligen rot-orangen Blütentrichter dieser Kletterpflanze bildeten einen wunderbaren Farbfleck in der weiten Ebene aus braunem, sonnenverbranntem Gras, und machten die wenigen vorbeikommenden Autos schon von weitem auf das Haus und die im Erdgeschoss befindliche Bar aufmerksam. Die meisten Tische auf der schattigen Betonterrasse waren besetzt. Wie die Autos auf dem gekiesten Parkplatz bezeugten – vier *fourgons*, kleine Lieferwagen, zwei Peugeot Partner, ein Citroën Berlingo und ein uralter Renault R4 – schien die Bar nur von Einheimischen besucht zu sein. Auch die Kleidung der Gäste wies sie als Handwerker oder Landwirte aus, die teils alleine, teils in Begleitung ihrer Frauen, das ländlich-idyllische Bistro für ihre Mittagsmahlzeit gewählt hatten.

Eine Schiefertafel neben der Eingangstüre verkündete mit weißer Kreide in ungelenker Handschrift das Tagesgericht:

Plat du jour: Veau aux Aubergines

„Na, das sieht doch gut aus!", seufzte Papperin, den langsam der Hunger plagte. Sie stiegen aus und schlenderten vom Parkplatz über die Straße auf die Terrasse zu. Der Wirt, ein behäbiger Mann mit zahlreichen Falten und Runzeln im Gesicht, einer vom vielen *vin rouge* leicht geröteten Nase und einem von den Kochkünsten seiner Frau zu beachtlichem Umfang angewachsenen *bidon,* wirkte zuerst erschrocken, als er das Polizeiauto vor seinem Haus halten sah. Aber als nicht Uniformierte, sondern normal gekleidete Leute ausstiegen, auf ihn zugingen, und als der älteste von ihnen, ein gut aussehnender, schlanker Mann mit einer krausen schwarzen Wuschelmähne ihn freundlich fragte, ob noch Platz für vier hungrige und durstige Kehlen sei, begann auch der Barbesitzer zu lächeln. Ganz offensichtlich interessierten die vier sich nicht dafür, ob er alle Umsätze korrekt boniert und aufgezeichnet hatte. Er wies auf einen etwas wackeligen Holztisch, der verwaist neben dem dicken Stamm des Maulbeerbaumes stand.

„Ich bringe sofort Stühle und decke den Tisch!"

Mit diesen Worten verschwand er im Inneren der Bar und kam mit vier weißen, leicht angegilbten Plastikstühlen zurück. Zwei in jeder Hand, versuchte er mit dem Knie die Türklinke zu drücken und dann mit dem Kopf die Glastüre aufzustoßen. Papperin eilte ihm zu Hilfe, hielt die Türe auf und nahm ihm zwei Stühle ab. Als sich die Beamten niedergelassen hatten, bestellte Papperin:

„*Deux bouteilles de Badoit, s'il vous plaît et un pichet de rosé. Un litre?*", blickte er fragend seine Begleiter an. Als diese Zustimmung signalisierten, bestätigte er die Bestellung mit einem Kopfnicken in Richtung des Wirtes. Kurze Zeit später war der Tisch gedeckt. Die Frau des Barbesitzers hatte eine weiße Papiertischdecke von einer dicken Rolle über die Tischplatte gebreitet. Hellgrüne, nicht mehr ganz neue Keramikteller und acht klobige Wassergläser wurden vor die vier Neuankömmlinge gestellt. Eine junge Frau, wohl die Tochter des Hauses, brachte ein Tablett mit den beiden bestellten Wasserflaschen und einer matt beschlagenen Glaskaraffe, aus der hellrosa und verlockend der eisgekühlte Wein leuchtete. Während Papperin das Einschenken übernahm, kam die Frau des Wirtes an den Tisch und fragte nach den Essenswünschen. Als *Entrée* stünden entweder eine *assiette de charcuterie* oder eine *soupe au pistou* zur Wahl. Als Hauptgericht gebe es das bereits angekündigte *Veau aux aubergines*, dann eine kleine Käseauswahl und zum Schluss ein *dessert*.

Papperin, der wusste, wie wohlschmeckend eine gut gemachte *soupe au pistou*, und wie aufwendig ihre Zubereitung war, bestellte ohne zu überlegen die Gemüsesuppe. Sie wurde in einer großen Schüssel aufgetragen. Jeder konnte sich nehmen, so oft und so viel er wollte. Als die Schüssel leer, und der erste, brennende Hunger gestillt waren, begann Papperin über die Schwierigkeiten der korrekten Zubereitung dieser Suppe zu dozieren. Nicht nur, dass unterschiedlichste Gemüsearten verwendet wurden – weiße, rote und grüne Bohnen, Tomaten, Kartoffeln, Karotten, Zucchini und Zwiebeln, die gewaschen, teilweise geschnipselt und gekocht werden mussten. Vor allem auf die Zubereitung des *pistou* musste man viel Sorgfalt verwenden. Basilikumblätter, viele Knoblauchzehen und Gruyére- und andere Käsesorten mussten im Mörser zu einer feinen Paste zerstampft werden, die dann zusammen mit einigen gekochten Nudeln in die sämige Gemüsesuppe gerührt wurden.

„Wenn man es richtig macht, dann dauert das Stunden!", meinte Papperin. „Deswegen tue ich mir das nicht allzu oft an. Aber wenn es so etwas schon einmal gibt, dann muss ich zugreifen. Ich glaube, die Chefin hier, die kocht alles selbst. Und dass sie es richtig macht, das haben wir ja geschmeckt." Dabei deutete er auf die leere Suppenschüssel.

Als nächstes wurde der *plat du jour* aufgetragen. Auf einer großen Platte lag das zarte Kalbfleisch in einem Bett von Auberginen und Tomaten. Es roch verführerisch und schmeckte himmlisch. Als alles aufgegessen war, winkte Papperin die Wirtin an den Tisch und wollte wissen, wie sie das Gericht zubereitet hatte, dass so sanft und zugleich würzig schmeckte.

„Das geht ganz einfach", meinte sie. „Das Fleisch wird zusammen mit den Auberginen und Tomaten und etwas Öl in einer Kasserolle gegart, gut eineinhalb Stunden. Natürlich kommt Salz hinzu. Und Knoblauch und frischer Thymian. Aber nicht zu viel, damit der zarte Geschmack des Kalbfleischs nicht überdeckt wird. Das ist alles."

„Großartig!", schwärmte Papperin. „Das muss ich sofort nachkochen, wenn ich wieder zuhause bin." Und wenn ich Zeit dazu habe, fügte er in Gedanken hinzu. Denn ihm war klar, dass ihr aktueller Fall ihm keine freie Minute lassen würde.

Das Menu nahm seinen Fortgang und wurde nach dem Käse und dem Dessert mit einem Kaffee beendet. Das Angebot des Wirtes, das Gelage mit einem von ihm selbstgemachten Thymianschnaps zu krönen, wurde mit größtem Bedauern abgelehnt. Schließlich seien sie Polizeibeamte im Dienst, müssten noch bis Aix fahren und hätten überdies eine Vorbildfunktion für die normalen Staatsbürger. Keinem kam dabei der Widerspruch in den Sinn, dass sie ja schon einen ganzen Liter Wein intus hatten. Rosé zählte in dieser Region praktisch zu den normalen Nahrungsmitteln und ganz offensichtlich nicht zu den im Straßenverkehr verbotenen Alkoholika. Nachdem Papperin die Rechnung beglichen hatte, für ein Menu, das in Aix gut das Doppelte gekostet hätte, wurden sie von den Wirtsleuten aufs Herzlichste verabschiedet. Der *patron* steckte Papperin ein kleines Fläschchen mit seinem selbstgebrannten Thymianschnaps zu, und Papperin versicherte lautstark, dass er so gut schon lange nicht mehr gegessen habe, und dass er mit seinem Team ganz sicher wiederkommen werde, und das nicht nur einmal.

Donnerstag, 9. September

Nachdem sie das Rohr noch am Vortag bei den Spezialisten der *police scientifique* abgeliefert hatten, warteten Papperin und seine Mitarbeiter ungeduldig auf erste Ergebnisse der Laboranalyse. Wieder wurden die Kaffeekochkünste der Kommissariatssekretärin in Anspruch genommen. Schließlich kam der ersehnte Anruf. Monique hatte ihn im Sekretariat entgegen genommen und stellte ihn zu Papperin durch. Gleichzeitig rief sie durch die offene Verbindungstür:

„Jean-Luc, das ist Dr. Berlinotte vom technischen Labor. Übernimmst du bitte?"

„*Salut, Florian!*", begrüßte Papperin seinen Freund. Die beiden verband eine herzliche Divergenz. Papperin, dem einfühlsamen, auf Stimmungen und psychologische Einflüsse achtenden Ermittler, stand der streng naturwissenschaftlich denkende und argumentierende Biochemiker gegenüber, der nur Fakten gelten ließ und jegliches menschliches Handeln auf physikalische, chemische und mathematische Gesetzmäßigkeiten zurückführen zu können glaubte. Dieser Gegensatz führte meist zu hitzigen, aber immer freundschaftlich geführten Diskussionen, mit Vorliebe nach Dienstschluss in Papperins Büro, wo der Wissenschaftler sich nur zu gerne von seinem Freund mit dessen hervorragendem, uralten Calvados *hors d'âge* bewirten ließ.

„Na, habt ihr was gefunden? Lass mich raten: Eure technischen Geräte haben versagt", frotzelte der Kommissar, „weil mögliche Restspuren, die die glühende Sonne und der scharfe Mistral zurück gelassen haben könnten, so mikroskopisch klein sind, dass sie sich eurer ach so effizienten Technik entzogen. Stimmt doch, oder?"

„Jetzt halt aber die Luft an!", empörte sich der Wissenschaftler wie von Papperin erwartet. „Du weiß genau, dass uns nichts entgeht, und wir selbst noch so unscheinbares, fast nicht mehr existentes Material nachweisen können. Aber wenn du uns für Versager hältst, dann verrate ich dir eben nicht, was wir alles entdeckt haben."

Man konnte das gespielte Beleidigt-Sein des Experten selbst durch die Telefonleitung förmlich fühlen. Papperin, dem klar war, dass sie diesen fiktiven Streit ad infinitum fortführen könnten, kam dann aber doch schnell zur Sache und lenkte ein.

„Okay, ich glaube ja, dass ihr die Besten seid. Und jetzt sag bitte schnell, was habt ihr gefunden?"

„Also, drei Dinge können wir nachweisen: Spuren von Haut, Kopfschuppen und Handschweiß. Die können noch nicht so alt sein, höchstens ein paar Tage, sonst wären sie, wie du richtig vermutet hast, von Wind und Sonne beseitigt worden. Kannst du damit was anfangen?"

„*Merci, Florian*! Natürlich hilft uns das weiter. Das heißt ja, dass das Rohr vor kurzem von jemandem angefasst worden und mit einer Kopfhaut in Berührung gekommen ist. Das bestätigt unsere Vermutungen. Wann habt ihr die DNA entschlüsselt? Dann müssen wir nur noch jemanden finden, zu dem eure Ergebnisse passen."

„Das dauert noch. Frühestens morgen, vielleicht sogar übermorgen. Du kannst dir ja gar nicht vorstellen, wie kompliziert die Verfahren der Fragmentlängenanalyse und der PCR-Technik sind. Also, zuerst muss man …"

Hier wurde er von Papperin abrupt unterbrochen.

„Gut, gut! Bitte erspare mir deine wissenschaftlichen Details. Wir können also davon ausgehen, dass wir von dir morgen, spätestens übermorgen die Daten bekommen, die wir für einen DNA-Abgleich mit Kandidaten aus unserer Gangsterdatei benötigen?"

„Ja, das könnt ihr. Sag mal, ist noch etwas von dem hervorragenden Calva übrig, den du mir neulich Abend kredenzt hast? Dann komme ich sofort bei dir vorbei!"

„*Lentement, lentement!* Erst eure DNA-Ergebnisse, dann die Belohnung!"

***

Luc Percier und Maurice Gaullefrond lagen faul im Schatten einer ausladenden Edelkastanie. Ein angenehmer kühlender Wind war aufgekommen und versetzte den grünen Teppich, den die Wipfel der Bäume am gegenüberliegenden Berghang bildeten, in wogende Bewegung. Nach dem gelungenen Coup mit dem Gemälderaub hatten sie beschlossen, erst einmal abzutauchen, Ruhe zu bewahren und abzuwarten, bis Gras über die Sache gewachsen war, und die Medien sich anderen, neuen Sensationen zugewandt hatten. Erst dann wollte Luc mit seinem ehemaligen Mitgefangenen im *prison* von Toulon Kontakt aufnehmen. Der würde schon zahlungskräftige Sammler kennen, die sich ein gestohlenes Gemälde in ihre private Kunstsammlung hängen wollten. Schließlich hatte sein Kumpel genau wegen solcher Delikte gesessen – Hehlerei mit teuren Originalwerken bekannter Maler. Für die nächsten zwei bis drei Wochen war aber Ruhe angesagt. Es fiel nicht auf, dass Luc von seiner Arbeit fernblieb, denn er hatte seinen ganzen Jahresurlaub genommen, mit der Begründung, seine alte Mutter sei erkrankt, und es gehe ihr so schlecht, dass er sich um sie kümmern müsse. Maurice hatte überhaupt keine Probleme, da er arbeitslos war, und die Hausbewohner in Brignoles daran gewöhnt waren, wenn er für längere Zeit nicht dort auftauchte. So konnten sich die beiden aus der Öffentlichkeit zurückziehen, ohne Aufsehen zu erregen.

Als Unterschlupf war das alte Bauernhaus seiner Mutter geradezu ideal. Es lag völlig einsam in den Bergen der Haute Provence, ein gutes Dutzend Kilometer vom nächsten Ort – Allemagne en Provence – entfernt. Seit dem Tod ihres Mannes lebte Madame Percier dort allein mit ihren Ziegen, Schafen und Hühnern. Einmal in der Woche brachte Baptiste Lepetit, ein alter Freund ihres verstorbenen Mannes, alles was sie zum Leben benötigte. Er betrieb in Allemagne einen kleinen Krämerladen. Dass dieser noch nicht Pleite gegangen und der übermächtigen Konkurrenz der Handelsketten zum Opfer gefallen war, lag an seinem Geschäftsmodell. Neben den Bewohnern von Allemagne, die zu seinem Leidwesen immer häufiger zu den Supermärkten in den größeren Orten fuhren, hatte er die einsam und abseits von allen Siedlungen lebenden Alten als Stammkunden gewonnen. Er lieferte ihre telefonisch aufgegebenen Bestellungen frei Haus, ohne hierfür ein gesondertes Entgelt zu verlangen. Kein Weg war ihm zu weit, keine Farm zu abgelegen. Angst, seine treuen Alten könnten abspringen und bei den großen Internet-Handelshäusern einkaufen, hatte er nicht. So gut wie keiner seiner Kunden konnte einen Computer bedienen. Und überdies gab es nur an ganz wenigen Stellen der weiten und öden Gegend schnelle Internetverbindungen. Dass er ein bisschen teurer war als die *supermarchés*, spielte ganz offensichtlich keine Rolle.

Seit dem gelungenen Überfall hatten sich die beiden Freunde in der *bastide* von Lucs Mutter einquartiert. Sie war überglücklich über die Gesellschaft und verwöhnte *mes garçons*, meine Buben, wie sie die beiden nannte, so gut sie mit ihren bescheidenen Mitteln dazu in der Lage war. Baptiste Lepetit hatte sich gewundert, dass sie plötzlich viel mehr bestellte, und vor allem hochwertige Lebensmittel. Er hatte dies zunächst ihrer zunehmenden altersbedingten Verwirrtheit zugeschrieben. Aber als sie ihm am Telefon erklärt hatte, ihr Sohn und sein Freund seien zu Besuch gekommen und hülfen ihr bei der Arbeit auf dem Hof, freute sich Baptiste mit ihr und packte noch etliche Leckereien zusätzlich für sie ein, ohne sie zu berechnen.

Natürlich hatten Luc und Maurice, von Neugierde getrieben, das verschnürte und zugeklebte Paket erst einmal ausgepackt und sich davon überzeugt, dass wirklich das von Paulette beschriebene Gemälde darin war. Dann hatten sie das Bild wieder sorgfältig verpackt und es auf den alten Schrank aus Kastanienholz gelegt, der, solange Luc denken konnte, in seinem ehemaligen Kinderzimmer stand. Dort oben war es sicher. Für Lucs Mutter war der Schrank zu hoch, und überdies gab es für sie keinen Anlass, eine Leiter zu holen und oben nachzusehen. Und jemand anderes kam nicht in Lucs Zimmer.

Paulette und Frank, so hatten sie beschlossen, sollten ihrer gewohnten Arbeit nachgehen und sich normal und unauffällig verhalten. Zu geeigneter Zeit wollten sie sich wieder treffen und sich um den Verkauf des Bildes kümmern. Sie hatten ja Zeit.

Langsam senkte sich die Abendsonne auf den gegenüberliegenden Hügel hinab und glitt immer tiefer, bis sie nur noch zur Hälfte, dann zu einem Drittel zu sehen war.

Ihr golden-ockerfarbenes Licht ließ die Landschaft um die *bastide* geheimnisvoll aufleuchten. Immer blasser wurden die Schattierungen, je tiefer der Himmelskörper versank. Die leuchtenden Farben waren plötzlich verschwunden, und die Dämmerung stülpte über alles ein dumpfes, konturloses Grau. Luc und Maurice hatten sich in die geräumige Küche mit ihren alten Nussbaum- und Kastanienholzmöbeln begeben und sahen der alten Frau zu, wie sie das Abendessen umständlich zubereitete.

„Stellt doch schon mal die Teller und die Gläser auf den Tisch", zwitscherte sie vergnügt. „Und Luc, hol eine Flasche Wein aus dem Keller. Den roten, den dein Vater so gerne trinkt."

„Sofort *maman*!"

Nachdem Luc mit einer Flasche 2002-er Château Neuf du Pape zurück war und sie entkorkt hatte, setzten sich alle an den Tisch.

„Heute Nachmittag hat mir Baptiste, als er die bestellten Lebensmittel vorbeibrachte, erzählt, dass alle entsetzlich aufgeregt sind wegen eines Überfalls. Da haben so Verbrecher eine Gräfin überfallen, mitten im Wald, sie umgebracht, und sind mit einem wertvollen Bild auf und davon. Überall in der Gegend dort soll es jetzt von Polizei nur so wimmeln."

Die alte Frau schüttelte fassungslos den Kopf.

„Schlimm, was es für schlechte Menschen gibt. Ich habe immer geglaubt, dass so etwas nur in Marseille oder in der Hauptstadt passieren kann. Und jetzt auch hier, auf dem Land! Unfassbar! Mitterand hätte die Guillotine nicht verbieten sollen. Die würde solche Verbrecher abschrecken."

Luc und Maurice schauten sich bestürzt an. Ist diese dumme Kuh, die Gräfin, an dem leichten Schlag verreckt, den ich ihr übergezogen habe?, überlegte Luc. Und: So ein Trottel, hat er zu fest zugehauen, und jetzt haben wir die Scheiße, dachte Maurice.

„Nein! Das ist ja furchtbar!", rief Luc laut und blickte seine Mutter mit echtem Entsetzen an.

„Und noch dazu in unserer schönen und friedlichen Provence, das hätte ich niemals gedacht!", bemerkte Maurice mit demonstrativ zur Schau getragener Empörung. Er war sichtlich der bessere Schauspieler. In seinem Innersten aber machte sich Angst breit. Ein Mord! Jetzt würde die Polizei nicht ruhen, bis sie die Täter ermittelt hatte. Außerdem glaubte er an das Gerücht, dass die *flics* Verbrecher wenn irgend möglich erschossen, um sich die langen und zermürbenden Gerichtsverfahren zu ersparen, bei denen nicht selten die Verteidiger die Oberhand behielten und für ihre Mandanten mit juristischen Tricksereien Freisprüche erreichten. Ja, Maurice fürchtete sich, fürchtete um sein Leben.

Das Abendessen verlief jetzt in gedrückter Stimmung. Luc Percier war zutiefst erschüttert und stocherte lustlos auf seinem Teller herum. Auch Maurice konnte kaum einen Bissen herunterbringen. Nur Madame Perciers Lust am Essen wurde von diesen Neuigkeiten nicht getrübt. Dass diese nicht spurlos an ihr vorüber gingen, merkte man aber an der Tatsache, dass sie kein Wort verlor, sondern die Gabel schweigend zum Mund führte, solange, bis ihr Teller leer war. Schließlich stand sie auf und verließ mit den Worten ‚Ich gehe jetzt ins Bett. Den Abwasch mache ich morgen‘ die Küche und ließ die beiden Männer ratlos zurück. Unter der Tür drehte sie sich noch einmal um und deutete mit der rechten Hand auf das rustikale Buffet.

„Dort liegt der *Var Matin* von heute. Da steht was drin über den Überfall und den Mord. Ich habe nicht alles verstanden. Aber du bist ja klug."

Dann schwieg sie. Man erkannte an ihrer gerunzelten Stirne, dass sie über etwas intensiv nachdachte. Schließlich schien sie zu einer Lösung gekommen zu sein:

„Wir müssen uns schützen, so einsam und allein in den *collines*. Charles soll seine alte Militärpistole laden."

„Aber *maman*, Papa ist doch schon lange tot."

Sie überlegte kurz. „Stimmt, aber die Pistole liegt immer noch in der Schublade, im Nachtkästchen neben seinem Bett."

Sie sah ihren Sohn auffordernd an:

„Dann nimm du sie, um uns zu beschützen! Ich gehe jetzt ins Bett. Gute Nacht!"

Luc und Maurice stürzten sich auf die Tageszeitung. Bereits auf der ersten Seite sprang ihnen die Titelzeile in dicken roten Lettern entgegen:

Raubmord – mörderischer Überfall kostet Mitglied des Hochadels das Leben.

Begierig überflogen die beiden den Artikel. Dort wurde beschrieben, wie Piloten der nationalen Brandschutz-Helikopterstaffel die Leiche der Gräfin Marie-Caroline de Gramellons auf einer einsamen Waldlichtung neben ihrem Auto entdeckt hatten. Nach Angaben aus Polizeikreisen handelte es sich eindeutig um Mord. Außerdem, war im Blatt weiter zu lesen, sei das wertvolle Originalgemälde von Paul Cézanne gestohlen worden, das die Gräfin mitgeführt hatte und zur Ausstellung nach Château Barbaresque bringen wollte. Was die Identität der Täter und die Art der Durchführung des Kunstraubes betraf, tappe die Polizei noch im Dunkeln. Allerdings sei das Kommissariat des bekannten Verbrecherjägers Jean-Luc Papperin mit dem Fall befasst, so dass in Bälde mit Ermittlungserfolgen zu rechnen sei.

„Ganz schöne Scheiße, in der wir jetzt sitzen", murmelte Maurice.

„Wieso? Da steht doch, dass die keinerlei Anhaltspunkte haben. Und wir haben ja wirklich aufgepasst und keine Spuren hinterlassen. Wenn wir jetzt keine Fehler machen, dann kommen die niemals auf uns."

„Trotzdem, Scheiße ist das schon."

„Heißt das, du gibst mir jetzt die Schuld? Kann doch keiner ahnen, dass die bei so einem leichten Stupser gleich abkratzt", rechtfertigte sich Luc.

„Jetzt sei doch nicht gleich beleidigt! Natürlich konntest du nicht wissen, dass die den Schlag nicht überlebt. Aber was ganz was anderes: Was machen wir mit dem Gewehr? Wir hätten es nicht mitnehmen sollen. Wenn das jemand hier findet, dann ist klar, dass wir was mit dem Überfall zu tun haben. Das sollten wir so schnell wie möglich verschwinden lassen."

„Nein, das behalten wir noch. Vielleicht können wir es ja noch brauchen. Und wer soll es schon finden, da oben auf dem Schrank in meinem Zimmer?"

„Wenn du meinst", gab Maurice nach.

Sie vertieften sich wieder in die Zeitung. Es standen noch eine Menge weiterer Artikel zum Überfall darin. Ein reich bebilderter Beitrag behandelte das oberhalb des Ortes Château Barbaresque liegende Schloss, in dem die Sonderausstellung stattfinden würde, zu der die Vicomtesse den Cézanne hatte bringen wollen. Auf Seite fünf folgte ein Interview mit dem Vicomte Victor de Gramellons. Er betonte darin die Schwere des Verlustes, den er durch den Tod seiner wunderbaren Frau erlitten habe. Er wisse nicht, ob er nach diesem traumatischen Ereignis noch im Château Gramellons leben könne, wo er auf Schritt und Tritt an seine über alles geliebte Gemahlin erinnert würde. Er denke daran, sich in die Anonymität der Hauptstadt zurückzuziehen. Ob er eine Mutmaßung habe, wer der oder die Täter des Überfalls seien, fragte der Reporter. *„Des arabes!* Irgendwelche von diesen asozialen Nordafrikanern, die über das Mittelmeer ins Land kommen und unsere Städte und Straßen unsicher machen!" Das Interview schloss mit einem heftigen Vorwurf an die Sicherheitspolitik der Regierung. Früher sei alles besser gewesen, da habe es noch keine drastischen Sparmaßnahmen und Personalkürzungen gegeben. Die Gendarmen seien viel präsenter in den Ortschaften und auf den Landstraßen gewesen, Streifenwagen hätten flächendeckende Kontrollfahrten durchgeführt. Im letzten Satz des Interviews offenbarte der Graf, wo er politisch stand: „Meine Frau hätte nicht sterben müssen, wenn der Präsident der Republik mehr auf die Wünsche der Bevölkerung hören würde, anstatt derart demütig die Vorgaben der europäischen Behörden umzusetzen. Er betreibt eine völlig verfehlte Finanz- und Sicherheitspolitik. Es ist an der Zeit, dass der Front National das Ruder übernimmt!"

„Recht hat er!", murmelte Luc, als er diesen Absatz des Interviews gelesen hatte. In seiner Hosentasche kribbelte es, gleichzeitig erklangen die ersten Takte der Marseillaise, erst leise, dann immer lauter werdend.

„Dein Handy!", sagte Maurice. „Woher hast du den Klingelton? Die Nationalhymne - klingt super!"

„*Oui?*", fragte Luc in das Gerät. „*Ahh! C'est toi, Paulette!* Wie geht's Dir?"

Statt einer Antwort auf die Frage wurde er von einem Wortschwall überschüttet. Ob sie den Artikel im *Var Matin* gelesen hätten? Sie und Frank seien entsetzt. Von Mord sei nie die Rede gewesen. Ob sie verrückt seien, er und Maurice. Die *flics* würden jetzt keine Ruhe geben, bis sie die Mörder gefasst hätten. Der Fall sei schon bei der *police judiciaire* von Aix. Und die seien berühmt, beinhart seien die, die hätten noch jeden Mord aufgeklärt.

„Luc, da habt ihr Scheiße gebaut. Passt bloß auf, dass die euch nicht erwischen! Ich mach mir solche Sorgen. Und Frank auch! *Salut!*"

Abrupt hatte sie das Gespräch beendet und Luc überhaupt nicht zu Wort kommen lassen. Dieser knallte sein *portable* wütend auf den Tisch.

„Die hat gut reden. Die waren ja gar nicht dabei – sie und Frank. Saßen irgendwo im Auto, weit ab vom Schuss und haben die Funksignale manipuliert. Und wir, uns haben sie die Dreckarbeit machen lassen." Nach einer längeren Pause, während der er immer wieder mit der Faust auf den Tisch schlug, meinte er: „Wir müssen was unternehmen! Nur was?"

„Nichts, gar nichts dürfen wir machen", erwiderte der etwas rationaler denkende Maurice. „Abgetaucht müssen wir bleiben. So unauffällig und solange wie möglich. Eigentlich hat sich ja nicht viel geändert, nur dass die jetzt intensiver ermitteln. Aber sie haben ja nichts in der Hand, das auf uns hinweist."

Er ließ seinen Blick durch die geräumige Wohnküche schweifen und durch die schmalen Sprossenfenster über die in der Dunkelheit kaum mehr erkennbaren Hügel.

„Hier ist es optimal! Wir bleiben hier. Du bist gekommen, um deiner Mutter zu helfen, und ich habe dich als dein Freund begleitet. Das ist die beste Tarnung, unauffällig, menschlich verständlich. Und so weiß es auch dein Chef."

„Sie sind also der Sohn von Martine. Sie hat mir schon von Ihnen erzählt, dass Sie gekommen sind, um ihr bei der Arbeit auf dem Hof zu helfen. Das finde ich großartig. Es gibt leider nicht mehr viele so hilfsbereite Angehörige. Glauben Sie mir, ich weiß wovon ich rede! Ich kenne die Alten hier, die einsam in ihren Häusern leben, verlassen von ihren Kindern, die lieber in den Städten wohnen, weil dort mehr Geld zu verdienen und die Arbeit leichter ist. Die arme Martine! Sie wird immer verwirrter. Ich frage mich oft, ob es zu verantworten ist, sie so ganz alleine dort oben wohnen zu lassen. Aber in den staatlichen *maisons de retraite*, den Altersheimen, ist es ja so deprimierend. Ich bin überzeugt, da würde sie vor Kummer sterben."

Mit bedrückter Miene sinnierte er vor sich hin. Dann gab er sich einen Ruck:

„Was darf es heute sein? Was braucht Martine?"

Luc reichte dem Ladenbesitzer den Zettel, auf dem seine Mutter mit zitteriger Handschrift die benötigten Dinge aufgeschrieben hatte. Während dieser die Bestellung herrichtete, wandte sich Luc den Zeitungen zu, die in einem drehbaren Drahtgestell neben der Eingangstür steckten. Er zog den *Var Matin*, *La Provence* und *L'Équipe* heraus und legte die Blätter auf die Ladentheke. Er bezahlte elektronisch mit seiner *carte bleue*, was seit einigen Jahren nicht nur in großen Supermärkten, sondern selbst in den kleinsten und abgelegensten Geschäften möglich war. Zurück im Auto nahm er sich die Zeitungen vor. Im *Var Matin* standen noch zwei kürzere Artikel zu dem Überfall, dem Kunstraub und dem Mord. Sie enthielten aber nichts Neues. Auf Seite vier der *Provence* war ein längeres Interview abgedruckt, das der leitende Beamte der Mordkommission von Aix en Provence, ein gewisser Jean-Luc-Papperin, dem Blatt gegeben hatte. Vor dem Beginn des langen Interviews hatte der Journalist ein paar Zeilen zur Person des Kommissars verfasst, die Luc mit Interesse las:

> Der Chef der *brigade criminelle*, *commissaire* Jean-Luc Papperin (36) ist gebürtiger Provenzale und leitet diese Abteilung der *police judiciaire* von Aix en Provence erst seit wenigen Jahren. Nach dem Studium der Rechtswissenschaften an der Université Panthéon-ASSAS, der renommiertesten Juristenkaderschule der Republik, hat er die Polizistenausbildung an der *école nationale de police* in Nice/Département (06) Alpes Maritimes erhalten. Anschließend war er ein Jahr *brigadier* an der *brigade criminelle* in Aix unter der Leitung von *commissaire* Phillipe Lafontaine. Von dort wurde er zum Kommissar der *police nationale* in Paris berufen, wo er einige Aufsehen erregende Verbrechen mit Bravour aufklären konnte. Vor drei Jahren ist er nach Aix zurückgekehrt und leitet hier als *commissaire divisionaire* die Mordkommission mit überragendem Erfolg. Privat lebt er in seinem Geburtshaus in Cabanosque/Département Var, in der für die Qualität ihrer Produkte mehrfach ausgezeichneten *Moulin à huile Fréderic Papperin*, ein Unternehmen, das seit Generationen in Familienbesitz steht und derzeit von der Mutter des *commissaire* mit großem Erfolg geführt wird.

Luc Percier erhoffte sich von dem auf diese Einführung folgenden Interview des Kommissars nähere Einzelheiten zum Stand der polizeilichen Ermittlungen. Hier wurde er allerdings enttäuscht. Auf alle Fragen des Journalisten zu konkreten Details erhielt dieser immer nur die ausweichende Antwort: „Kein Kommentar!"

Am Schluss des Interviews rechtfertigte der *commissaire* nochmals seine Zugeknöpftheit bei Fragen nach Ermittlungsdetails mit den Worten:

„Bitte haben Sie Verständnis dafür. Eine verfrühte Bekanntgabe der Ergebnisse unserer Recherchen würde den Ermittlungserfolg gefährden. Aber Ihre Leser können davon ausgehen, dass wir mehrere heiße und vielversprechende Spuren verfolgen. Der oder die Täter haben keine Chance, ihrer gerechten Strafe zu entkommen."

Frustriert warf Luc die Zeitung auf den Beifahrersitz und fuhr los. Zurück auf der *ferme* seiner Mutter nahm er seinen Freund Maurice beiseite und zog ihn ins Freie. Erst als sich die beiden unter der alten Edelkastanie niedergelassen hatten, gab er seiner Besorgnis Ausdruck.

„Maurice, das ist ein ganz ein scharfer Hund, dieser *commissaire* aus Aix. Der ist mit allen Wassern gewaschen, hat schon viele aussichtslose Fälle gelöst, hier in der Provence und in Paris. Wir müssen höllisch aufpassen, dass wir keine Fehler machen."

„Wir waren uns doch einig, dass wir hier sicher sind", versuchte Maurice die Bedenken seines Freundes zu zerstreuen.

„Jetzt ja, aber irgendwann wollen wir doch das Bild verkaufen. Ich hab so eine Ahnung, dass er darauf wartet und dann zuschlagen will."

„Wer?"

„Na, der *commissaire*! Zu dumm, dass die so einen knallharten Erfolgsbullen auf uns angesetzt haben. Wieso haben die nicht irgendeinen von diesen politischen Karrieretrotteln genommen, die sich auf den höheren Beamtenpositionen tummeln?"

„Venez vite, mes garçons!", rief es aus dem Haus. „Kommt, es gibt Mittagessen!"

Luc und Maurice standen auf und gingen langsam auf die offene Tür zur Küche zu, aus der ihnen ein verlockender Duft entgegen zog.

***

Das Dienstfahrzeug der *police judiciaire* verließ die schmale Allee, die zum Château Gramellons führte, durchfuhr das Kiesrondell und hielt direkt am Fuße der ausladenden fünfstufigen Marmortreppe, die zum Eingangstor des Schlosses emporführte. *Brigadier* Jeannine Dalmasso kletterte mühsam an der Beifahrerseite aus dem Auto. Sie hatte immer noch starke Rückenschmerzen vom Vortag. Die stundenlange Spurensuche am Tatort, das ständige durchkämmen der niedrigen stacheligen Macchie in tief gebückter Haltung, waren nicht spurlos an ihr vorüber gegangen. Merkwürdigerweise hatten die stechenden Schmerzen erst Stunden später eingesetzt, als die Suche längst beendet war, und sie wieder vor ihrem Computer im Kommissariat gesessen hatte. Im Gegensatz zu ihr sprang ihr sportlicher Kollege *brigadier* Legrand mit Elan aus dem Fahrzeug. Fürsorglich fasste er sie am Arm und stieg mit ihr die Stufen zum Eingang hoch. Sie hatten von ihrem Chef den Auftrag erhalten, Projektilproben vom Jagdgewehr des Vicomte de Gramellons zu beschaffen. Das war zwar nicht drängend, denn es brachte keinen unmittelbaren Nutzen für ihren aktuellen Fall. Trotzdem hielt es Papperin für richtig, und sei es nur, um die kriminaltechnischen Besonderheiten der Projektile in die entsprechenden Datenbanken einzuspeisen. Damit hatte man Vergleichsmaterial, um bei künftigen Fällen erforderlichenfalls einen Datenabgleich durchführen zu können.

Commissaire Papperin hatte dem Grafen das Kommen seiner beiden Mitarbeiter telefonisch angekündigt, deswegen wurden sie bereits erwartet. Knarrend öffnete sich das Portal und eine Hausangestellte in schwarzem, kurzem Rock, schwarzer Bluse und einem weißen Häubchen im Haar bat sie, einzutreten und führte die beiden Beamten durch einen langen hohen Gang in die Bibliothek.

„*Comte* de Gramellons wird sofort kommen. Bitte gedulden Sie sich noch einen Moment und bedienen Sie sich einstweilen."

Dabei deutete sie auf einen kleinen, runden Glastisch, auf dem zwei Kristallkaraffen mit goldgelb schimmerndem Inhalt standen.

„Cognac und Whisky", erläuterte sie. „Oder darf ich Ihnen etwas anderes bringen?"

Nachdem die beiden Brigadiere abgelehnt hatten, sie seien im Dienst, da verböte sich jeglicher Alkoholkonsum, meinte die Angestellte:

„Dann hole ich jetzt den *comte*."

„Wieso nennt die ihn Graf? Der ist doch bloß ein *vicomte*, ein Vizegraf?", regte sich Jeannine auf, als die Frau den Raum verlassen hatte.

„Wahrscheinlich verlangt er das von ihr", mutmaßte ihr Kollege. „Die müssen doch immer angeben, die Adeligen, und mehr aus sich machen, als sie sind."

Eine der beiden hohen Flügeltüren, die in die Bibliothek führten, öffnete sich, und der Vicomte trat ein.

„Da sind Sie ja endlich. Nach dem Anruf Ihres Vorgesetzten hatte ich Sie deutlich früher erwartet." Zielstrebig und ohne sie weiter zu begrüßen ging der Graf zur kleinen

Tischbar und goss sich eine kräftige Portion Whisky ein. Jeannine fand sein selbstsicheres Auftreten arrogant. Gestern noch niedergeschmettert, erschüttert den Tod seiner Frau beweinend, gab er sich heute hochnäsig und weltmännisch und ließ sich deutlich anmerken, dass er es für unter seiner Würde hielt, mit niedrigen Chargen, wie einfachen Brigadieren abgespeist zu werden.

Zwischen zwei Zügen aus seinem Whiskyglas ließ er die Bemerkung fallen: „Ich hätte eigentlich erwartet, dass der Herr Kommissar sich selbst herbemüht. Wenn ich schon zulasse, dass sich die Polizei meinen Schießstand ansehen darf. Paulette!", wandte er sich an das Dienstmädchen. „Führ die beiden hinunter ins Gewölbe. Ich komme gleich nach."

Die Angestellte hielt den Polizeibeamten die Türe auf und flüsterte, nachdem sie die Türflügel wieder fest ins Schloss gedrückt hatte:

„Machen Sie sich nichts draus. Dieses Gehabe glaubt er seinem Stand schuldig zu sein. In Wirklichkeit ist er ein ganz normaler Mensch. Völlig anders, als es die Gräfin ist … äh … war."

Über eine breite steinerne Wendeltreppe, die an der Innenwand des Schlossturmes hinab in die Kellergewölbe führte, erreichten sie einen langen, aus blanken Klinkersteinen gemauerten Gang, von dem mehrere Türen abgingen. Die Hausangestellte führte sie zum Ende des Ganges, an dem sich zwei schwere Eichentüren befanden.

„Nach links geht es in den Vorratstrakt des Schlosses. Dort ist unter anderem der Weinkeller des Grafen", erklärte Paulette. Durch die rechte Türe gelangten sie in einen schmalen, aber sehr langen Raum, an dessen vorderem Ende ein niedriger Tisch stand.

„Von hier wird geschossen", erläuterte die Hausangestellte. Am anderen Ende schien ein riesiges schwarzes
Wildschwein den Raum zu durchqueren. Es war sehr realistisch gemalt. Bei näherem Hinsehen konnte man zahlrei-
che Einschusslöcher sehen. Hinter der Sperrholzplatte mit
dem aufgemalten *sanglier* befand sich als Kugelfang ein hoher, den ganzen Querschnitt des Raumes ausfüllender Stapel aus etwa einen Meter langen Rundhölzern, die parallel
zur Schussrichtung aufgeschichtet waren. Brigadier
Legrand begann, mit seinem Jagdmesser mehrere Projektile
aus dem Weichholz zu pulen.

„Wie viele Gewehre besitzt der Vicomte?", fragte er
über seine Schulter die hinter ihm stehende Paulette.

„Wieso wollen Sie das wissen? Das geht Sie gar nichts
an!", blaffte es vom vorderen Ende des Raumes. Der Vicomte war eingetreten und ging auf die beiden Beamten zu.

„Wir müssen von jeder Waffe, mit der hier jemals geschossen wurde, ein Projektil haben, um sicher zu sein, dass
auch eines von Ihrem gestohlenen Jagdgewehr dabei ist",
erklärte ihm Jeannine geduldig.

„Ich besitze zwei Schrotflinten und zwei Jagdgewehre.
Eines davon wurde gestohlen. Aber das wissen Sie ja. Mit
Schrot wird hier unten nicht geübt", gab der Adelige un-
wirsch an.

„Wo befinden sich die drei Gewehre?", fragte François
Legrand. „Würden Sie uns die bitte zeigen!"

„In meinem Waffentresor, sicher weggesperrt. Aber das
geht Sie nichts an. Oder haben Sie einen Durchsuchungsbeschluss?"

Brigadier Legrand schüttelte wortlos den Kopf und
bohrte weiter mit seinem Opinel im Holz. Jeannine Dalmasso nahm die heraus gepulten Projektile, die dank des

weichen Holzes kaum deformiert waren, in Empfang und verstaute sie in kleinen Plastikbeuteln, die sie sorgfältig beschriftete.

„Und was soll das alles? Wieso brauchen Sie so viele?", fragte der Vicomte. „Es genügt doch, wenn Sie ein Muster von jedem Gewehr haben."

Jeannine, die keine Lust auf langwierige Erklärungen hatte, antwortete kurz angebunden:

„Weil unser Chef das so angeordnet hat."

Kapitel 10
Polizisten leben gefährlich

Samstag 11. September

„*Allô* Frank, bist du dran? Paulette hier."

„Ja, was gibt es?"

„Der Vicomte hat mir ab heute Mittag freigegeben. Kannst du dir auch frei nehmen? Dann könnten wir was unternehmen."

„Kein Problem! Ich sag meinem *patron*, dass ich heute nicht kann. Soll er sehen, wie er ohne mich zurechtkommt. Wie ist es? Fährst du zu mir, oder sollen wir uns irgendwo anderes treffen?"

„Nein, ich komme zu dir. Um eins? Ist das okay für dich?"

„*D'accord*! Ich erwarte dich. *Salut* Paulette!"

Frank drückte auf den roten Knopf, um das Gespräch zu beenden und steckte das Handy in seine Hosentasche zurück. Er blickte um sich und stellte fest, dass er jetzt wohl ein wenig aufräumen musste. Zehn Minuten später – er fand sein Apartment jetzt ordentlich genug – schaltete er die Espressomaschine ein. Mit dem Kaffee, *La Provence* und seinen Zigaretten setzte er sich auf den Balkon und schlug die Zeitung auf. Ein neuer Skandal um den Staatspräsidenten hatte den Mord und den Gemälderaub von der ersten Seite des Blattes verdrängt. Weiter hinten fanden sich aber noch zwei Artikel. Einer über die Probleme, die man im Château Barbaresque wegen des fehlenden Cézannes hatte. Schließlich hatten die Organisatoren der Ausstellung werbewirksam in aller Öffentlichkeit verkündet, dass ein bisher unbekanntes Bild des Malers erstmals dem breiten Publikum gezeigt werden würde. Und jetzt mussten sie einen Rückzieher machen. Der andere Artikel ging mit der Arbeit der Polizei scharf ins Gericht. Bislang seien ganz offensichtlich noch keine Ermittlungserfolge erzielt worden. Es gebe keinerlei berichtenswerte Neuigkeiten. Die äußerst defensive Informationspolitik des Kommissariats und ihres leitenden Beamten sei ein Skandal. Die Öffentlichkeit habe ein Recht auf Informationen. Schließlich laufe ein brutaler Mörder frei herum und stelle eine Bedrohung für die Bevölkerung dar.

Auch Frank war höchst beunruhigt wegen der Ungewissheit, ob die Ermittler vielleicht nicht doch konkrete Hinweise gefunden hatten, die direkt auf ihn und seine Freunde hinwiesen. Ob sie schon auf das Spoofing gekommen waren? Wenn ja, dann würden sie sich vermutlich demnächst die Szene der Computernerds vornehmen. Und dann müssten sie auch auf ihn, Frank, aufmerksam werden. Bislang war hiervon zum Glück noch nichts zu lesen in den diversen Blogs und Nachrichtenkanälen der Gemeinde der internationalen Computerfreaks. Es war auch praktisch unmöglich, dass die Polizei bei der Untersuchung des Navi auf eine Spur stoßen könnte. Soweit er wusste, zeigten die Navigationsgeräte zwar das eingegebene Ziel und die vom Benutzer gewählten Optionen an, rückwirkend ließ sich die gefahrene Strecke allerdings nicht rekonstruieren. Insofern war er doch etwas weniger besorgt.

Frank blätterte weiter zu den Sportseiten und vertiefte sich in den Bericht zum Lokalderby zwischen dem AS-Monaco und Olympique Marseille, das am folgenden Samstag stattfinden sollte. Kurz vor der verabredeten Zeit läutete es, und Paulette stand vor der Tür. Ein Begrüßungskuss, dann der Gang zum Kühlschrank, und sie zogen sich mit zwei Dosen Heineken auf den Balkon zurück. Sehr schnell kam das Gespräch auf den Mord an der Vicomtesse.

„Dass die so dumm waren, die Frau umzubringen", regte sich Frank auf. „Ich verstehe das nicht. Sie waren doch vermummt. Die Frau hätte sie niemals erkannt. Sie hätten die nur kurz außer Gefecht setzen müssen. Dass der Idiot – wer war es eigentlich? – gleich so hart zuschlagen musste, dass die draufging. Unfassbar!"

„Genau weiß ich es auch nicht. Ich war ja schließlich nicht dabei. Aber ich vermute Maurice. Luc macht sowas nicht", nahm Paulette ihren Bruder in Schutz.

Der Gedanke an die technisch perfekt geglückte Manipulation des Navigationsgerätes im Auto der Gräfin ließ Frank für kurze Zeit seinen Ärger und seine Sorge wegen des tödlichen Ausgangs ihres Coups vergessen.

„Ich bin immer noch stolz, wie super ich das hinbekommen habe. Wir waren doch gut einen halben Kilometer von der Abzweigung entfernt, bei der das Navi die Frau vom richtigen Weg weggeleitet hat. Ich war selbst überrascht, wie glatt das gegangen ist."

Er ließ nochmal alles Revue passieren. Wie er mit Paulette nach den vereinbarten fünf Minuten zur Weggabelung gefahren war, wie die beiden in Lucs altem Auto aus dem Schotterweg gekommen waren, Luc hinter dem Lenkrad mit einer Hand das Victoryzeichen gemacht hatte, und Maurice beide Daumen zum Zeichen des Erfolgs hochgereckt hatte.

„Es hat doch alles perfekt geklappt", fasste er seine Gedanken laut zusammen.

„Trotzdem eine Riesenscheiße, dass Maurice die erschlagen hat. Die werden jetzt nicht locker lassen, die *flics*, bis sie uns geschnappt haben. Wie kann man nur eine Gräfin umbringen? Ihr Mann, mein Chef, wird jetzt alle seine Kontakte spielen lassen, bis rauf in die Regierung, damit die den hiesigen Polypen Feuer unter dem Arsch machen. Die haben ja schon einen der schärfsten Bullen auf den Fall angesetzt. Das wird schlimm enden! Du Frank, ich hab wirklich Angst. *Putain de merde!*"

Lange Zeit schwiegen die beiden und gaben sich ihren Ängsten hin. Schließlich fragte Frank:

„Glaubst du wirklich, dass die uns kriegen?"

„Totsicher! Irgendeinen Fehler werden die beiden schon gemacht haben – Fingerabdrücke, DNA-Spuren, weiß der Teufel was!"

„Wahrscheinlich hast du Recht", resignierte er. „Mit ihren modernen technischen Methoden können die noch so winzige Spuren auswerten. Da muss nur einer ausgespuckt haben oder etwas angefasst haben – und schon haben die seine DNA! Was sollen wir jetzt machen?"

„Nichts!", sagte Paulette. „Gar nichts können wir machen." Sie schloss kurz die Augen und dachte nach.

„Uns ganz ruhig halten, nichts Auffälliges machen, sondern ganz normal weitermachen. Ich bei meinem Vicomte, und du in deinem Job. Und hoffen, dass Luc und Maurice keinen Blödsinn machen."

Wieder schwiegen beide und tranken ihr Heineken. Frank schüttelte seine Dose. „Leer!", stellte er fest und stand auf. Von der offen stehenden Balkontür aus warf er sie gezielt in den Abfallkorb. Dann ging er zum Kühlschrank, holte zwei neue Biere und kam zurück auf den Balkon zu Paulette. Mit lautem Zischen riss er die Dose auf und trank den herausquellenden Schaum ab.

„Du Paulette", meinte er nach einer längeren Weile des Schweigens. „Eigentlich haben wir doch gar nichts gemacht. Nur das Navi manipuliert."

„Ja und?"

„Das ist doch kein schlimmes Verbrechen."

Er stierte auf die grüne Bierdose in seiner Hand. Nach einem langen Moment der Stille sagte er dann:

„Mit dem Mord haben wir doch gar nichts zu tun. Er war nicht geplant, und wir waren nicht dabei."

„Schon, aber was willst du damit sagen?"

Wieder starrte Frank schweigend auf sein Bier. Schließlich murmelte er:

„Wenn wir uns stellen, freiwillig, dann können die uns praktisch nichts anhaben. Wegen der Sache mit dem Navi kriegen wir vielleicht eine Geldstrafe. Aber ins Gefängnis kommen wir nicht."

„Und Luc und Maurice? Was ist mit denen?"

„Die haben halt Pech. Die werden wohl in den Knast müssen."

Entrüstet schaute Paulette ihren Freund an.

„Spinnst du? Meinen Bruder verpfeifen? Ohne mich! Das sag ich dir. Da mach ich nicht mit!"

Wieder entstand eine längere, spannungsgeladene Pause.

„Wenn du das machst, dann ist es aus mit uns beiden."

„War ja auch nur so eine Idee", gab Frank klein bei. „Aber wir kämen mit Sicherheit relativ ungeschoren davon."

„Schluss jetzt. Du musst dich entscheiden: Das oder ich! Was ist, was willst du?"

„Nein, du hast ja Recht. Wir verhalten uns ruhig und hoffen, dass alles gut geht."

Zweifelnd blickte Paulette ihren Freund an. Meinte er es wirklich ehrlich? So ganz sicher war sie sich nicht. Sie würde mit Luc darüber sprechen müssen.

***

Es war schon spät und dämmerte bereits, als Papperin das Kommissariat verließ. Er holte sein Auto aus der Tiefgarage und steuerte den betagten Peugeot 405 langsam über die Landstraßen Richtung Cabanosque. Er hätte auch die Autobahn, die A 8, nehmen können. Das wäre schneller. Aber er liebte es, die sich teils durch die *collines* windenden, teils schnurgerade durch schier endlose Platanenalleen führenden kleineren *routes départementales* zu benutzen. Hier bekam man viel mehr mit von dem eigentümlichen Reiz der Landschaft, vom würzigen Geruch des Landes nach wildem Lavendel, Rosmarin und Thymian. Auch das Durchqueren der wenigen kleineren Ortschaften, die auf seinem Heimweg zwischen Aix und Cabanosque lagen, gefiel ihm. Man sah die Menschen auf den Terrassen der beleuchteten Bars sitzen und den Tag bei einem Glas Bier oder Wein geruhsam ausklingen lassen. Es war bereits nach zehn Uhr, als er endlich durch die letzte Kurve vor der heimatlichen Ölmühle fuhr. Das große geschwungene Holztor in dem aus Natursteinen gemauerten Rundbogen, das den Innenhof des Anwesens von der wenig befahrenen Gemeindestraße abschirmte, war schon geschlossen. Er hielt an und kramte den altmodischen Schlüssel aus dem Handschuhfach, mit dem er das Tor aufsperren musste. Er hatte sich gewehrt und gegen seine Mutter durchgesetzt, die eine Türöffnungsautomatik mit Fernbedienung einbauen lassen wollte. Aber dann hätte man hässliche Laufschienen und Elektromotoren anbringen müssen, und der nostalgische, fast mittelalterlich wirkende Charakter wäre zerstört worden. Und so war das Tor so geblieben, mit einem altmodischen Schloss und dem großen eisernen Schlüssel, mit dem es seit Generationen von Papperins Vorfahren geöffnet worden war. Er nahm die wenigen Dinge, die er über Nacht nicht im Auto lassen wollte – die Tasche mit dem Laptop und seine Dienstpistole, und stieg aus. Als er den Schlüssel in das Schloss steckte, sah er, dass neben seinem Schatten, den die Scheinwerfer auf das Tor warfen, noch ein anderer Schatten auftauchte. Nach einer kurzen Schrecksekunde, nur einen Wimpernschlag lang, warf er sich zur Seite. Ein höllischer Schmerz durchzuckte seinen Kopf und seine linke Schulter. Im Fallen sah er eine riesige schwarze Gestalt im grellen Licht der Scheinwerfer. Sie hatte einen Stock oder einen Knüppel, vielleicht auch ein Gewehr hoch über ihren Kopf erhoben und wollte ihn wieder auf ihn niederschmettern. Geistesgegenwärtig drehte sich Papperin zur Seite und griff gleichzeitig zu seiner Pistole. Noch im Drehen schoss er zweimal, blind, ohne genau zu zielen. Der Stock verfehlte ihn knapp und krachte auf den gepflasterten Boden. Papperin, dem vor Schmerz die Augen tränten, versuchte seinen Angreifer auszumachen. Falls nötig wollte er noch einmal abdrücken, jetzt aber genauer zielen. Aber wo war der Mann? Als nächstes drang das Brummen eines Motors an sein Ohr, das schnell in der Ferne verklang. *Dieu-merci*! Er ist weg! Mühsam versuchte *commissaire* Papperin sich aufzurichten. Der stechende Schmerz im Kopf und in seiner Schulter ließ dies nicht zu.

„Was ist hier los? Jean-Luc, bist du das? Mein Gott, bist du verletzt?"

Mit schmerzverzerrtem Gesicht sah Papperin seine Mutter aus dem jetzt halb offen stehenden Tor herbei eilen.

„Es ist nichts! Nichts Schlimmes. Er ist weg."

Er wollte den Schmerz ignorieren und den Vorfall herunterspielen. Aber das Aufstehen ging nicht. Stöhnend sank er zurück, stützte sich auf den unverletzten rechten Arm und meinte dann kleinlaut:

„Vielleicht solltest du doch die *ambulance* oder die *pompiers* rufen."

Dann ging alles sehr schnell. Da Cabanosque eine eigene Feuerwehrwache mit einem Rettungswagen hatte, waren die *pompiers* und mit ihnen Dr. Minardi, der alte Gemeindearzt, bereits nach wenigen Minuten zur Stelle. Nach einer ersten vorläufigen Untersuchung richtete sich der Arzt auf und verkündete seine Diagnose:

„Der hat dich schwer getroffen. Erst links am Kopf – zum Glück hat dich der Schlag da nur gestreift, sonst wärst du jetzt hinüber. Und dann voll an der Schulter. Ich gehe davon aus, dass das Schlüsselbein gebrochen ist. Auf alle Fälle gehörst du ins Krankenhaus. Das muss geröntgt werden. Und dann werden die Kollegen dort schon wissen, was sie mit dir machen."

Dr. Minardi duzte den Kommissar, denn er kannte ihn seit sehr langer Zeit. Er hatte ihn schon behandelt, als Jean-Luc noch ein Kind war.

Kapitel 11
Die Genesung will gefeiert sein

Sonntag, 12. September

Odile Papperin saß besorgt neben dem Krankenbett in dem ihr Sohn – nein, nicht lag. Er saß aufrecht und wollte voller Tatendrang die Klinik so schnell wie möglich verlassen. Die *pompiers* hatten ihn noch Freitagnacht ins *Centre Hospitalier du Pays d'Aix* gebracht. Die sofort durchgeführte Röntgenuntersuchung hatte die Diagnose des Gemeindearztes nur teilweise bestätigt. Jean-Luc hatte zwar eine hässliche Platzwunde am linken Hinterkopf, aber der Schädelknochen war nicht verletzt. Zum Glück hatte sich Dr. Minardis Vermutung, das Schlüsselbein könnte gebrochen sein, nicht bestätigt. Ein schmerzhafter Riss des Deltamuskels und ein furchterregender Bluterguss würden Papperin aber noch längere Zeit erheblich behindern. Die Ärzte hatten ihn mit Schmerzmitteln vollgepumpt und seine Schulter in eine starre Plastikschale gezwängt. Die linke Schulter und der Oberarm waren damit fixiert. Nur den Unterarm konnte Papperin noch ein bisschen bewegen. Die Nacht hatte er wegen der hoch dosierten Analgetika überraschend gut geschlafen. Jetzt fühlte er sich wieder fit – bis auf das Handicap mit dem linken Arm und einem nach wie vor leichten Kopfweh. Allerdings wollten ihn die Ärzte noch nicht entlassen, sehr zur Beruhigung seiner Mutter. Sie wollten noch abwarten, ob sich nicht doch noch Komplikationen ergaben. Papperin hielt das für einen vorgeschobenen Grund. Die Klinikleitung wollte doch nur die Finanzlage des Krankenhauses aufbessern, indem man ihn länger als nötig hier festhielt, vermutete er.

Es klopfte. Die Tür öffnete sich ein kleines Stück und ein Kopf schob sich in den Spalt. Der sorgenvolle, traurige Gesichtsausdruck wandelte sich schlagartig in ein freudiges Strahlen. Jeannine eilte auf das Bett zu, umarmte den Patienten vorsichtig und drückte ihm einen zarten Kuss auf die Lippen.

„Hast du mir einen Schrecken versetzt", flüsterte sie, nachdem sie sich von ihm gelöst hatte. „Als Monique mich heute früh angerufen und gesagt hat, du bist überfallen worden und liegst jetzt im Krankenhaus. Aber Gott-sei-Dank, du siehst nicht schwerkrank aus!"

Jetzt erst sah sie die Orthese, die Jean-Lucs Schulter und Oberarm fixierte. „Ist es schlimm? Tut es sehr weh?", fragte sie besorgt und beobachtete sein Mienenspiel, in dem kein Schmerz zu erkennen war. Vielmehr leuchteten seine Augen vor Freude. Odile Papperin durchbrach den intimen Blickkontakt mit der nüchternen Feststellung:

„Nein, er fühlt sich schon wieder voll fit und will so schnell wie möglich hier raus und in sein Kommissariat. Aber zum Glück lassen ihn die Ärzte noch nicht gehen."

„*Oh, excusez-moi, madame Papperin*. Ich habe Sie gar nicht gesehen!", entschuldigte sich Jeannine, die Jean-Lucs Mutter erst jetzt wahrgenommen hatte.

„Jeannine, danke dass du gekommen bist. Gibt es Neuigkeiten in unserem Fall?" Papperin glühte innerlich vor Freude, dass seine Mitarbeiterin nach wie vor dieselben Gefühle für ihn hegte, wie er für sie. Das hatte er an dem Kuss und der liebevollen Umarmung gespürt. Doch er musste das unterdrücken. Darauf hatten sie sich schließlich geeinigt. Deshalb gab er sich bewusst dienstlich.

„Liegen schon Ergebnisse aus dem Labor vor? Hat die DNA-Analyse der Spuren auf dem Rohr schon etwas gebracht?"

„Ja, allerdings nichts, was uns weiterbringt. Es waren keine auswertbaren Fingerabdrücke drauf, weil die Stange abgewischt worden ist, allerdings nicht sehr gründlich. Deshalb konnten die vom Labor drei für die DNA-Analyse verwertbare Spuren sichern."

„Das weiß ich schon von meinem Freund Florian. Aber was hat die Analyse ergeben?"

„Nun, Haut- und Kopfschuppen konnten eindeutig dem Opfer zugeordnet werden. Von den Schweißpartikeln haben wir die DNA, wissen aber nicht zu wem sie gehört."

„Wieso? Habt ihr die nicht durch die Datenbanken gejagt. Da müssten doch sämtliche von französischen Behörden jemals erfasste DNA-Proben gespeichert sein?"

„Selbstverständlich haben wir das gemacht, aber es kam nichts dabei raus. Es gibt keine Entsprechung."

„*Zut! C'est très merde!*", fluchte Papperin. „Jetzt könnten wir den Täter zweifelsfrei identifizieren und trotzdem tappen wir noch voll im Dunkeln." Er schüttelte verzweifelt den Kopf. Nachdem diese hoffnungsvolle Spur ins Leere führte, mussten sie den Fall anders angehen. Papperin dachte laut nach.

„Aber der oder die Mörder müssen irgendwoher gewusst haben, dass die Gräfin genau an diesem Tag und auf dieser Route mit dem Gemälde unterwegs war. Wir müssen also noch intensiver nach allen Personen suchen, denen diese beiden Tatsachen bekannt waren. Wer sitzt da jetzt dran? Du, und die Kollegen Legrand und Debordeau?" Jeannine nickte zustimmend.

„Das reicht nicht. Wir brauchen mehr Personal."

Und dann, nachdem er mit verzweifelten Blicken eine Weile auf das Klinikbett und auf seinen steifen Schulterverband gestarrt hatte, richtete er sich entschlossen auf:

„Ich muss hier raus, muss das organisieren. Jeannine, in dem Schrank da sind meine Kleider. Bring sie mir bitte!"

Er setzte sich trotz des lautstarken Protestes seiner Mutter auf die Bettkante und versuchte, aufzustehen. Anfangs wankte er noch stark und musste sich an der Brüstung am Fußende des Bettes festhalten. Das gab sich aber nach einiger Zeit, sodass er behutsam anfangen konnte, sich anzuziehen. Ohne die Hilfe von Jeannine wäre ihm das allerdings nicht gelungen. Sie stützte ihn, als er, auf einem Bein stehend, mit dem anderen in seine Hose steigen wollte. Er umklammerte ihre Schultern, als ihm wegen der verfrühten Anstrengung schwindelig wurde. Sie zog ihm die Schuhe an und band die Schnürsenkel, weil er das mit nur einer Hand nicht schaffen konnte. Odile Papperin regte das alles furchtbar auf. Sie redete eindringlich auf ihren Sohn ein:

„Jean-Luc, sei doch vernünftig! Das kannst du nicht machen. Was sollen die Ärzte dazu sagen? Du hast es doch selbst gehört: Es ist viel zu früh für eine Entlassung, hat der nette junge Doktor gesagt."

„Sei still, *maman*! Ich weiß schon, was ich tue. Jeannine, du fährst mich jetzt ins Kommissariat, und du, *maman*, kümmerst dich um die Ärzte hier und regelst das mit der Verwaltung." Im Hinausgehen drehte er sich um und blickte seine Mutter bittend an.

„Und koche bitte was Gutes für heute Abend. Ich weiß zwar nicht, wann wir fertig sind, aber wenn ich vom Kommissariat heimkomme, dann habe ich sicher einen Riesenhunger. *Merci et à bientôt, maman!*"

***

Noch während der Fahrt telefonierte Papperin mit dem Leiter des Bereitschaftsdienstes und machte ihm klar, dass er Verstärkung für die bevorstehenden Befragungen benötigte. Schließlich mussten alle mit der Organisation der Ausstellung in Château Barbaresque direkt oder indirekt befassten Personen sowie der sicher große Verwandten-, Freundes- und Bekanntenkreis des Vicomte und der Vicomtesse ausfindig gemacht und befragt werden. Papperin war überzeugt, die Zahl der Personen, die von dem Gemäldetransport gewusst hatten, würde sich dadurch ganz erheblich vergrößern. Alle mussten nach ihren Alibis befragt, und diese mussten überprüft werden.

Als Jean-Luc und Jeannine im Kommissariat ankamen, waren seine übrigen Mitarbeiter bereits im Besprechungsraum versammelt. Papperin musste erst jede Menge Mitleidsbekundungen über sich ergehen lassen, aber auch Glückwünsche, dass der Überfall letztendlich doch für ihn glimpflich ausgegangen sei. Er musste ausführlich berichten, wie sich das alles abgespielt hatte. Man nahm mit nachträglicher Erleichterung zur Kenntnis, dass der Chef seine Dienstwaffe aus dem Fahrzeug mitgenommen hatte, und deshalb den Angreifer mit den beiden Warnschüssen in die Flucht hatte treiben können. Mit dem Überfall auf ihren Chef war zu ihren ohnehin kaum zu bewältigen Aufgaben ein neuer Fall dazu gekommen.

„Da hat sich jemand zu rächen versucht", überlegte *brigadier* Dalmasso. „Irgend einer von den Ganoven, die du früher mal gefasst und ins Gefängnis gebracht hast. Jetzt ist er entlassen worden und will Rache üben."

„Da ist was dran", stimmte Papperin zu. „Aber da kann ich mich jetzt nicht auch noch mit befassen.

„Claude", wandte er sich an *lieutenant* Lavalle, seinen dienstältesten Mitarbeiter und Stellvertreter, „können Sie das zusätzlich zu ihren beiden anderen Fällen übernehmen? Sich alle neueren Entlassungen anschauen, und die Alibis der betroffenen Personen überprüfen?"

Als dieser zustimmend nickte, dankte ihm Papperin und meinte dann: „So, und wir anderen stürzen uns wieder auf den ‚Mordfall Cézanne'. Aber erst warten wir noch, bis die zusätzlichen Kollegen hier sind."

In der Zwischenzeit drehte sich die Diskussion wieder um den Angriff auf den Kommissar. Ob er wirklich gar nichts von dem Angreifer hatte erkennen können, außer seinem Schatten. Ob er groß oder klein gewesen sei? Papperin machte klar, dass man aus der Größe des Schattens nicht auf die Größe der Person schließen könne. Und als er am Boden lag, da erschien ihm der Mann klarerweise riesengroß.

„Könnte es auch eine Frau gewesen sein?", fragte Guydeux.

„Ich weiß es nicht", musste Papperin zugestehen. „Ich glaube aber nicht. Da steckte zu viel Kraft in dem Schlag."

Lieutenant Claude Lavalle brachte einen völlig neuen Gesichtspunkt in das Gespräch ein.

„Ich bin zwar nicht mit eurem Cézannemordfall befasst", begann er nachdenklich. „Aber ich frage mich schon, ob der Überfall auf Sie, Chef, nicht damit in Zusammenhang stehen könnte. Jemand, der verhindern will, dass Sie hier weiter ermitteln. Schließlich sind Sie als sehr erfolgreicher Verbrecherjäger bekannt."

Papperin, dem dieser Gedanke auch schon gekommen war, fand die Rachevariante viel wahrscheinlicher. Deshalb wiegelte er ab: „Das ist zwar möglich, aber Sie sollten sich zunächst vordringlich um die Neuentlassenen kümmern. Das halte ich für vielversprechender."

„Unabhängig davon, wer das war, sollten wir nicht einen Bodyguard für dich abstellen?", brachte Jeannine ihre Besorgnis zum Ausdruck.

„Quatsch! Ich kann schon selber auf mich aufpassen, Das habt ihr ja gesehen."

„Es hätte aber auch schief gehen können", sprang Claude seiner Kollegin bei.

Endlich, als die zugesagten vier Mann Verstärkung vom Bereitschaftsdienst eingetroffen waren, konnte Papperin die Diskussion um ‚seinen' Überfall abwürgen, und man wandte sich wieder dem Mord an der Gräfin zu. Es wurden Zweierteams gebildet und den zu befragenden Personen zugeordnet. Als das erledigt war, zogen sich alle zu den Telefonen zurück und versuchten, die Betroffenen zu erreichen und, soweit erforderlich, Termine zu vereinbaren. Wie befürchtet, weitete sich der Kreis derjenigen Personen, die von dem Gemälde und vom geplanten Transport gewusst hatten, sehr schnell aus. Papperin beteiligte sich nicht an den telefonischen Interviews, sondern trug die Ergebnisse der Befragungen auf dem Flipchart in eine Liste ein. Nicht alle Befragten kooperierten freiwillig. Mit viel Einfühlungsvermögen und Überredungskunst musste in solchen Fällen versucht werden, sie zu einer überprüfbaren Aussage zu bewegen. Wenn ihr Gesprächspartner allzu störrisch oder sogar aggressiv wurde, erforderte dies ein besonderes Geschick vom Interviewer. Nicht selten verlor einer der Beamten die Nerven und ließ sich zu ungeschickten Äußerungen hinreißen. Vor allem den vier Bereitschaftspolizisten, die in solchen Dingen ungeübt waren, unterlief hier der eine oder andere Fauxpas.

Irgendwann, mitten im hektischen Betrieb, schrillte das Telefon auf Papperins Schreibtisch. Monique nahm das Gespräch an, lauschte eine Weile in den Hörer und rief dann den Kommissar herbei.

„Jean-Luc, kommst du bitte. Es ist Dr. Vergier, *der juge d'instruction*."

Was sein Freund Paul, der Untersuchungsrichter, von ihm wohl wollte, dachte Papperin, während er zu seinem Telefon ging.

„*Salut* Paul! Du es geht gerade gar nicht. Wir sind hier fürchterlich im Stress. Können wir später ..."

„Ich habe nur eine kurze Frage, Jean-Luc. Ich bin gerade vom Kulturdezernenten des Départements angerufen worden. Er war ziemlich erbost und hat sich über die Verhörmethoden beschwert, die in deinem Kommissariat herrschen sollen. Was ist los bei euch, was habt ihr mit ihm gemacht?"

„Wieso bei dir? Als Richter bist du für sowas doch gar nicht zuständig."

„Nichts Offizielles, Dienstliches. Wir spielen öfter miteinander Tennis. Er musste wohl bei irgendjemandem seinen Zorn abladen. Komm doch kurz rüber und erzähl mir, was bei euch heute abgeht. Ich habe auch einen edlen alten Calvados in meinem Aktenschrank."

Papperin zögerte kurz. Eigentlich wollte er seine Arbeit nicht unterbrechen. Aber er wusste auch, wie wichtig persönliche Kontakte und gute Beziehungen waren, vor allem hier im Süden Frankreichs. Und wenn er ehrlich zu sich war, musste Papperin zugeben, dass er sich gerne mit Paul traf. Früher war das meistens in einem gemütlichen und lukullischem Restaurant oder Bistro gewesen. Aber die zunehmende Arbeitsbelastung hatte ihnen immer weniger

Zeit dazu gelassen, bis diese Treffen irgendwann ganz versiegt waren. Deshalb sagte er zu, auf einen kurzen Plausch und einen schnellen Schluck hinüber ins Gericht zu kommen.

In der Zwischenzeit ging die Routinebefragung in seinem Kommissariat weiter. Da Wochenende war, konnten nicht alle der zu befragenden Personen erreicht werden. Viele machten einen Ausflug oder waren verreist. Einige der Angerufenen weigerten sich, die gewünschte Auskunft am Telefon zu geben und bestanden darauf, persönlich aufgesucht zu werden. Dadurch wurde die Arbeit natürlich erheblich verzögert. Kurz, es verging viel Zeit und es wurde sehr spät. Die Nacht war längst angebrochen, als Papperin verordnete:

„Kollegen, machen wir Schluss für heute. Danke, dass Sie solange durchgehalten haben. Gehen Sie nachhause, erholen Sie sich. Morgen um … acht Uhr …", er blickte fragend um sich, und als er keinen Widerspruch sah: „Also um acht treffen wir uns wieder hier und machen weiter."

Stühle wurden gerückt, mit *salut* und *bonne nuit* verabschiedeten sich die Polizisten. Schließlich war der Besprechungsraum leer, bis auf Papperin, Monique Dépardieu und *brigadier* Dalmasso.

„Wie kommst du nach Hause, Jean-Luc? Mit einem Arm kannst du nicht fahren", stellte seine Sekretärin fest.

„Ich fahr dich heim! Okay?", erklärte Jeannine.

„Aber…", wollte Monique Protest einlegen. Sie erinnerte sich noch zu genau, wie es damals angefangen hatte zwischen Jean-Luc und seiner jungen, attraktiven Brigadierin. Und das wollte sie nicht noch einmal erleben. Nicht nur, dass die Arbeit im Kommissariat darunter gelitten hatte. Nein, vor allem hatten ihr die beiden so leidgetan, Jeannine und Jean-Luc, die sich voll bewusst waren, dass es nicht sein durfte, und trotzdem nicht voneinander lassen konnten. Es waren seelische Zerreißproben für die beiden gewesen. Nur mit sehr viel Geschick und Feingefühl hatte sie eine Katastrophe verhindern können. Seitdem funktionierte die Zusammenarbeit wieder. Die beiden mochten sich immer noch, das fühlte sie. Aber sie hatten es geschafft, das auf einer freundschaftlich-dienstlichen Ebene zu halten. Die Verbindung mit Nia, Jean-Lucs in Paris arbeitender Lebensgefährtin, wäre beinahe daran zerbrochen. Monique war froh, dass alles gut ausgegangen war. Auch die ursprüngliche Feindschaft zwischen Nia und Jeannine war beigelegt, nicht nur weil Jeannine letztes Jahr Papperins Freundin das Leben gerettet hatte, damals auf der Insel Porquerolles. Hoffentlich, dachte Monique, fangen die beiden jetzt nicht wieder damit an.

„Keine Angst Monique", Jeannine legte ihren Arm um die besorgte, um vieles ältere Sekretärin. „Wir wissen genau was wir tun. Es bleibt alles, wie es ist. *N'est-ce pas, Jean-Luc?"*

Mit einem unhörbaren, leicht bedauernden Seufzer, stimmte Papperin zu. Nein, es würde keine Affäre mit Jeannine mehr geben, auch wenn er sie wahnsinnig gern hatte.

***

Es war fast Mitternacht, als Jeannine und Jean-Luc in Cabanosque ankamen. Diesmal blieb das Aufsperren des Hoftores ohne unangenehme Überraschungen. Als das Polizeifahrzeug langsam in den Hof rollte, sahen sie Odile in der Tür zu der großen Wohnküche stehen und ihnen entgegen schauen. Es sah wie ein chinesisches Schattenspiel aus. Vor dem Hintergrund des beleuchteten Raumes mit seinen weißen Wänden war Papperins Mutter nur in Umrissen als schwarze Figur zu erkennen, inmitten der engmaschigen Gitterstäbe der Sprossen, die das riesige Rundbogenfenster ausfüllten. Sie lehnte mit dem Kopf dicht an der Scheibe, hielt die Hände wie ein Fernrohr als Blendschutz vor die Augen und bewegte ihren Oberkörper hin und her – wie ein übergroßes Uhrpendel. Erst als Jeannine zum Einparken nach links lenkte, und Odile voll vom Scheinwerferlicht erfasst wurde, verschwand das Schwarz des Schattens, und man sah wieder Farben, ihre bunt gemusterte Provenceschürze, ihr braun gebranntes Gesicht und die hellen, zu einem Dutt hochgeflochtenen Haare. Sie öffnete die Fenstertüre und eilte den beiden Ankommenden entgegen.

„Na endlich! Das Essen köchelt schon seit Stunden auf dem Herd. Zum Glück habe ich einen Schmoreintopf gemacht: *Lapin à l'ail sur légumes* – Kaninchen mit Knoblauch und Gemüse. Kommt schnell rein, damit es nicht völlig zerkocht."

Der lange, alte Tisch aus Nussbaumholz war festlich gedeckt. Rechts und links neben den gelben Tellern mit dem provenzalischen Olivendekor das, wie Odile bedauernd betonte, nicht mehr hergestellt wurde, glänzte das Tafelbesteck aus schwerem Silber.

„Machst du den Wein auf?", beauftragte Odile ihren Sohn. „Was für einen wollt ihr dazu trinken?", dabei deutete sie auf den großen Eisentopf, der im altmodischen Gasofen vor sich hin köchelte.

„*Lapin*", meinte Paperin, „dazu passt nur Rosé! *Château Sainte Croix* aus *La Croix-Valmer, d'accord?*", fragte er die beiden Frauen. Dann verschwand er über die enge, steiner-

ne Wendeltreppe, die von der Wohnküche in die Kellergewölbe des alten Hauses führte, um kurz darauf mit einer
dickbauchigen Flasche zurück zu kommen. Nachdem er
den Staub abgewischt, die Flasche entkorkt und in den mit
Eiswürfeln gefüllten Weinkühler gestellt hatte, begann Odile, das Gericht auf die Teller zu verteilen. Dabei wurde sie
nicht müde, zu erklären, was alles für Zutaten in dem
wunderbar duftenden Eintopf waren.

„Das Kaninchen muss man in Portionsstücke schneiden
und die Knochen so gut wie möglich entfernen. Zusammen
mit drei dicken, in Streifen geschnittenen, geräucherten und
gut durchwachsenen Speckscheiben wird das alles mit etwas von unserem Olivenöl in einer Kasserolle angebraten.
Zwiebeln, Karotten und Knoblauch – mindestens acht bis
zehn Zehen – dazu geben, mit etwas Wasser aufgießen, und
etwa eine halbe Stunde köcheln lassen. Anschließend…"

„*Maman*, lass gut sein! Das weiß ich doch alles. Und
Jeannine ist doch auch von hier, die kennt das sicher auch."

Unbeeindruckt von Papperins Einwurf fuhr seine Mutter fort: „Also anschließend kommen die *courgettes* und die
geschälten Tomaten dazu. Mit Salz, Pfeffer und Thymian
abschmecken. Ich nehme natürlich nicht den getrockneten,
gekauften, sondern den frischen Thymian aus unserem
Garten. Wenn das Wasser verkocht ist, immer wieder mit
Wein aufgießen, und dann kann man es beliebig vor sich
hin schmoren lassen. *Et voilà*: Fertig ist *le lapin à l'ail sur légumes!* Man kann das auch mit Lamm machen. Schmeckt
genauso gut, nur ein bisschen deftiger. Aber unser *boucher*
hatte heute frisch geschlachtete Kaninchen, deswegen gibt
es *lapin*."

Es schmeckte traumhaft! Dazu der eisgekühlte, fruchti-
ge Rosé. Papperin schwebte im kulinarischen Himmel.

167

Trotzdem, seine nach wie vor schmerzende Schulter erinnerte ihn immer wieder an den Überfall am Vorabend.

„Vielleicht findet Claude morgen schnell raus, wer das war, der Typ, der mich niedergeschlagen hat."

„Mmmpf … hoffentlich!", murmelte Jeannine mit vollem Mund. Sie ließ den Knoblauch, den sie vorher aus seiner Schale befreit hatte, genießerisch auf der Zunge zergehen, schluckte ihn hinunter und fragte dann:

„Glaubst du, er findet irgendwelche Spuren? Reifenabdrücke von dem Auto, mit dem er abgehauen ist?"

„Nein! Asphalt und noch dazu strohtrocken. Da gibt es nichts zu entdecken."

„Ölspuren?"

„*Je pense que non!*"

„Schade, dass du ihn nicht getroffen hast. Oder meinst du, es gibt Blutspuren vor dem Hoftor?"

„Glaube ich nicht. Ich hab wahllos in die Luft geschossen. Hatte gar keine Zeit zu zielen."

Da Jeannine merkte, dass Jean-Luc das Essen wichtiger war, als sich zu unterhalten, noch dazu über Dienstliches, gab sie es auf, weitere Fragen zu stellen. Stattdessen redete Papperins Mutter munter drauf los. Wie wunderbar es doch sei, dass sie sich wieder so gut verstanden, ihr Jean-Luc und seine Jeannine. Sie habe immer schon gewusst, dass die beiden gut zusammenpassten. Bevor sie wieder anfangen konnte, von einer möglichen Heirat zu schwärmen – was sie Jean-Luc gegenüber früher schon mehrfach getan hatte – zog Papperin die Notbremse.

„*Maman*, jetzt kümmere dich lieber ums Dessert und verschone uns mit deinen abstrusen Ideen. Was gibt es denn?"

Mit dieser Frage hatte er Odile wieder ins richtige Fahrwasser dirigiert.

„Also, ich habe eine *crème brûlée* vorbereitet. Ihr könnt aber auch, wenn ihr was Stärkeres wollt, eine *coupe colonel* haben."

„Beides, würde ich sagen. Erst die *crème* und dann das Zitronensorbet auf Wodka. Was meinst du, Jeannine?"

„Jean-Luc, ich muss doch noch nach Aix zurück. Mit dem Auto. Ich nehme nur die *crème brûlée*. Und hinterher einen Kaffee. Wenn ich so unbescheiden sein darf ", meinte sie, zu Papperins Mutter gewandt.

Odiles Angebot, sie könne doch hier schlafen, in einem der Gästezimmer, lehnte Jeannine kategorisch ab.

Das *dîner* zog sich noch lange hin. Als Papperin, leicht beschwipst vom vielen Alkohol, und Odile, todmüde vom aufregenden und anstrengen Tag, Jeannine zum Auto begleiteten, sagte diese spöttisch und zugleich fürsorglich:

„Jean-Luc, die Besprechung morgen um acht im Kommissariat, das schaffst du nicht. Schlaf dich lieber aus und wir verschieben das um ein paar Stunden."

Papperin, der sich etwas grämte, weil Jeannine das Übernachtungsangebot seiner Mutter ausgeschlagen hatte, obwohl er andererseits erleichtert war, dass sie so gehandelt hatte, schaltete auf stur:

„Nichts wird verschoben! Die Besprechung beginnt um acht, und selbstverständlich bin ich pünktlich."

Im Wegfahren lächelte Jeannine vor sich hin. Genau deswegen liebte sie ihn, weil er so absolut zuverlässig war – in allem!

Kapitel 12
Ein Freund wird vermisst

Paulette legte frustriert den Hörer auf den altmodischen Apparat in der Eingangshalle des Château Gramellons.

„Warum hebt er nicht ab?", rätselte sie. Sie wollten sich doch zusammenrufen und vereinbaren, was sie an ihrem freien Sonntagnachmittag unternehmen könnten. Sie versuchte es noch einmal. Aber wieder kam nur die weibliche Computerstimme aus dem Handy, die emotionslos verkündete, dass die gewählte Nummer derzeit nicht erreichbar sei. Sollte sie auf gut Glück zu Frank nach Manosque fahren? Aber wenn er nicht da war, dann würde sie den weiten Weg umsonst machen, sich durch die engen Sträßchen quälen, nur um dann unverrichteter Dinge wieder zurück fahren zu müssen. Nein, so wollte sie ihre Zeit nicht vergeuden. Lieber würde sie sich in ihr Zimmer zurückziehen, ein Bier mitnehmen, und es sich vor dem Fernseher gemütlich machen. Sie konnte ihn später ja immer noch anrufen. Oder vielleicht kam auch er auf die Idee, sich bei ihr zu melden.

Gedacht – getan! Sie ging zum Kühlschrank in die Küche, nahm sich zwei Dosen eiskaltes Kronenbourg und trug sie in die Liste ein, denn sie musste den gräflichen Herrschaften alle Getränke bezahlen. Trotz ihres Geizes verlangten diese allerdings nur dieselben Preise, wie sie auch im Carrefour-Supermarkt galten. Paulette stieg die Dienstbotentreppe hinauf, schaltete in ihrem Zimmer den Fernseher ein, riss eine Bierdose auf und zappte mit der Fernbedienung durch die Programme, bis sie die gesuchte Folge einer Unterhaltungsserie gefunden hatte. Sie legte die Füße auf den Couchtisch, trank einen Schluck Bier und ließ sich von der amourösen Handlung des Films gefangen nehmen. Sie verbannte Frank aus ihren Gedanken. Sollte er ihr doch gestohlen bleiben, wenn er sich nicht an ihre Vereinbarung halten wollte!

***

In der *bastide* von Lucs Mutter wartete Maurice auf seinen Freund. Luc hatte sich auf die Bitte seiner Mutter bereit erklärt, ins Dorf zu fahren, und ein paar dringende Besorgungen zu erledigen. Wie überall in Frankreich waren die Läden auch sonntags geöffnet, selbst hier auf dem einsamen Lande. Allerdings verlängerten sie ihre Mittagspause und machten meist nicht vor 16:00 Uhr wieder auf. Doch langsam wurde es dunkel und Luc war immer noch nicht zurück. Maurice begann sich Sorgen zu machen. Um sich die Zeit zu vertreiben, beschloss er, sich das Bild noch einmal anzuschauen. Er stieg die Außentreppe aus verwitterten Steinblöcken in die obere Etage des kleinen Anbaus, in dem Lucs Zimmer lag. Dort schob er einen klobigen Hocker, die einzige Sitzgelegenheit in dem karg eingerichteten Raum, vor den alten, hohen Schrank, und stieg darauf. Seine Augen reichten nicht ganz bis zu dessen Oberkante. Also tastete er sich mit beiden Händen vor. Zuerst musste er über das Gewehr fassen, das vor dem Gemälde lag. Aber da war nichts. Er stellte sich auf die Zehenspitzen. Jetzt sah er das verklebte und verschnürte Paket. Aber kein Gewehr. Sollte Luc es mitgenommen haben, um es für immer verschwinden zu lassen? Was hatte er wohl damit gemacht? Es in die Durance geworfen, an einer besonders tiefen Stelle?

Oder es irgendwo im dichten Wald in einem Gebüsch versteckt? Außerdem gab es viele kleinere und größere Höhlen in dem verkarsteten Kalkgestein der höheren Berge. Dazu müsste er aber weiter weg fahren – in die Gegend des Grand Canyon du Verdon und in die Berge oberhalb von Moustiers. Klar, dass er dann noch nicht zurück sein konnte. Hoffentlich hatte er es sauber abgewischt, denn sie hatten es alle in der Hand gehabt, er und Luc. Auch Paulette und Frank hatten es angefasst.

„Egal!", murmelte Maurice. „Er wird es schon richtig gemacht haben."

Er stieg vom Hocker, ging aus dem Zimmer, die Treppe hinab und setzte sich zu Martine Percier unter die Kastanie. Beide warteten sie auf Lucs Rückkehr. Sie mussten lange warten.

Montag, 13. September

Wenige Kilometer vor Moustiers Sainte Marie, die Straße wand sich in großen Schleifen in das Tal der Maïre hinab, die etwas weiter unten in den Lac de Sainte Croix mündete, blockierten mehrere Gendarmeriefahrzeuge die Fahrspur in Richtung der berühmte Fayencestadt. Die Beamten führten eine von oben angeordnete Routinekontrolle durch. Hauptziel dieser Überprüfungen war das Aufspüren von *clandestins*, illegalen Einwanderern ohne Aufenthaltserlaubnis, und von zur Fahndung ausgeschriebenen Kriminellen. Selbstverständlich sollten dabei auch gestohlene Autos entdeckt, alkoholisierte Fahrer um ihre Führerscheine erleichtert, die gesetzlich vorgeschrieben Sicherheitsausstattung– gelbe Pannenweste, Warndreieck und Verbandskasten – überprüft, und augenscheinliche technische Mängel an den Autos beanstandet und mit einem Bußgeld belegt werden. Ab und zu kam es sogar vor, dass man einem Fahrer die Fahrerlaubnis entziehen und sein Fahrzeug aus dem Verkehr ziehen musste, weil es allzu gravierende Mängel aufwies. Für die Gendarmen war das eine gerne gesehene Abwechslung von den meist langweiligen Routinearbeiten im Büro. Außerdem war es gut für die Personalakte, weil hier so viele Erfolgsergebnisse erzielt wurden, wie sonst kaum in ihrer Arbeit. Und es machte Spaß, bewaffnet mit Maschinenpistolen, Macht über die Verkehrsteilnehmer ausüben zu können.

Ein Gendarm bedeutete den ankommenden Autos mit einer roten Stopp-Kelle, dass sie anhalten sollten. Es hatte sich bereits eine längere Schlange gebildet. Gelegentlich forderten die Beamten einen Fahrer auf, auszusteigen und den Kofferraum zu öffnen. Viele Autos wurden nach einem kurzen Blick ins Wageninnere schnell durchgewinkt. Langsam rückte der gestaute Konvoi vor. Das nächste Fahrzeug wurde angehalten. Es saß nur eine Person drin, ein Mann von etwa vierzig Jahren, schätzte der Beamte. Nachlässig, schmuddelig gekleidet mit langen, zu einem Pferdeschwanz zusammengebundenen Haaren. So jemand war immer verdächtig. Das hatte man ihm auf der Gendarmerieschule beigebracht.

„Die Fahrzeugpapiere und ihren Führerschein bitte", forderte der Beamte den Fahrer auf, nachdem dieser das Fenster heruntergekurbelt hatte.

Die Dokumente wurden herausgereicht. Der Gendarm blätterte darin.

„Das Fahrzeug ist nicht auf Sie zugelassen."

„Es gehört einem Freund von mir."

Der Gendarm reichte die Papiere an einen anderen Beamten weiter. Dann entschuldigte er sich höflich:

„Bitte gedulden Sie sich einen Augenblick. In solchen Fällen sind wir verpflichtet, einen Abgleich mit der Datei der als gestohlen gemeldeten Fahrzeuge durchzuführen."

„So eine alte Karre stielt doch niemand. Die gehört wirklich meinem Freund."

„Vermutlich haben Sie Recht. Trotzdem: Wir tun auch nur unsere Pflicht."

Unterdessen war ein weiterer Gendarm dazugekommen und ging um das Auto herum. Er beugte sich zum Fenster herab und sagte:

„Ihr Reifenprofil ist an der Grenze. Damit können Sie nicht mehr lange fahren. Und jetzt zeigen sie mir bitte das Alkoholteströhrchen."

Der Fahrer wühlte im Handschuhfach.

„*Merde*! Es ist nicht da. Das muss mein Freund verschlampt haben. Ich sag ihm, dass er ein neues kaufen soll."

„Seit diesem Jahr ist es aber Vorschrift. Jedes Auto muss ein Röhrchen zum Selbsttest mitführen."

„Ich sagte ja, dass ich es nicht finde. Ich kann es auch sofort kaufen – bei der nächsten Tankstelle."

„Aber ganz bestimmt!", ermahnte ihn der Beamte.

„Und jetzt zeigen Sie mir noch das Warndreieck, den Verbandskasten und die gelbe Pannenweste."

„Im Kofferraum", sagte der Fahrer.

Urplötzlich erstarrte er mitten in der Bewegung und wurde totenbleich.

„Was ist mit Ihnen? Geht es Ihnen nicht gut?"

Der Fahrer schüttelte den Kopf. „Nnnein, nnnein, alles okay."

„*Bien*, dann öffnen Sie bitte den Kofferraum."

Der Gendarm trat zurück und wartete, dass der Mann ausstieg. Doch plötzlich heulte der Motor auf, die Räder drehten pfeifend durch und der Wagen schoss mit einem Satz nach vorne. Er schlingerte knapp am ersten Streifenwagen vorbei, prallte dann aber, als er dem zweiten ausweichen wollte, gegen einen Kleinlaster auf der Gegenfahrbahn.

Im Nu waren die beiden Unfallfahrzeuge von den Gendarmen in weitem Kreis umstellt. Sie hatten ihre *mitraillettes* entsichert und rückten langsam zum Peugeot des geflüchteten Fahrers vor.

„*Débarquez et haut les mains!*", wurde der Mann mit lautem Ruf aufgefordert. Mit verschreckter Miene folgte dieser dem Befehl und stieg mit hoch erhobenen Händen aus. Ehe er sich versehen konnte, hatten ihn zwei Gendarmen gegen das Fahrzeug gestoßen und seine Arme auf den Rücken gedreht.

„*Ouille!*" brüllte der Mann.

Der Schmerzschrei übertönte das leise Klicken der Handschellen. Äußerst unsanft wurde der Mann in den großen blauen Vernehmungswagen der Gendarmerie gezerrt. Dort saß er dem Einsatzleiter gegenüber. Regungslos starrte er mit leeren Augen vor sich hin. Der Beamte sah ihn eine Weile ruhig an. Das Rangabzeichen an der Schulterklappe seiner Uniform wies ihn als *capitaine* der *gendarmerie mobile* aus. Er betrachtete den Führerschein. Mehrfach verglich er das Automatenfoto im Dokument mit dem Gesicht vor ihm. Wieder blickte er auf die kleine Plastikkarte.

„Maurice Gaullefrond", murmelte er, um dann plötzlich loszubrüllen: „Ist Ihnen eigentlich klar, dass Sie fast einen meiner Männer überfahren haben!" Das war keine Frage, vielmehr eine Kampfansage.

Der vor ihm Sitzende schwieg. Er zitterte am ganzen Körper.

„Der hat eine Scheißangst! Feigling!", dachte der *capitaine*.

„*Mon capitaine*", rief es von den Unfallfahrzeugen herüber. „*Venez, s'il vous plaît! Vite!*"

An den aufgeregten Stimmen seiner Kollegen, die vor der offenen Heckklappe des Flucht-PKW standen, merkte der Chef, dass sie dort etwas völlig Außergewöhnliches gefunden haben mussten. Er zupfte seine zerknitterte Uniformjacke glatt und ging mit schnellen Schritten zu ihnen.

Die schwarze Kunststoffabdeckung des Kofferraums war zurückgerollt und gab den Blick frei auf ein Sammelsurium aus leeren Flaschen, einer fleckigen Decke, einem roten Fahrradhelm, einem Paar Adidas-Sportschuhen und - einem männlichen Körper. Er lag regungslos inmitten dieses Chaos.

Gut angezogen, modische Jeans, sauberes T-Shirt. Kurze trendy geschnittene Haare, gepflegter Dreitagebart, konstatierte der Kommandant.

„Bewusstlos oder tot?", fragte er und gab einem seiner Leute ein Handzeichen, er solle sich den Mann genauer anschauen.

„Kein Puls! Der ist mausetot!", verkündeter dieser und untersuchte den Toten weiter. Als er ihn etwas auf die Seite drehen wollte, ließ er ihn sofort wieder los, so dass die Leiche in ihre ursprüngliche Rückenlage rollte.

„Chef, hier ist lauter Blut!", rief er, um einige Augenblicke später noch hinzu zu fügen: „Der ist erschossen worden. Links hinten, in den Rücken."

Dem Einsatzleiter war sofort klar, im Kofferraum des Kombi durfte nichts angefasst, nichts verändert werden. Da musste die Spurensicherung der Kriminalpolizei ran.

„Chantal", befahl er einer jungen Gendarmin, „ruf bei der *police nationale* in der *préfecture* in *Digne-les-Bains* an, schildere ihnen den Fall, und sag, sie sollen sofort einen Polizeiarzt und die Spurensicherung schicken. Und wir", wandte er sich an alle Kollegen, „wir beenden die Verkehrskontrolle, stellen das Auto mit der Leiche sicher und sorgen dafür, dass der Verkehr wieder fließt." Mit den ausgestreckten Zeigefingern beider Hände deutete er an, wo das Auto abgestellt werden sollte. Mitten auf der Straße konnte er es schließlich nicht stehen lassen – bei dem starken Verkehr.

„Es wird einige Zeit dauern, bis die aus Digne hier sind. Inzwischen nehmen wir uns den Kerl vor, der die Karre gefahren hat." Er stampfte zurück zum Einsatzfahrzeug, in dem der Fahrer des Todeswagens, wie der *capitaine* das Auto mit der Leiche bei sich nannte, immer noch saß; schweigend, in verkrampfter Haltung, und am ganzen Körper zitternd.

„So, Freundchen! Jetzt erzähl mal, warum du den Typ in deinem Auto abgeknallt hast."

„I... i... ich wa... wa... war's nicht!", stammelte der völlig verängstigte Mann und stierte mit starrem Blick vor sich hin. Er schien den vor ihm sitzenden *capitaine* ebenso wenig wahrzunehmen, wie die Gendarmen, die dicht gedrängt an der Schiebetür des Kleinbusses standen und der provisorischen Vernehmung zuhörten.

„Also was jetzt? Wer ist der Kerl da in deinem Wagen?", brüllte ihn der Einsatzleiter an, erhielt als Antwort aber nur ein „Ich war's nicht, ich war's nicht", das der an

177

den Händen Gefesselte in ständiger Wiederholung vor sich hin murmelte.

***

Es dauerte über eine Stunde, bis die Spurensicherung aus Digne und der Polizeiarzt ankamen. Erwartungsgemäß stellte dieser als Todesursache ‚Tod durch Erschießen' fest. Einen Selbstmord schloss er aufgrund der Lage der Einschüsse am Rücken aus. Zum Zeitpunkt wollte er sich erst nach der Obduktion festlegen. Er hielt es aber für sehr wahrscheinlich, nicht zuletzt aufgrund der Ausprägung der Totenstarre, dass der Tod irgendwann in der Nacht, vermutlich noch vor Mitternacht, eingetreten war.

Auf Anweisung des zusammen mit dem Polizeiarzt gekommenen Kommissars der *police nationale* in Digne wurde der Tote in einen grauen Leichensack gepackt und sollte in die Gerichtsmedizin der Hauptstadt des Départements gebracht werden. Auch das Auto sollte nach Digne überführt werden, nachdem es die Kriminaltechniker an Ort und Stelle einer vorläufigen Inspektion unterzogen hatten. Vor allem wurden Fingerabdrücke auf den Außenflächen sichergestellt, die durch Witterungseinflüsse sonst möglicherweise verloren gehen konnten.

Der Versuch, den mutmaßlichen Täter zu verhören, gelang dem neuangekommenen Polizeikommissar ebenso wenig, wie dies dem *capitaine* der *gendarmerie mobile* vorher gelungen war.

Obwohl es dem Vertreter der *police nationale* gehörig gegen den Strich ging, musste er doch die Unterstützung der anderen Polizeiorganisation, der *gendarmerie nationale*, in Anspruch nehmen und deren Einsatzleiter bitten, den Täter vorläufig in Haft zu behalten.

„Kein Problem", erhielt er von dem feixenden *capitaine* der anderen Truppe zur Antwort. „Wenn ihr dazu nicht in der Lage seid, dann nehmen wir ihn mit und sperren in ein. In unserem Gendarmerieposten in Castellane haben wir zwei gemütliche Zellen. Da sind zwar sonst meist nur Besoffene drin, aber warum nicht auch mal ein Mörder? Ihr könnt ihn dann abholen, wenn ihr soweit seid."

Zu peinlich, dachte der *commissaire*. Er hätte doch mit einer größeren Mannschaft anrücken sollen. Dann müsste er den Mörder nicht in der Obhut dieser Militärs lassen. Er beobachtete, wie der *capitaine* der *gendarmerie mobile*, gemeinsam mit einem seiner Untergebenen, den Häftling zu einem anderen Dienstfahrzeug zerrte und ihn dann brutal in den mit Drahtgittern gesicherten Laderaum stieß.

„Wir kriegen den schon weich. Morgen, wenn Sie ihn abholen, können Sie sein Geständnis gleich mitnehmen!", verkündete der Einsatzleiter dem *commissaire*.

Dieser hatte wegen der harten Gangart der Gendarmen zwar Bedenken, den sehr verschreckt und eingeschüchtert wirkenden Mann zurück zu lassen. Aber er sah momentan keine andere Lösung. Alleine konnte er den Gefangenen nicht mit nach Digne nehmen. Das hielt er für zu gefährlich. Schließlich handelte es sich um einen mutmaßlichen Mörder. Außerdem wäre es gegen die Dienstvorschriften. Das sollten morgen die dafür ausgebildeten Beamten des Gerichts machen, mit einem entsprechend ausgerüsteten Gefangenentransporter.

Kapitel 13
Ein Verdächtiger verabschiedet sich

Dienstag, 14. September

Der Bericht des Arztes, der die Obduktion des Toten aus dem Kofferraum durchgeführt hatte, ging um elf Uhr vormittags bei der für das Département Alpes de Haute Provence zuständigen Mordkommission der *police nationale* in Digne ein. Um zwölf Uhr hatte ihn der Leiter der *brigade criminelle, commissaire* Olivier Bertrand, auf seinem Schreibtisch liegen. Aufmerksam las er die Anmerkungen des Polizeiarztes durch. Sie enthielten allerdings kaum Neuigkeiten. Der Bericht begann mit ihn nicht besonders interessierenden Detailangaben zu Größe, Gewicht, Mageninhalt, allgemeinem Gesundheitszustand des Toten zu dessen Lebzeiten. Dass ein Selbstmord nicht in Betracht kam, wusste er schon. Sein *commissaire adjoint*, der bei der ersten, vorläufigen Untersuchung gestern am Ort des Geschehens anwesend war, hatte ihm das bereits berichtet. Gut, jetzt lag es auch noch schriftlich und vom verantwortlichen Arzt unterschrieben vor. Für die Bürokraten war das wichtig, und bei einem etwaigen Gerichtsprozess war es ein unumstößliches Beweisdokument. Interessanter für den *commissaire* war die Bemerkung, dass die Ergebnisse der Untersuchung nach Drogenrückständen negativ waren. Auch der Alkoholgehalt im Blut war relativ unauffällig.

„Endlich etwas Brauchbares", entfuhr es dem *commissaire*, als er las, dass es sich bei der Schusswaffe um ein Gewehr und nicht um eine Faustfeuerwaffe handelte. Genauer, um ein Jagdgewehr, wie man anhand zweier Projektile festgestellt hatte, die nahezu unverformt im Körper des Toten gefunden worden waren. Man habe die Fundstücke sofort zur technisch-ballistischen Analyse weitergeleitet. Das, was der Arzt über den Todeszeitpunkt zu Papier gebracht hatte, war nicht sehr viel präziser, als das, was sein Mitarbeiter ihm bereits gestern berichtet hatte. Offensichtlich war der Tod um Mitternacht eingetreten, plus oder minus etwa eine Stunde. Der Kommissar wollte gerade seine Mitarbeiter zur Lagebesprechung herbei zitieren, als sein Telefon wimmerte. Seine Sekretärin, wie er am Display sah.

„Ja, was gibt es?"

„Chef, ich habe die Leute vom Techniklabor in der Leitung. Darf ich das Gespräch durchstellen? Sie hätten etwas Wichtiges entdeckt, sagen sie."

„Ja, gut. Machen Sie das bitte!"

Und dann, nach einigem Knacken im Hörer:

„*Oui, oui*, persönlich, ja. Was gibt es?"

Sein Gegenüber berichtete, man habe die beiden Gewehrgeschosse aus der Leiche erkennungsdienstlich behandelt und die Ergebnisse in die Datenbank eingegeben.

„Wissen Sie, was dabei herausgekommen ist?"

„Bin ich ein Hellseher? Vermutlich, dass das Gewehr behördlich registriert ist. Und? Wissen Sie auch, wem es gehört?"

„Na, raten Sie mal! Es hat mit dem Fall zu tun, der kürzlich das Sommerloch aller Zeitungen und der Funkmedien gefüllt hat."

„Sie meinen ... ?"

„Ja, genau. Das Gewehr, eine Mauser M3, ist ordnungsgemäß registriert auf den Vicomte Victor de Gramellons, dessen Frau letzte Woche erschossen wurde."

„Aber nicht mit diesem Gewehr!", meinte der Kommissar.

„Das nicht, aber die Ermordete hatte das Gewehr im Auto dabei, und es wurde bei dem Überfall und dem Mord an der Vicomtesse gestohlen."

„Und das ist hundertprozentig sicher und gerichtsfest? Ich meine, dass es sich um die Waffe des Vicomte handelt?", versicherte sich der Kommissar nochmals, dem langsam die Bedeutung dieser Nachricht bewusst wurde.

„Absolut!"

„Das kriege ich aber auch schriftlich, und so schnell wie möglich! *S'il vous plaît!*"

„Julie!", brüllte *commissaire* Bertrand durch die geschlossene Türe zu seiner Sekretärin, und als diese ihren Kopf zur Tür hereinsteckte, fuhr er mit normaler Lautstärke fort:

„Verbinden Sie mich mit dem Kommissar, der die Mordsache de Gramellons leitet. In Aix!"

***

Commissaire Papperins Mitarbeiter waren seit Sonntag pausenlos damit beschäftigt, alle Personen ausfindig zu machen, die von dem Gemäldetransport gewusst hatten, sie zu befragen und ihre Alibis zu überprüfen. Um drei Uhr nachmittags hatte Papperin sein Team zu sich ins Kommissariat gebeten, um die Ergebnisse zu diskutieren und das weitere Vorgehen zu planen. Bis jetzt, so musste er zerknirscht zugeben, hatten sie noch keine belastbaren Hinweise gefunden. Zudem war es den Wissenschaftlern unmöglich, den Todeszeitpunkt halbwegs genau zu bestimmen. Am 31. August war die Vicomtesse mit dem Cézanne von ihrem Château losgefahren. Am Tag darauf hatte ihr Mann sie bei der Gendarmerie als vermisst gemeldet. Ihre Leiche wurde allerdings erst am 4. September gefunden.

Der spätestmögliche Todeszeitpunkt, auf den sich die Ärzte und Biologen festlegen wollten, war der 2. September. Irgendwann in dieser Zeitspanne vom 31.8. bis 2.9. musste sie ermordet worden sein. Es war praktisch unmöglich, für diesen relativ langen Zeitraum lückenlose Alibis zu bekommen. Bei jedem der bisher Befragten gab es mehr oder weniger lange Zeiten, für die sie keine Zeugen benennen konnten, meistens weil die Leute allein zuhause waren. Als Arbeitshypothese war Papperin vom 31. August als Todestag ausgegangen – irgendwann zwischen vormittags und nachts, vermutlich am Nachmittag. Das hielt er für die plausibelste Zeit, denn die Vicomtesse war am späten Vormittag im Luberon losgefahren und am Nachmittag wurde sie in Château Barbaresque erwartet. Papperin ließ sich alle Personen, die kein Alibi hatten, nochmals durch den Kopf gehen. Das Motiv lag klar auf der Hand und galt praktisch für alle, die vom Gemälde und dem geplanten Transport gewusst hatten: Es war der Wert des Bildes, nach Auskunft der Versicherung 35 Millionen Euro.

Vicomte de Gramellons hatte behauptet, den ganzen Tag am 31. August zuhause in seinem Schloss verbracht zu haben. Da die einzige Hausangestellte an diesem Tag frei gehabt hatte, konnte er keine Zeugen dafür nennen.

Ähnlich war es mit dem Comte de Barbaresque, dem Organisator der Ausstellung und geplantem Empfänger des Bildes. Er war den ganzen Tag unterwegs gewesen, mal in den Ausstellungsräumen, mal bei sich zuhause, dann wieder in Aix und Marseille. Die Zeitspannen zwischen den vielen Terminen waren allerdings vielfach so lang, dass er problemlos zum Tatort und zurück hätte fahren können.

Die Mitarbeiter des Unternehmens, bei dem der Cézanne versichert war, hatten sie auch befragt. Insbesondere den

Gutachter, einen Monsieur Ramon Fernandez, hatten Papperins Leute im Visier gehabt. Er kannte den Wert des Bildes und wusste sicher auch Wege, über die er das Gemälde zu Geld machen konnte. Schließlich war das sein Metier. Er hatte angegeben, an dem fraglichen 31. August unterwegs nach Spanien gewesen zu sein, sich es dann aber anders überlegt zu haben, und wieder umgekehrt zu sein. Irgendwann nachts sei er zuhause in Arles angekommen. Nein, es gebe niemanden, der das bezeugen könne. Seine Frau konnte allerdings die ungefähre Zeit bestätigen. Es war irgendwann nach dem TV-Bericht in ARTE über die Mafia. Die Sendung war erst nach 22 Uhr zu Ende, hatte *brigadier* Debordeau herausgefunden. Der Kunstexperte hätte also reichlich Zeit gehabt, die Gräfin zu erschießen und das Bild in Sicherheit zu bringen.

Bei allen anderen befragten Personen war es ihnen ähnlich ergangen. Und das nur für den 31. August. Wenn sie die beiden anderen medizinisch für möglich erachteten Todestage in ihre Befragungen einbeziehen würden, dann dürfte das Ergebnis noch diffuser und unbefriedigender ausfallen.

Mitten in diesen frustrierenden Überlegungen schrillte der Telefonapparat auf Papperins Schreibtisch. Die Zentrale fragte an, ob sie ein Gespräch aus Digne-les-Bains durchstellen dürfe. Ein *commissaire* Bertrand von der dortigen *police judiciaire* wolle *commissaire* Papperin sprechen.

„Auch wenn ich nicht weiß, was der von mir wollen könnte, stellen Sie bitte durch!", sagte Papperin zur freundlichen Telefonistin in der Zentrale und übernahm das Gespräch.

„*Allô?* Spreche ich mit *commissaire* Jean-Luc Papperin? *Oui? Bien!* Hören Sie!" Und nun berichtete Papperins Kollege aus dem Département Alpes de Haute Provence den ganzen Vorgang, dass die Gendarmerie bei einer routinemäßigen Verkehrskontrolle eine Leiche im Kofferraum eines Autos entdeckt hätte, dass diese Leiche mit einem Gewehr erschossen worden sei – eindeutig Mord, und dass die beiden gefundenen Projektile technisch untersucht worden seien."

„Aber warum erzählen Sie mir das alles, *mon cher collègue*?"

Jetzt erst ließ der Anrufer die Katze aus dem Sack. Papperin musste zweimal tief durchatmen. Das war der Durchbruch, die Spur, nach der sie hektisch, aber bisher vergeblich gesucht hatten! Er musste sich noch einmal vergewissern:

„Und es ist absolut sicher, dass eure Leiche mit dem von uns gesuchten Jagdgewehr dieses Vicomte erschossen wurde?"

„Hundertprozentig sicher."

„Jetzt verraten Sie mir bitte noch: Wer ist der Tote und wer hat die Leiche im Auto spazieren gefahren. Wissen Sie das auch? Und vor allem: Wo ist der Fahrer?"

„Bei dem Toten dürfte es sich um einen gewissen Frank Renaud handeln. Er ist auch der Eigentümer des Wagens, in dem er gefunden wurde. Das Foto auf seinem *passeport* und seiner *carte d'identité* sieht der Leiche doch sehr ähnlich. Diese Dokumente hatte sie zwar nicht einstecken, aber wir haben sie über die zentrale Meldedatei bekommen, als wir den Namen des PKW-Eigentümers eingegeben haben. Wir wollten ihn fragen, wer ihn umgebracht hat", meinte der Kommissar aus Digne mit einem Anflug von Humor. „Aber er konnte keine Antwort geben."

„Und wer ist der Fahrer?", drängte Papperin.

„Wir nehmen an, dass das der Mörder ist. Allerdings hatte er das Gewehr nicht im Auto dabei."

„Wer ist es? Spannen Sie mich doch nicht so auf die Folter!"

„Ein gewisser Maurice Gaullefrond, 47 Jahre alt, arbeitslos, wohnhaft in Brignoles." Dann leierte der Kommissar die genaue Anschrift und weitere Daten herunter.

„Und? Was hat er ausgesagt? Ich muss ihn sprechen, sofort!" Papperin wurde immer aufgeregter.

„Derzeit ist er noch bei der *gendarmerie* von Castellane inhaftiert. Er soll aber spätestens morgen nach hier überführt werden und wird dann in U-Haft ins Gefängnis von Digne kommen."

„Wir brauchen ihn hier, möglichst sofort", drängte Papperin.

„Nichts lieber als das, *mon cher collègue*. Wir sind froh, wenn wir den Mord los sind. Am besten setzen Sie sich direkt mit der *gendarmerie* in Castellane in Verbindung. Dann kann ich den für morgen geplanten Gefangenentransport stornieren? Ja?"

Papperin bedankte sich überschwänglich bei seinem Kollegen für diese bahnbrechenden Neuigkeiten. Nachdem sie noch einige verwaltungsbürokratische Details besprochen hatten, insbesondere was die Änderung der Zuständigkeit für den Fall anging, verabschiedete sich Papperin und legte auf, hob dann aber sofort wieder ab und rief seine Sekretärin im Vorzimmer an:

„Monique, rufen Sie sofort alle Mitarbeiter zusammen. Es gibt völlig neue Fakten zu unserem Fall."

Wenige Minuten später waren alle in Papperins Dienstzimmer versammelt und saßen um den großen, ovalen Besprechungstisch.

„Also!", setzte Papperin an. „Gerade wurde ich aus Digne angerufen, vom dortigen Leiter der Mordkommission. Ihr erratet nicht, was der mir berichtet hat!" Papperin schaute erwartungsvoll in die Runde und sah nur fragende Gesichter. Dann berichtete er vom Inhalt des eben geführten Telefonats.

„Na endlich!" oder „Gott-sei-Dank!" oder „Jetzt kann es losgehen!", diese und weitere erleichterte Zwischenrufe seiner Mitarbeiter begleiteten die Erläuterungen ihres Chefs. Als sich die Aufregung etwas gelegt hatte, verkündete Papperin voller Tatendrang:

„So! Und jetzt rufen wir in Castellane an und teilen den Herren Gendarmen mit, dass wir in Kürze bei ihnen aufkreuzen werden, um den mutmaßlichen Mörder zu verhören und mit nach Aix zu nehmen.

Monique stellte die Verbindung zur Gendarmeriekaserne in Castellane her und reichte Papperin den Hörer. Er vereinbarte mit dem dortigen kommandierenden Offizier, dass er mit seinem Team und einem für Gefangenentransporte geeigneten Fahrzeug in zwei, je nach Verkehr könnte es auch drei Stunden dauern, auf jeden Fall so schnell wie möglich, nach Castellane kommen werde. Man möge dort bitte alles rechtlich und technisch Erforderliche für ein erstes Verhör vorbereiten.

Mitten in die aufgeregten Aktivitäten vor der Abfahrt schrillte das Telefon auf Moniques Schreibtisch. Es war noch einmal die Gendarmerie in Castellane. Monique übergab den Hörer an ihren Chef.

„*Commissaire* Papperin?"

„Ja, am Apparat."

„Sie brauchen nicht nach Castellane zu kommen."

„Aber selbstverständlich kommen wir. Die Vernehmung dieses Maurice Gaullefrond ist ganz essentiell für unsere Ermittlungen."

„Es wird kein Verhör geben, Herr Kollege."

„Wie, kein Verhör? Wie soll ich das verstehen?"

„Mein Adjutant kommt gerade aus der Zelle und berichtet, dass der Häftling Selbstmord begangen hat – er hat sich erhängt."

Kapitel 14
...und ein neuer Verdächtiger taucht auf

Mittwoch 15. September

Im Kommissariat von Jean-Luc Papperin waren der Nachmittag und der Abend des Vortags mit hektischer Aktivität angefüllt gewesen. Die beiden Toten, Maurice Gaullefrond und Frank Renaud, mussten ins gerichtsmedizinische Institut von Aix en Provence überführt werden, ein Vorhaben, das wegen der betroffenen zwei Départements – Bouche du Rhône und Alpes de Haute Provence – und der damit verbundenen unterschiedlichen Zuständigkeiten auf nicht unerhebliche juristische Probleme gestoßen war. Außerdem mussten sämtliche amtlichen Dokumente, Gendarmerieprotokolle und Berichte der Pathologen nach Aix übermittelt werden. Schließlich, im Laufe des Mittwochvormittags, konnte Papperin alle Daten zu den beiden Toten auf seinem Dienstcomputer anschauen.

Jetzt sah er sich auf dem Bildschirm gerade den Lebenslauf von Maurice Gaullefrond an, soweit dieser behördlich bekannt war. Über den Namen im Führerschein waren sie auf die Sozialversicherungsnummer gekommen. Und dann war es ein Leichtes gewesen, sich alle weiteren amtsbekannten Daten zu beschaffen. Alter: 47 Jahre, Schule, *bac*, dann Studium der Kunstgeschichte ohne Abschluss, meist arbeitslos, einige Gelegenheitsjobs im Auftrag der Stadt Aix, keine Vorstrafen.

„Hier steht seine Adresse. Brignoles!", sagte er zu Monique, die gerade zur Tür hereingekommen war und ihm über die Schulter sah. „Die ist neu", murmelte er. „In seinem Führerschein steht was anderes: Aubagne. Da fahren wir gleich hin. Nach Brignoles, nicht nach Aubagne", ergänzte er, als er Moniques fragenden Blick sah. „Wissen Sie, wer gerade frei ist und mich begleiten kann?"

„Ich glaube Guy-deux. Er sitzt wie immer vor seinem Computer und verfolgt irgendwelche digitalen Spuren. Ich schick ihn zu dir."

„Nein, er soll gleich in die Tiefgarage kommen. Wir nehmen einen Streifenwagen. Melden Sie der Fahrbereitschaft bitte, dass die einen bereitstellen sollen."

Papperin fiel noch etwas ein:

„Und sagen Sie Jeannine bitte, sie soll sich um den anderen Toten kümmern, diesen Frank Renaud. Ich nehme an, dass sie dazu nach Manosque fahren muss. Sie soll Claude mitnehmen!"

Die Fahrt nach Brignoles dauerte nur eine knappe halbe Stunde. Auf der leeren A 8 waren so gut wie keine Autos unterwegs, so dass sie die nicht einmal sechzig Kilometer zügig hinter sich bringen konnten. Auch die beiden Zahlstellen stellten kein Hindernis dar, da das Polizeifahrzeug die für die *télépéage*-Nutzer reservierten Fahrspuren nehmen konnte.

Nach einigem Suchen hatten sie den Wohnblock gefunden, in dem der Tote nach den Daten des Sozialversicherungsamtes zuletzt gewohnt hatte. Es handelte sich um ein mehrstöckiges, etwas heruntergekommenes Mietshaus. Nur einige der Namensschilder auf der Tafel mit den Briefkastenschlitzen und den Klingelknöpfen waren beschriftet. Maurice Gaullefrond befand sich nicht darunter. Während Papperin noch zögerte, ob er einfach bei irgendeinem Schild läuten sollte – er hatte Bedenken, die Privatsphäre von unbescholtenen Bürgern zu stören – drückte Guy-deux unverfroren auf die Klingel, die zu dem Namensschild M. Bonnieux im Erdgeschoß gehörte. Sie warteten, dass sich

Herr oder Frau Bonnieux auf der Gegensprechanlage meldeten. Nichts dergleichen geschah, vermutlich war das *interphone* defekt. Dann aber summte nach kurzer Zeit der Türöffner, und die beiden Polizeibeamten traten in ein stickiges, nach Müll und Urin riechendes Treppenhaus. Auf dem Absatz im Halbstock, fünf Stufen über dem Straßenniveau, öffnete sich eine Wohnungstüre und eine Frau schaute die beiden Polizisten befremdet an. Sie hatte enge, bunt gemusterte Leggins an und ein knapp sitzendes, knallrotes T-Shirt. Bei ihrem beträchtlichen Leibesumfang wirkte diese Bekleidung für Papperin eher abstoßend. In ihrem rechten Mundwinkel klebte eine Zigarette, deren Rauch sich an ihrer Nase vorbei, über die Stirne bis zu ihren wirren, unnatürlich blondierten Haaren kräuselte.

„Was wollen Sie von uns? Wir haben nichts verbrochen", schleuderte sie den beiden Beamten unfreundlich entgegen.

Woher wusste sie, dass sie von der Polizei waren?, fragte sich Papperin. Sie waren doch in Zivil. Aber vermutlich hatte sie gesehen, wie das Polizeifahrzeug vor dem Haus vorgefahren war.

„In diesem Haus soll ein Maurice Gaullefrond wohnen", begann Papperin, der seine Augen nicht von den unappetitlichen Fettwülsten abwenden konnte, die von dem grellen, leicht schmuddeligen und eng anliegenden Trikotstoff noch besonders betont wurden. Wie ein Michelinmännchen, nur in bunt, stellte Papperin bei sich fest, wobei er an die Werbefigur dachte, die die Reifenreklame und die Straßenkarten der Firma Michelin zierte.

„Leider finden wir ihn auf keinem der Namensschilder draußen." Papperin zwang sich, den Blick von dem unförmigen Körper abzuwenden und der Frau in die Augen zu schauen. Sie blinzelte mit den Lidern, als ihr der Rauch zu sehr in die dick mit dunkelblauem Kajal umrandeten kleinen Augen biss.

„Maurice? Der wohnt im dritten. Aber ich habe ihn schon seit einiger Zeit nicht mehr gesehen."

„Wissen Sie, wo er sein könnte, ob er verreist ist?" Papperin sagte nicht, dass er tot war.

„*Non*, so gut kenne ich ihn auch wieder nicht. Aber ich sehe ihn öfter, wenn er die Treppe rauf oder runter geht. Hier im Hochparterre muss ja jeder an unserer Türe vorbei, der ins Haus kommt. Aber wie gesagt, seit längerem habe ich ihn nicht mehr gesehen."

„Seit wann etwa?"

„Ein paar Tage, eine Woche, oder zwei. So genau kann ich mich da nicht dran erinnern." Sie wollte ihre Fettmassen schon zurück in die Wohnung bewegen, als sie sich noch einmal umwandte:

„Aber vielleicht weiß mein Mann mehr. Die spielen ab und zu Pétanque. Mickaël!", brüllte sie in die dunkle Diele hinter sich. Es dauerte mindestens zwei Minuten, bis sich ein nicht minder dicker Mann vor sie in die Wohnungstüre schob. Ein kahl geschorener Kopf steckte fast ohne Hals auf den fleischigen, breiten Schultern. Ein graues, früher wohl einmal weiß gewesenes T-Shirt umspannte die enorme Wölbung seines Bauches. Papperin rätselte, ob das kurze Ding, das er untenrum anhatte, eine Unterhose oder kurze Shorts waren. So genau konnte er das nicht erkennen, denn der überhängende Bauch verdeckte den größten Teil des Kleidungsstücks.

„Die *flics* wollen wissen, ob du ihnen sagen kannst, wo Maurice ist."

„Polypen!", schnaubte der Mann verächtlich. „Mit euch hat man immer nur Scherereien. Ich muss euch keine Auskunft geben", ging er in Abwehrstellung, schob aber dann seinen Bauch weiter in Richtung Papperin und fragte mit aggressiv vorgerecktem Kinn:

„Wieso wollt ihr das überhaupt wissen? Das geht euch gar nichts an, wo der sich rumtreibt."

Papperin beschloss, jetzt mit der Wahrheit herauszurücken, um den unsympathischen Fettwanst aus der Reserve zu locken.

„Weil man ihn ermordet hat. Gestern! Haben Sie ein Alibi?"

„*Hein?*"

„Wo Sie vorgestern Nacht waren, und gestern Vormittag, wollen wir wissen."

„Das geht Sie nichts an", blaffte der Dicke, um nach einer kurzen Pause doch noch etwas dazu zu sagen: „Ich war hier, in der Wohnung, und sie auch. *Demandez ma meuf!!*"

Seine Frau nickte so heftig, dass ihr voluminöser Busen und ihre Fettwülste wabbelten. Ihr Mann starrte Papperin herausfordernd an, streckte sich, atmete tief ein und dehnte seinen Brustkorb, wie um den beiden Polizisten zu demonstrieren, welch starker, unbesiegbarer Typ er war. Dabei rutschte sein T-Shirt weit nach oben und gab den Blick auf seinen bunt tätowierten Bauch frei. Erst jetzt fielen Papperin auch die anderen Tattoos auf, die die mächtigen Arme und die dicken Beine des Mannes zierten.

„Jetzt lassen Sie uns in Ruhe. Wenn Sie was über Maurice wissen wollen, dann fragen Sie doch Luc. Mit dem hängt er die ganze Zeit rum."

„Luc?", fragte Papperin.

„Luc Percier. Wohnt auch im dritten. Direkt gegenüber von Maurice. Aber der hat Urlaub, hat er mir gesagt, bevor er weg ist."

„Wohin ist er? Und wo arbeitet er?"

„Keine Ahnung, irgendwo im Lager von so 'nem Unternehmen", beantwortete der Unsympath, drehte sich um und stapfte in die dunkle Diele zurück.

„*Merci*, für die überaus freundlichen Auskünfte", bedankte sich Papperin. Die Frau merkte nicht die Ironie, die in Papperins Worten steckte. Mit einem mürrisch gemurmelten „*de rien!*" knallte sie die Tür zu und ließ die beiden Beamten auf dem Treppenabsatz stehen.

In der dritten Etage standen Papperin und sein *brigadier* vor verschlossenen Türen. Die Namensschilder unter den jeweiligen Spionen der identischen grauen Türen zeigten zwar, dass es die richtigen Wohnungen waren. Aber selbst auf energischstes Läuten blieb alles still.

„Soll ich?", fragte Guy deux, trat zwei Schritte zurück und schob die linke Schulter vor. „Kein Problem, die billigen Türen habe ich mit einem Rumms auf!"

Papperin winkte ab. „Wir holen uns lieber erst eine richterliche Genehmigung. Sonst finden wir da drinnen vielleicht Beweismittel, und die dürfen dann vor Gericht nicht verwendet werden, weil wir sie uns illegal verschafft haben. *Non, non*, soviel Zeit muss sein. Ich ruf lieber erst meinen Freund Paul an. Vielleicht kann er den Durchsuchungsbeschluss zu Monique faxen. Und dann können Sie ran!"

Das Telefonat mit Paul Vergier, dem Urlaubsvertreter des Untersuchungsrichters und Studienfreund von Jean-Luc Papperin, dauerte nur kurz. Angesichts des Riesenwirbels, den die Medien um den Fall gemacht hatten, und der doch heißen Spur, stellte der Richter das gewünschte Dokument, das für die gewaltsame Öffnung von Gaullefronds Wohnung erforderlich war, ohne Probleme aus und versprach, es vorab an Papperins Dienststelle zu faxen.

„So, jetzt dürfen Sie!", nickte Papperin seinem Begleiter zu, nachdem er das Gespräch beendet hatte. Es stellte sich heraus, dass die Tür zu Maurice Gaullefronds Wohnung gar nicht aufgebrochen werden musste. Guy-deux hatte zunächst mit seiner *carte bleue* versucht, den Türschnapper zurück zu drücken. Da die Türe nicht versperrt, sondern nur zugezogen war, gelang dies bereits beim ersten Versuch. Maurice Gaullefronds Wohnung stellte sich als Eldorado für DNA-Spurensucher heraus. Zigarettenkippen in nicht geleerten Aschenbechern, weggeworfene, leere Bierflaschen und -dosen im Mülleimer, ungespülte Weingläser auf dem Küchentisch, es gab jede Menge Möglichkeiten, Proben für DNA-Analysen zu nehmen. Papperin und Guy-deux steckten mehrere Kippen und vier Weingläser in Asservatentüten, dann warfen sie oberflächliche Blicke in die Schränke und auf die Regale, konnten aber nichts augenscheinlich Brauchbares entdecken, das in Zusammenhang mit den beiden Morden stand.

„Soll sich die Spurensicherung darum kümmern", sagte Papperin, als sie die Wohnung verließen und die Eingangstüre mit dem amtlichen Klebesiegel versahen.

Für die gegenüberliegende Wohnung von Luc Percier hatten sie keinen Durchsuchungsbeschluss. Der Richter hatte es nicht für zwingend angesehen, dass Maurices Freund etwas mit den beiden Morden zu tun hatte, vor allem, da bislang keinerlei Hinweis auf diesen Mann vorlag. Trotzdem gab Papperin seinem *brigadier* grünes Licht, die Wohnung zu öffnen, aber nur, wenn es ohne Gewalt gelang.

Doch diese Türe erwies sich als zumindest vorläufig unüberwindbares Hindernis. Der Öffnungsversuch mit der *carte bleue* scheiterte. Offensichtlich war die Türe nicht nur zugezogen, sondern auch korrekt abgesperrt.

***

„Ich werde diesen Luc mal ein bisschen unter die Lupe nehmen", sagte Guy-deux, als sie das Polizeifahrzeug in der Tiefgarage der *police judiciaire* abstellten. Nachdem sie den Lift im dritten Stock verlassen hatten, verschwand er ohne weitere Worte in seinem Zimmer und überließ es seinem überraschten Chef, die mitgenommenen Beweismittel an das technische Labor zu schicken. Papperin betrat sein Sekretariat, setzte sich auf Moniques Schreibtischkante und erzählte von den beiden Bewohnern im Erdgeschoss. Mit plastischen Worten beschrieb er dann das Chaos, das in der Wohnung des toten Maurice Gaullefrond geherrscht hatte. Schließlich berichtete er auch, dass sie jetzt auf eine neue Person gestoßen seien – Luc Percier.

„Wenn wir den ausfindig gemacht haben, dann kann er uns vielleicht etwas über seinen Freund Gaullefrond erzählen, diesen Selbstmörder und wahrscheinlichen Mörder von Frank Renaud."

Zuletzt bat er Monique, dafür zu sorgen, dass die Zigarettenkippen und die Weingläser schnellstmöglich auf DNA-Spuren untersucht wurden.

„Aber erst mache ich dir eine Tasse Espresso und außerdem habe ich ein paar Croissants besorgt. So wie ich dich kenne, hast du den ganzen Tag nichts gegessen", meinte die um das leibliche Wohlergehen ihres Chefs besorgte Sekretärin. „Jeannine ist gerade gekommen. Vielleicht mag die auch einen Kaffee, dann kannst du ihr von dem Chaos in der Wohnung in Brignoles erzählen. So viel, wie die arbeitet, und so wenig, wie sie bei sich zuhause ist, kann ich mir vorstellen, dass es bei ihr ähnlich chaotisch aussieht. Zeit für ihren Haushalt hat sie ganz sicher nicht."

Papperin, der Jeannines Wohnung gut kannte, und der wusste, dass dort alles supergepflegt war, wollte gerade vehement widersprechen, als die Tür aufflog und Guy-deux hereinstürmte.

„Chef, ich habe was rausgefunden, das wirft alle unsere Ergebnisse und Theorien über den Haufen. Kommen Sie, ich zeige es Ihnen." Er war hochrot im Gesicht vor Erregung.

„Jetzt beruhige dich erst mal und trink mit dem Chef eine Tasse Kaffee", versuchte Monique die Wellen zu glätten.

„Nein, das ist zu sensationell. Bitte kommen Sie, Chef. Und du auch, Monique. Zu meinem Computer."

Papperin kannte seinen Mitarbeiter zu gut, um nicht zu erahnen, dass ihm etwas Unerhörtes widerfahren sein musste. Er stand auf und ging, Monique vor sich herschiebend, über den Gang in Guys Zimmer.

„Da, auf dem großen Monitor, was sehen Sie da?", fragte Guy-deux, immer noch mit vor Erregung strahlenden Augen.

„Sieht aus wie zwei Leitern mit unregelmäßigen Sprossen", kommentierte Monique das Bild. „Aber die sind beide gleich. Die eine ist eine Kopie der anderen?", stellte sie fragend fest. Papperin ahnte, um was es sich handelte.

„Das sind DNA-Profile. Die sehen tatsächlich gleich aus. Von wem stammen die?", fragte er.

„Also", setzte Guy-deux zu erklären an. „ich habe doch gesagt, ich will mir diesen Luc Percier mal genauer anschauen. Da habe ich im Netz nachgesucht. Dieser Typ war vor drei Jahren im Gefängnis, im *Centre Pénitentiaire La Farlède* bei Toulon. Das kann man im damaligen *Var Matin* nachlesen. Dann habe ich mir die Akten besorgt, die man dort im Knast über ihn geführt hat. Da waren unter anderem auch die Ergebnisse seiner DNA dabei. Und die hab ich mir genauer angeschaut und sie mit allen anderen DNA-Proben abgeglichen, die bei uns und in den nationalen Datenbanken in Paris gespeichert sind. Und das hier ist das Resultat!"

Stolz deutete er auf seinen Monitor.

„Jetzt sag schon, von wem die stammen", vor Erregung duzte Papperin seinen Mitarbeiter, ganz gegen seine Gewohnheit.

„Das links ist die DNA aus dem Knast. Und die rechts ist von dem, der das Rohr in der Hand hatte, mit dem die Vicomtesse niedergeschlagen wurde. Die beiden sind hundertprozentig identisch!"

„*Génial!*", entfuhr es Papperin. „Dann hat also dieser Luc die Gräfin niedergeschlagen. Und er ist der Freund von diesem Gaullefrond, der die Leiche von Frank Renaud im Kofferraum durch die Gegend kutschiert hat. Dann dürfte es höchstwahrscheinlich sein, dass dieser Luc sowohl der Mörder der Gräfin ist, als auch diesen Frank erschossen hat. Zumindest wenn man dem Glauben schenkt, was der Gaullefrond bei den Gendarmen von Castellane immer wieder beteuert hat: Ich war es nicht, das soll er dort doch unentwegt gesagt haben."

„Es fragt sich nur, wo die Pistole ist, mit der die Gräfin umgebracht wurde, und wo das Jagdgewehr, mit dem

Frank Renaud erschossen wurde?" Die Bemerkung kam von Jeannine, die vor ein paar Minuten leise ins Zimmer gekommen war und der Präsentation von Guy-deux' Rechercheergebnissen schweigend zugehört hatte.

„Wenn wir die haben und sich darauf seine Fingerabdrücke oder DNA nachweisen lassen, dann ist die Beweiskette wasserdicht, und er landet ohne Wenn und Aber im Knast", meinte sie.

„Erst müssen wir ihn haben." Mit diesen fünf Wörtern führte Papperin alle wieder auf den harten Boden der Realität zurück.

„Wir kennen seine Adresse, aber wenn das zutrifft, was wir ihm gerade unterstellen, dann wird er mit Sicherheit nicht zu seiner amtsbekannten Wohnung zurückkommen."

Papperin schwieg eine kurze Weile. Dann ordnete er an:

„Treffpunkt in einer viertel Stunde bei mir an meinem Besprechungstisch. Das gilt für alle, auch für Claude und den anderen Guy", dabei schaute er Guy-deux an.

„Die uns zugeteilten vier Mann vom Bereitschaftsdienst, sollen die auch dazu kommen?", fragte Jeannine. Papperin, der argwöhnte, dass diese Rechercheergebnisse von Guy-deux auf nicht ganz legalem Weg erzielt worden waren, lehnte dies ab. „Nein, die sollen sich weiter um die ihnen zugeteilten Routinebefragungen kümmern. Und Sie, Monique, sorgen bitte für ausreichend Espresso!"

***

Das ganze Kommissariat hatte sich noch vor Ablauf der Viertelstunde im geräumigen Dienstzimmer von *commissaire* Papperin versammelt. Guy-deux tat schon die Schulter weh, so oft hatten ihm alle anerkennend darauf ge-

199

schlagen. Dann wurden Stühle gerückt, und unter der lauten Geräuschkulisse heftig debattierender Stimmen nahmen alle am großen, ovalen Besprechungstisch Platz.

„Okay", setzte Papperin an. „Ich glaube, inzwischen weiß jeder, was Guy-deux herausgefunden hat. Das führt uns zu einem völlig neuen Täter, einer Person, die wir bislang nicht auf dem Radar hatten, auch gar nicht haben konnten. Denn woher hätten wir von seiner Existenz wissen sollen. Ehe wir uns mit dem Problem befassen, wie wir diesen Luc Percier schnappen können, habe ich noch eine Frage. Und die plagt mich, seit Sie uns Ihre Sensation vorgeführt haben, Guy-deux. Wir haben doch die Schweißproben von dem Eisenrohr, mit dem die Vicomtesse niedergeschlagen wurde, von unserem Dr. Berlinotte analysieren lassen, und die von ihm gefundene DNA mit sämtlichen DNA-Proben abgeglichen, die in allen Datenbanken und Dateien frankreichweit gespeichert sind. Nicht nur denen der *police nationale*, sondern auch der *gendarmerie nationale*, des Justizministeriums, der Geheimdienste und so weiter und so weiter. Wieso wurde dabei diese Übereinstimmung nicht entdeckt? Und was haben Sie gemacht, dass Sie das herausgefunden haben?"

Commissaire Papperin blickte seinen Mitarbeiter erwartungsvoll an. Ihm schwante, dass sein Informatikfreak wieder einmal einen nicht ganz gesetzeskonformen Weg eingeschlagen hatte.

„Nun ja, ich gebe zu, es hat mich gewundert, dass die DNA von diesem Luc in den offiziellen Dateien nirgends zu finden war. Normalerweise wird von jedem Knastinsassen eine DNA-Probe genommen und in die zentrale Datenbank eingespeichert. Da habe ich mir gedacht, entweder haben die es versäumt, diese DNA-Probe zu machen. Oder sie haben sie gemacht, aber nicht an die gesetzliche Datenbank weitergeleitet. Im ersten Fall wäre ich am Ende gewesen. Wenn aber der zweite Fall zutrifft, dann sollte die Probe doch irgendwo zu finden sein. Also musste ich mich – bitte jetzt alle weghören – in die Computer der in Frage kommenden Personen hacken, in erster Linie in den des Leiters des biochemischen Labors, das diese Untersuchungen für das *Centre Pénitentiaire* üblicherweise durchführt."

„Woher wusstest du, welches Labor das gemacht hat?", fragte *brigadier* Malmotte. Guy-deux blickte ihn nur mitleidig an.

„Das hatte ich schnell raus, es war ein Kinderspiel im Vergleich mit dem anderen."

Jetzt schaute er wieder die ganze Mannschaft an.

„Und bingo! Der erste Versuch war gleich ein Volltreffer. Der Chef von dem Institut hat wohl aus Versehen oder mit Absicht die DNA-Daten von diesem Luc Percier nicht weitergegeben. Aber jetzt haben wir sie!" Stolz schaute er in die Runde. Alle klatschten laut Beifall. Papperin musste allerdings einen Wermutstropfen auf die Wellen wogender Begeisterung gießen.

„Ja, wir wissen das jetzt. Nur: Vor Gericht können wir es nicht verwenden. Sie haben dieses Ergebnis ja auf unerlaubtem, völlig gesetzeswidrigem Weg erzielt. Das muss alles unter uns bleiben. Wir müssen jetzt vordringlich zwei Dinge tun: Erstens uns auf legalem Wege die DNA von Luc Percier beschaffen. Und zweitens diesen Luc finden. Wer hat einen Vorschlag dazu?"

***

Die Besprechung hatte sich noch stundenlang hingezogen. Unzählige Theorien und Recherchevorschläge wurden diskutiert, fallen gelassen und wieder neu aufgegriffen. Irgendwann läutete das Telefon in Moniques Sekretariat – penetrant und ohne aufhören zu wollen. Papperin hatte seinen Apparat ins Sekretariat umstellen lassen, damit sie bei der Besprechung auf keinen Fall gestört wurden. Monique schlich leise aus dem Zimmer und nahm das Gespräch an ihrem Schreibtisch entgegen.

„*Police judiciaire d'Aix en Provence, commissariat de Jean-Luc Papperin*", meldete sie sich.

„*Salut* Monique. Hier ist Célestine Griffon aus Paris. Kann ich Jean-Luc sprechen."

„*Nia, bon soir*! Wie geht's Ihnen, und was macht Paris? Moment, ich hole Jean-Luc. Die haben eine Besprechung in seinem Zimmer. Deshalb ist sein Apparat auf meinen Schreibtisch umgeleitet. Hören Sie das Stimmengewirr? Jean-Luc!", rief sie mit schneidender Stimme durch die offene Tür. „Komm schnell es ist wichtig!"

Was konnte wichtiger sein, als das, was sie gerade zu besprechen hatten, dachte er. Trotzdem kam er ins andere Zimmer und übernahm den Hörer aus Moniques Hand.

„Es ist Nia", flüsterte sie, dann ging sie zu den anderen und machte die Türe hinter sich zu.

„Nia, *mon amour*! Ich freue mich, dass du anrufst. Du kannst dir nicht vorstellen, was hier gerade los ist. Erzähl, wie geht es dir?"

„Jean-Luc, es gibt eine gigantische Neuigkeit. Die will ich dir gerne selber erzählen. Nicht am Telefon. Und schon gar nicht mitten zwischen euren hektischen Besprechungen."

„Du spannst mich auf die Folter. Was ist es?"

„Wie gesagt: nicht am Telefon. Aber ich habe gerade einen Flug gebucht. Air France Nr. 5733, am Samstagabend von Paris nach Marseille. Holst du mich ab?"

„Aber selbstverständlich mein Liebling!"

„Und stell schon mal den Champagner kalt. Du ich muss jetzt aufhören. Mein nächster Mandant wartet schon. *Au revoir, mon chéri, je t'aime!*"

„*Je t'aime aussi!*", rief Papperin in den Hörer, aber Nia hatte schon aufgelegt.

Kapitel 15
... und wird verraten

Donnerstag, 16. September

Diesen Luc Percier zu finden, stellte sich als nicht ganz einfach heraus. *Commissaire* Papperin hatte sofort alle seine Mitarbeiter nach Brignoles geschickt. Sie mussten dort die anderen Bewohner des Mietshauses befragen. Außerdem sollten sie die Geschäfte in der näheren Umgebung der Wohnung aufsuchen, in denen man sich mit den Dingen des täglichen Bedarfs eindeckte, die *boulangerie*, die *boucherie-charcuterie*, die *maison de la presse*. Und natürlich wurden Kellnerinnen und Kellner in den Bars und Cafés befragt. Luc Percier und Maurice Gaullefrond waren überall bekannt. Die Leute berichteten, dass es freundliche und umgängliche Typen seien. Vielleicht ein bisschen nachlässig beim Bezahlen der Kleinbeträge, die sie vor allem beim Bäcker und in den Bars anschreiben ließen. Die Schalterbeamtin bei der *Crédit Agricole*, der Bank bei der Maurice Gaullefrond ein Konto unterhielt, war sehr auskunftsbereit. Nein, viel Geld habe er nicht auf dem Konto. Die *aide sociale*, die monatlich einging, sei immer sehr schnell wieder aufgebraucht. Nein, einen größeren Dispokredit habe er nicht, nur maximal 300 Euro, die er aber selten in Anspruch genommen habe. Ob sie ihnen auch etwas zu seinem Freund Luc Percier sagen könne, wurde sie von Papperins Brigadieren gefragt. Ja, die seien oft zusammen auf die Bank gekommen, um Geld abzuheben, sagte sie. Luc habe ein festes Einkommen, auch nicht sehr viel, aber doch deutlich mehr als sein Freund. Auf die Frage, ob sie die Kontenbewegungen der beiden einsehen könnten, besann sich die auskunftsfreudige Dame nun doch auf das Bankgeheimnis und ihre Verschwiegenheitspflichten. Nein, das könne sie ihnen nicht zugänglich machen, es sei denn, sie brächten einen richterlichen Beschluss bei. Aber sie könne den beiden Polizisten versichern, da sei nichts Außergewöhnliches dabei.

Auch die Befragung der meist älteren Männer am Boulodrome, dem städtischen Pétanqueplatz, brachte keine zusätzlichen Informationen. Alle kannten und mochten die beiden. Aber ob man von irgendwelchen besonderen Vorkommnissen, neuen Bekanntschaften oder Vorhaben der beiden wisse, diese Fragen wurden stets verneint. Das einzige halbwegs brauchbare Resultat dieser Aktion war, dass man den Namen der Firma erfuhr, bei der Luc Percier arbeitete. Die Nachfragen dort brachten zwar Einblick in seine Personalakte. Anders als bei der Bank, konnten die Polizeibeamten sämtliche Unterlagen einsehen. So erfuhren sie seine Lohnsteuerdaten und seine Sozialversicherungsnummer. Aber leider wisse man auch nicht genau, wo er seinen Urlaub verbringe. Der Firmenchef sagte Papperin zu, das er sich sofort melden würde, wenn er von seinem Mitarbeiter etwas hören würde.

Mit diesen mehr als bescheidenen Informationen begab sich *commissaire* Papperin in das Computerreich seines Mitarbeiters Guy-deux.

„Guy, im Wesentlichen ist bei den Befragungen vor Ort nichts herausgekommen. Nur die Steuer- und die Sozialversicherungsdaten von diesem Luc Percier, und dass er allgemein beliebt ist. Vielleicht gelingt es Ihnen, hier etwas mehr rauszufinden – wenn Sie Ihre dunklen Verbindungen ins Internet befragen." Guy-deux versprach, so schnell wie irgend möglich Ergebnisse zu liefern.

„Ist Ihnen schon was eingefallen, wie wir legal an die DNA von dem Mann kommen können?", fragte Papperin im Hinausgehen.

„Sobald wir die Ergebnisse von Ihrem Freund Berlinotte haben – ich meine, das was er von den Weingläsern und den *mégots de cigarette* analysiert hat – kann ich das mit meinem Ergebnis aus dem Knast vergleichen und sehen, ob da was vom Percier dabei ist. Aber das nützt uns auch nichts, weil wir ja offiziell gar nicht wissen dürfen, wie seine Gene aussehen. Ich lass mir noch was einfallen."

Kurze Zeit später – Papperin quälte sich gerade mit der Lektüre der neuesten Verwaltungsrichtlinie aus Paris – dudelte sein Telefon. Es war Guy-deux.

„Chef, viel hab ich nicht, aber vielleicht bringt es uns trotzdem weiter."

„Lassen Sie hören!"

„Also, über die Nummer der Sozialversicherung habe ich zumindest etwas über seine Familie rausbekommen. Daher weiß ich jetzt wer seine Eltern sind bzw. waren. Denn der Vater ist schon seit einiger Zeit gestorben. Die Mutter ist eine gewisse Martine Percier, geborene Marendi. Neben unserem Luc hat sie noch ein Kind. Und wie ich da weiter nachgeforscht habe, bin ich auf was Erstaunliches gestoßen."

„Ich rate jetzt mal: Dieses Kind kennen wir. Sohn oder Tochter?"

„Ja, eine Tochter. Über ihren Namen bin ich an ihre Sozialversicherungsnummer gekommen, und damit waren alle Geheimnisse entschlüsselt. Sie ist angestellt bei ..."

Guy-deux machte eine Kunstpause.

„Jetzt spannen Sie mich nicht auf die Folter! Doch nicht etwa bei unserem gräflichen Ehepaar?", riet Papperin.

„Genau so ist es. Paulette Percier arbeitet auf dem Château Gramellons als *domestique* und wird nach dem *SMIC*, dem gesetzlich vorgeschriebenen Mindestlohn, bezahlt."

Typisch für den verarmten Landadel, dachte Papperin. Geizig ohne Ende, aber trotzdem so tun, als sei man einflussreiches Mitglied der High Society, der Hautevolée.

„Das hilft uns weiter. Sehr gute Arbeit, Guy-deux! *Merci infiniment!*"

Als nächstes klemmte sich Papperin hinters Telefon und rief seinen Freund Paul Vergier an. Jetzt sollten doch genügend Indizien vorhanden sein, um eine Wohnungsdurchsuchung bei Luc Percier zu rechtfertigen. Er wurde allerdings nur mit der Telefonzentrale des Gerichts verbunden. Das Display ihres Apparates hatte der Telefonistin den Anrufer offensichtlich angezeigt, denn sie legte sofort los, ohne sein Begehr abzuwarten.

„*Bonjour monsieur le commissaire*! Sie wollen *juge* Vergier sprechen? Er hat seinen Apparat auf die Zentrale umgestellt. Vermutlich ist er einen Kaffee trinken gegangen. Versuchen Sie es doch in der *Brasserie Les Deux Garçons*. Meistens geht er dorthin, weil ihm der Kaffee hier in der Kantine nicht schmeckt. Aber Sie kennen ihn ja, er ist ein Gourmet. Und das *Deux-Garçons* liebt er, weil es so vornehm altmodisch ist, vermute ich mal. Also mir sind die Kellner dort zu hochnäsig. Aber versuchen Sie es ruhig, sicher treffen Sie ihn dort an."

Papperin bedankte sich, fragte sich aber im Stillen, wie die Justizverwaltung dazu kam, derart geschwätzige Telefonistinnen einzustellen. Verschwiegenheit, so hatte er immer gemeint, war doch gerade bei der Justiz ein wichtiges Gebot. Egal, wenn er ihn sprechen wollte, dann musste er wohl oder übel dort hin, auch wenn die Zeit sehr drängte. Im Vorbeigehen rief er seiner Sekretärin noch kurz zu:

„Ich geh ins *Deux Garçons*, meinen Freund Paul treffen. Wenn es was Wichtiges gibt, erreichen Sie mich auf dem Handy."

Dann machte er sich auf den Weg durch die in der nachmittäglichen Sonne brütende Innenstadt. Obwohl die Sommerferien in Frankreichs Schulen einheitlich am 31. August zu Ende gegangen waren, bevölkerten noch unzählige Urlauber die Altstadt. Die meist sehr teuren Mode-, Schuh- oder Handtaschengeschäfte wurden von den Touristen geradezu belagert. Papperin hörte viele Sprachen heraus. Meist englisch und holländisch, gelegentlich auch deutsch. Ab und zu begegnete er einer Gruppe laut schnatternder Chinesen oder Japaner. So genau konnte er sie nicht unterscheiden. Aber selbst wenn sie ruhig wären, würde man sie an den unzähligen Fotoapparaten erkennen, die jeder vor sich in die Höhe hielt und damit jedes sich bietende Motiv ablichtete. Papperin fragte sich nicht zum ersten Mal, wieso sie überhaupt die weite und sicher teure Reise unternahmen, wenn sie ohnehin nur alles durch das Objektiv ihrer Kamera sahen. Das könnten sie doch viel billiger und wahrscheinlich auch technisch besser zuhause mit google street-view oder google-pictures anschauen.

Schließlich erreichte er die gesuchte Brasserie. Er nahm an, dass sein Freund sich im kühlen Inneren niedergelassen hatte, anders als die vielen Touristen, die sich auf der, trotz der Schatten spendenden dunkelgrünen Markise, immer noch sehr heißen Terrasse um die Plätze rauften. Papperin betrat den weiträumigen Innenbereich. Sofort umschmeichelte die sanfte Kühle des klimatisierten Raumes sein schweißnasses Gesicht. Es war nicht sehr hell, die mattgrünen Wandtapeten, der vergoldete Stuck und die großen altmodischen Spiegel, die allerdings schon leicht blind waren, verbreiteten eine düster-vornehme, wenn auch etwas abgewirtschaftete Atmosphäre. Papperin sah seinen Freund sofort. Er saß, in den *Figaro* vertieft, eine Tasse Espresso und einen gut eingeschenkten Cognacschwenker vor sich, allein an einem runden Marmortischchen in der hintersten Ecke des fast leeren Gastraumes. Wie ein Künstler sah er aus, dachte Papperin, mit den langen schwarzen Haaren, die bis auf die Schultern reichten, der markanten Adlernase mit der altmodischen randlosen Brille darauf. Der Kommissar ging zu ihm und musste sich mehrmals räuspern, bis der Richter unwillig aufsah. Sein strenger Blick wich sofort einem freundlichen Lächeln, als er sah, wer ihn störte.

„Jean-Luc! Auch wenn ich annehme, dass dich ein dienstliches Anliegen zu mir führt, freue ich mich trotzdem, dich zu sehen. Komm Setz dich!", forderte er Papperin auf.

„Bernard!", rief er den Oberkellner herbei. „Einen Espresso und einen Calvados für meinen Freund! Und setz das auf meine Monatsrechnung!", um dann, wieder zu Papperin gewandt fortzufahren:

„Ich weiß, jetzt willst du sagen, du bist doch im Dienst und kannst deswegen keinen Alkohol und so weiter. Vergiss es. Man muss das Leben nehmen, wie es ist, und den Tag genießen, solange man das noch kann. Aber jetzt sag mir, was du auf dem Herzen hast, damit wir es schnell hinter uns bringen."

„Wir brauchen einen richterlichen Wohnungsdurchsuchungsbeschluss. Und du als Urlaubsvertreter des Untersuchungsrichters bist dafür zuständig. Es geht um diesen Luc Percier, den du ..."

„Aber das habe ich doch schon einmal abgelehnt. Nur auf eine vage Vermutung hin kann ich das nicht machen. Das weißt du aber. Denk an den *monsieur* Manner. Damals hatte ich dir einen Haftbefehl ausgestellt, der mir dann von der Beschwerdestelle nach Strich und Faden um die Ohren gehauen wurde. Peinlich war das. Sowas möchte ich nicht nochmal erleben. Also lassen wir das und trinken wir auf unsere Freundschaft."

„Ich weiß, Paul, damals bei dem Hotelprojekt in Cabanosque, da habe ich wirklich Mist gebaut, und es tut mir noch heute leid, dass ich dich da reingeritten habe. Aber der Fall jetzt ist viel klarer."

„Dann lass mal hören!"

„Also dieser Luc Percier ist ein Freund, nach unseren Recherchen ein sehr enger Freund, von Maurice Gaullefrond. Das ist der Typ, der in seinem Kofferraum die Leiche eines gewissen Frank Renaud herumkutschiert hat. Und der wiederum wurde mit dem Gewehr des Vicomte de Gramellons erschossen, das man der Vicomtesse, seiner Frau aus dem Auto gestohlen hat, als man diese beraubt und ermordet hat. Damit ist klar, Maurice Gaullefrond und vermutlich auch Frank Renaud hatten etwas mit dem Raubüberfall und dem Mord an der Gräfin zu tun. Soweit habe ich dir das alles schon einmal erklärt. So und jetzt kommt das Neue: Dieser Luc Percier hat eine Schwester, die im Schloss der de Gramellons als Hausangestellte arbeitet. Damit schließt sich der Kreis. Luc ist über seinen Freund Maurice, über die Leiche in dessen Kofferraum sowie über seine Schwester in den Raubmord an der Vicomtesse verwickelt. Außerdem haben wir die DNA des Mörders, finden aber keine Person, zu der sie passt. Und deswegen brauchen wir deine Unterschrift."

„Und jetzt hofft ihr, dass ihr in der Wohnung dieses Luc auswertbares Material findet, damit ihr seine DNA entschlüsseln und das Ergebnis mit eurer unbekannten Mörder-DNA vergleichen könnt."

„So ist es."

„Eigentlich sind das immer noch verdammt dünne Indizien, viel zu wenig, um damit das Grundrecht auf eine unversehrte Wohnung zu durchbrechen. Aber ich stell dir das Ding trotzdem aus. Denn so wie ich dich kenne, hast du noch was in petto und kannst bloß nicht damit rausrücken, etwas, was ich als Richter wohl nicht wissen darf. Habe ich Recht?"

„Hmm!"

„Also pass mal auf! Ich vergesse jetzt für einen Moment, dass ich Richter bin, und du verrätst mir, als Freund und unter vier Augen, was ihr noch habt."

„Und wenn jemand dahinter kommt, dass du in Kenntnis des illegalen Beweismaterials trotzdem … dann können wir beide unsere Karrieren in den Wind schreiben."

„Na, so schlimm wird es schon nicht kommen. Außerdem bin ich ja sooo vergesslich. Ich habe das schon vergessen, ehe ich es überhaupt gehört habe."

Jetzt berichtete Papperin, dass sie schon im Besitz von Luc Perciers DNA waren, und diese mit der Täter-DNA identisch sei, und dass er deshalb des Raubüberfalls praktisch bereits überführt sei. Nur: Juristisch sei das eben nicht zulässig.

„Okay, wir trinken jetzt in aller Ruhe aus", schlug der Richter vor. „Dann gehen wir zurück ins Gericht, und du kannst den Durchsuchungsbeschluss gleich mitnehmen. Dann habt ihr vermutlich den legalen Beweis, aber den Mann habt ihr deswegen noch lange nicht."

„Aber wir können ihn dann wenigstens international zur Fahndung ausschreiben. Selbst wenn er sich ins Ausland abgesetzt hat, werden wir ihn über kurz oder lang kriegen."

Zuerst fühlte Papperin ein Vibrieren an seinem Bein, dann erklang die Melodie von Joe Dassins Schlagerhit *Aux champs Élysées ... aux champs Élysées.*

„*Mon portable!*", entschuldigte sich Papperin mit einem bedauernden Schulterheben, kramte das Handy aus den Tiefen seiner Hosentasche und schaute auf das Display.

„Es ist Jeannine, meine Mitarbeiterin", flüsterte er seinem Freund zu.

Und deine Geliebte, dachte dieser, hütete sich aber, das laut zu sagen.

„*Allô* Jeannine, was gibt es?"

„Jean-Luc, wir sind gerade aus der Wohnung von diesem Frank Renaud in Manosque zurück, Claude und ich. Der Hausverwalter hat uns aufgesperrt. Wir haben eine Unmenge Fingerabdrücke und Material für DNA-Tests sichergestellt. Das mit der *analyse génétique* wird noch eine Weile dauern, aber die *empreintes* haben wir schon mit unserem Material verglichen. Neben denen von diesem Frank sind außerdem dieselben dabei, die wir schon in Gaullefronds Wohnung sichergestellt haben."

Papperin sagte mit Blick auf seinen Richterfreund:

„Das heißt also, dass sowohl Maurice Gaullefrond als auch Luc Percier in der Wohnung des ermordeten Frank Renaud waren."

„*Exactement!*"

„Danke, Jeannine. Und gib mir sofort Bescheid, wenn die genetische Entschlüsselung vorliegt. Schade, dass ihr schon zurück seid. Wir müssen unbedingt zum Château dieses Grafen, noch heute. Da wart ihr doch ganz in der Nähe, als ihr in Manosque, in der Wohnung von diesem Frank Renaud wart, oder? Jetzt müssen wir nochmal hinfahren. Hast du Zeit mit zu kommen?

***

Auf der Fahrt in den Luberon saßen Jean-Luc und Jeannine die meiste Zeit schweigend nebeneinander. Jeder hing seinen Gedanken nach. Beide dachten nicht an das bevorstehende Treffen mit Luc Perciers Schwester. Nein, sie schwelgten in der Erinnerung an frühere Zeiten, als sie gemeinsam zu Tatorten oder zu Vernehmungen fuhren – Jean-Lucs Arm meist um Jeannines Schultern gelegt, und sie seinen Oberschenkel zärtlich streichelnd.

„Denkst du dasselbe wie ich?", fragte sie und rutschte noch weiter zur Beifahrertüre, weg von ihm. Gerade so, als ob sie der Versuchung widerstehen wollte, sich an ihn zu schmiegen.

„*Oui*", seufzte er. „War schon eine schöne Zeit. Aber …"

„Aber jetzt sind wir ein Team und kein Paar mehr", antwortete sie mit fester Stimme. „Und das ist gut so!"

„Ich weiß. Was sollen wir diese Paulette alles fragen?", kam er auf den aktuellen Fall zurück.

„Na, ob sie weiß, wo ihr Bruder ist. Und dann sollten wir versuchen, aus ihr herauszubekommen, was sie von dem Überfall weiß."

„Vielleicht hat sie ja mitgemacht?"

„Selbst wenn, das wird sie nie zugeben."

„Lassen wir uns überraschen. Spielst du die verständnisvolle, einfühlsame Psychologin, und ich den bösen Polizisten?"

Das Eingangsportal zum Château Gramellons öffnete sich knarrend einen Spalt breit. Eine junge Frau schaute heraus.

„Sie wünschen?"

„Sind Sie das Dienstmädchen Paulette Percier?"

Schroff hatte Papperin der jungen Frau diese Worte entgegen geschleudert. Gleichzeitig drückte er das Tor weiter auf und trat ein. Sie stellte sich ihm in den Weg.

„So bleiben Sie doch stehen! Wer sind sie? Wen darf ich dem Vicomte melden?"

Papperin zückte seinen Ausweis und wedelte mit ihm ungeduldig vor der Nase der Hausangestellten.

„*Commissaire* Jean-Luc Papperin von der Mordkommission, *police judiciaire Aix en Provence!*" Mit einer Armbewegung in Richtung Jeannine fuhr er fort: „Meine Kollegin, *brigadier* Dalmasso. Mit Ihnen wollen wir reden, nicht mit dem Vicomte!"

Paulette Percier ließ sich von Papperins harten Ton nicht beeindrucken. Fast frech erwiderte sie:

„Aber das geht jetzt nicht! Ich bin im Dienst und muss jetzt für den Grafen Erledigungen machen. Kommen Sie ein anderes Mal wieder und kündigen Sie sich vorher an!"

„Wenn Sie sich weigern, dann muss ich Sie vorläufig festnehmen!"

Zu Jeannine gewandt sagte er: „Hier sind die Handschellen!"

Der Kommissar und die Hausangestellte blickten sich kampfbereit in die Augen. Jeannine wunderte sich. Das entsprach so gar nicht dem Wesen ihres so einfühlsamen und verständnisvollen Chefs. Er war doch ein exzellenter

Schauspieler, dachte sie. Dann besann sie sich auf die ihr zugedachte Rolle.

„Ach kommen Sie, *mademoiselle*, machen wir kein Drama aus der Geschichte. Wir haben nur ein paar kurze Fragen", sagte sie.

„Und nehmen Sie das nicht so ernst, was mein Chef gesagt hat", flüsterte sie und deutete mit einem Augenverdrehen und einer kaum merkbaren Kopfbewegung in Richtung des Kommissars.

„Können wir uns irgendwo ungestört unterhalten?"

„Wir können in die Küche gehen", lenkte Paulette Percier ein. Dort angekommen, setzten sich die beiden Frauen auf die weißen Holzstühle an dem in der Mitte des großen Raumes stehenden Tisch. Papperin blieb stehen und stützte sich auf den dunklen Marmorsims des altmodischen Kamins.

„Was wollen Sie wissen?"

Paulette ignorierte den Kommissar und richtete ihre Frage ausschließlich an Jeannine.

„Wir müssen dringend ihren Bruder sprechen."

„Warum kommen Sie da zu mir. Fragen Sie ihn doch selbst!"

„Wir wissen nicht, wo er ist. In seiner Wohnung ist er nicht und an seiner Arbeitsstelle auch nicht."

„Ich kann ihnen auch nicht helfen, ich habe ihn schon länger nicht gesehen."

„Aber sie müssen doch wissen, wo er sein könnte. Sie sind doch seine Schwester."

„Wirklich, ich weiß es nicht!"

„Jetzt sag ihr schon, dass wir Sachen von ihr in der Wohnung des Ermordeten gefunden haben. Damit können wir beweisen, dass sie gemeinsam mit Ihrem Bruder in der

Wohnung des Toten war", unterbrach Papperin harsch das ergebnislose Hin und Her zwischen den beiden Frauen.

„Wieso Toten? Wer ist tot?", fragte Paulette, aus deren Gesicht plötzlich alle Farbe gewichen war.

„Davon kam nichts im Fernsehen und im Radio."

„Es gibt zwei weitere Tote, außer der Gräfin. Aber die Namen haben wir der Presse noch vorenthalten. Es handelt sich um zwei Männer: Maurice Gaullefrond und Frank Renaud. Kennen Sie die?"

Paulette sprang auf und schrie mit vor Entsetzen weit aufgerissenen Augen:

„Frank tot? Dieses Schwein! Hat er ihn umgebracht, und seinen Freund Maurice auch!"

Mit Trauer, Angst und Hass in den Augen starrte sie die vor ihr sitzende Polizistin einen Moment an. Dann ließ sie sich auf den Stuhl fallen, sackte in sich zusammen.

„Na warte! Du kannst was erleben! Dir zahl ich es heim!", murmelte sie, stumpf vor sich hin blickend. Dann gab sie sich einen Ruck, richtete sich auf.

„Was wollen Sie wissen?", wandte sie sich an die Brigadierin.

„Wo ist ihr Bruder Luc? Und wieso sind Sie sicher, dass er die beiden ermordet hat – Maurice und Frank?"

Jetzt brach es aus ihr heraus. Sie erzählte von dem Plan, den Cézanne zu stehlen, von dem geplanten Überfall, davon, dass es Frank, ihrem Freund, gelungen war, das Navi der Comtesse zu manipulieren, so dass sie auf einen Irrweg geleitet wurde, wo Luc und Maurice gewartet hatten.

„Eigentlich hat alles perfekt geklappt", meinte sie nicht ohne Stolz in der Stimme. „Nur dass Luc zu fest zugeschlagen und die Gräfin mit dem Schlag umgebracht hat, das war nicht geplant."

„Aber wieso hat er ihren Freund erschossen? Das verstehe ich nicht", wunderte sich Jeannine.

„Ich Idiot bin schuld daran. Frank und ich, wir wollten uns stellen. Mit einem Mord wollten wir nichts zu tun haben. Das habe ich meinem Bruder gesagt. Aber dass der dann gleich den Frank umbringt. Ich fasse es nicht!"

„*Mademoiselle* Percier, Sie wissen schon, dass wir sie jetzt festnehmen müssen."

Die junge Frau nickte. Sie wirkte gefasst, irgendwie erleichtert, fand Papperin, der die ganze Zeit stumm vom Kamin aus zugehört hatte.

„Aber ihr Geständnis, das sie jetzt gerade gemacht heben – freiwillig – hilft Ihnen sicher bei Gericht", versuchte Jeannine der Frau Mut zuzusprechen.

„Die Handschellen brauchen wir nicht, Sie kommen doch freiwillig mit." Bei diesen Worten warf sie die Stahlfesseln Papperin zu, der sie geschickt auffing.

***

Die Rückfahrt nach Aix verlief zunächst schweigend, nur von leisen Weinkrämpfen unterbrochen, die die festgenommene Paulette auf dem Rücksitz immer wieder schüttelten. Es war längst Nacht geworden. Papperin konzentrierte sich auf die enge, kurvenreiche Straße, und Jeannine brütete still vor sich hin. Eigentlich tat ihr die Frau im Fond Leid. Klar, sie war an einem Verbrechen beteiligt, an der Planung und Durchführung des Kunstraubes. Aber nicht am Mord. Davon hatte sie erst im Nachhinein erfahren – behauptete sie zumindest. Aber Jeannine glaubte ihr das. Sie wollte sich gerade umdrehen und ein Gespräch mit der Frau beginnen, als das Funkgerät zu piepsen und zu rauschen anfing.

„Chef, sind Sie im Auto und hören sie mich?" Es war *brigadier* Legrand.

„Was gibt es? Ich höre!"

„Wir waren in der Wohnung von diesem Luc Percier und haben jede Menge Beweismittel sichern können. Die Fingerabdrücke haben wir schon abgeglichen. Es sind hauptsächlich dieselben, die wir auch in Gaullefronds Wohnung genommen haben. Vermutlich von Gaullefrond und Percier. Von diesem Frank haben wir keine gefunden. Er dürfte also nie in der Wohnung gewesen sein, auch nicht in der von Gaullefrond. Die für den DNA-Test brauchbaren Dinge haben wir schon an Dr. Berlinotte weitergegeben – Zahnbürste, schmutzige Unterwäsche und so. Das gibt mit Sicherheit gerichtsfeste Beweise für seine Täterschaft. Wann sind Sie in Aix zurück? Hatten Sie Erfolg?"

„Ja, wir haben *mademoiselle* Paulette Percier festgenommen. Sie hat bereits ein vorläufiges Geständnis abgelegt, für ihre Beteiligung am Kunstraub, nicht für den Mord. Aber wir müssen uns noch weiter mit ihr unterhalten. In zirka einer halben Stunde dürften wir im Kommissariat ankommen."

„Dann bereiten wir hier alles für die Vernehmung vor, die Technik für die Tonaufzeichnung und so weiter."

„Und bitte viel Kaffee!"

„Wird gemacht. Ende!"

Das Funkgerät verstummte.

Paulette Percier auf dem Rücksitz hatte von all dem nichts mitbekommen. Sie war vor Kummer und Erschöpfung eingeschlafen.

***

Es ging auf Mitternacht zu, als Papperin das Verhör von Paulette Percier abbrach. Die junge Frau war sichtlich am Ende ihrer Kräfte angelangt. Jetzt hatten sie ein vorschriftsmäßig vor Zeugen zustande gekommenes Geständnis, auf Tonträger aufgezeichnet. Es musste jetzt nur noch abgeschrieben und von Frau Percier unterschrieben werden. Aber das hatte Zeit bis zum nächsten Morgen, entschied Papperin, wenn der Dienstbetrieb in der Behörde wieder normal angelaufen war. Natürlich hätte es noch viel zu fragen gegeben – aber alles Wesentliche wussten sie jetzt, vor allem den Ort, wo sich Luc Percier derzeit aufhielt. Dorthin würden sie früh, bei Tagesanbruch fahren. Aber jetzt schickte Papperin seine beiden Brigadiere, Jeannine Dalmasso und François Legrand, erst einmal nachhause, damit sie wenigstens noch ein paar Stunden Schlaf abbekamen. Paulette Percier wurde an die Justiz überstellt und dort in Untersuchungshaft genommen.

Kapitel 16
Ein Tag, der mit einem Erfolg beginnt und mit einer Überraschung für Papperin endet

Freitag, 17. September

Im dunstigen Grau des anbrechenden Tages arbeiteten sich zwei Geländefahrzeuge und ein Mannschaftswagen der *gendarmerie nationale* über die holprige Bergstraße hinauf zur *bastide*, in der Frau Martine Percier nach der elektronischen Auskunft aus der amtlichen Einwohnerdatei wohnte. Sie fuhren ohne Beleuchtung und sehr langsam, um nicht durch lautes Motorengeräusch zu früh auf sich aufmerksam zu machen.

***

Sofort nachdem Paulette ausgesagt hatte, dass ihr Bruder sich auf der einsam gelegenen *ferme* seiner Mutter in der Nähe von Allemagne en Provence versteckt hielt, hatte *commissaire* Papperin mit der für diese Gegend zuständigen Gendarmerie telefoniert und die Beamten angewiesen, sich unverzüglich zu dem Bauernhof zu begeben und den mutmaßlichen Mörder Luc Percier in Haft zu nehmen. Er hatte zwar noch keinen Haftbefehl, den Gendarmen genügte aber der Hinweis, es bestehe Gefahr im Verzug in Verbindung mit Fluchtgefahr. Papperin hatte den Eindruck, man war dort froh über die Abwechslung und Spannung, die dieser Einsatz in das eintönige Wacheschieben brachte.

***

Da der Chef der räumlich nächststationierten *caserne de gendarmerie* in Valensole nicht über genügend Beamte verfügte, hatte er von den benachbarten Kasernen in Riez und Gréoux-les-Bains Verstärkung angefordert. Man hatte sich am Dorfplatz vor dem Schloss von Allemagne versammelt. In voller Einsatzmontur, bewaffnet mit Maschinenpistolen und in Schutzkleidung mit Helm und kugelsicherer Weste, hatten sich die zwanzig Mann auf den Weg zu dem einsamen Bauernhof gemacht.

Als der kleine Fahrzeugkonvoi die letzte Hügelkuppe erreicht hatte, sahen die Gendarmen die zwei Gebäude des Gehöfts etwa hundert Meter vor sich liegen. Alles war ruhig. Aus keinem der kleinen Fenster schien Licht. Ganz offensichtlich schlief noch alles.

„Wenn er da drin ist", sagte der Einsatzleiter, „dann kriegen wir ihn, dann hat er praktisch keine Chance."

Er befahl der Hälfte seiner Leute, auszuschwärmen und sich unbemerkt um die Gebäude zu verteilen, um eine mögliche Flucht des Gesuchten vereiteln zu können. Den Rest seiner Mannschaft teilte er in zwei Gruppen, die jeweils eines der beiden Häuser stürmen sollten. Es wirkte gespenstisch, als sich die dunkel gekleideten Männer in der anbrechenden Morgendämmerung den Gebäuden vorsichtig näherten, um dann, auf Befehl ihres Kommandanten, die Türen einzutreten und mit Gebrüll die Häuser zu stürmen.

Es dauerte nur ein paar Minuten, bis eine verschreckt und verschüchtert wirkende alte Frau mit wirren grauen Haaren und in einem langen, altmodischen Nachthemd von zwei Polizisten mit schussbereiter MP aus dem einen Gebäude geführt wurde. Aus dem anderen wurde ein sich heftig wehrender und um sich schlagender junger Mann gestoßen, dessen Wildheit von drei Beamten kaum gezähmt werden konnte. Erst als er den Kolben einer MP in seinen Rücken gerammt bekam und auf dem Boden lag, und als die Handschellen um seine Gelenke klickten, gab er seinen

Widerstand auf. Laut schreiend schimpfte er auf die Polizisten ein.

„Sind Sie Luc Percier?"

Der Kommandant, nach seinen Schulterklappen hatte er den Rang eines *lieutenant*, baute sich vor dem Mann auf, den ein Gendarm brutal an den Handfesseln hochgezogen hatte. Trotz seiner kräftigen, muskulösen Figur mit den zahlreichen, barbarischen Tattoos machte er eher eine klägliche, lächerliche Figur, wie er, nur mit einer schwarzen Unterhose bekleidet, vor dem Vertreter des Gesetzes stand.

„*Trou du cul ! Nique ta mère ! Je t'encule !* Nichts sage ich. Ihr könnt mich alle am Arsch lecken!", schrie der Gefesselte dem Gendarmen ins Gesicht. Der schwieg, spuckte dann vor ihm auf den Boden und machte mit der Faust mit ausgestrecktem Daumen eine Geste in Richtung der Fahrzeuge. Unterstrichen durch ein Kopfnicken befahl er den um ihn Stehenden:

„Ab nach Valensole mit ihm. In die Zelle! Da wird er schon zu sich kommen."

Dann deutete er auf vier seiner Leute:

„Ihr bleibt, bis die von der *police judiciaire* hier sind. Passt auf, dass die Alte keine Spuren vernichtet. Die anderen ziehen ab – zurück in die Kasernen. Ich verständige den *commissaire* in Aix, dass sie den Typen hier", dabei deutete er auf den immer noch laut fluchenden und schimpfenden Gefangenen „bei uns abholen können."

***

Die Nachricht von der erfolgreichen Festnahme des Mörders Luc Percier erreichte *commissaire* Papperin auf seinem Handy. Es war kurz nach sechs Uhr früh, als er gerade im Begriff war, ein schnelles Frühstück hinunter zu schlingen, um so schnell wie möglich wieder in seinem Kommissariat in Aix zu sein.

Noch während der Fahrt dorthin informierte er telefonisch seine Mitarbeiter und bat sie, um sieben Uhr zur Lagebesprechung zu kommen. Die Landschaft flog nur so an ihm vorbei, als er ohne Rücksicht auf Geschwindigkeitsbeschränkungen die A8 entlang brauste. Er nahm keine Notiz von der Schönheit der Umgebung, so sehr konzentrierte er sich auf das bevorstehende Treffen mit dem Mordverdächtigen. Die Montagne Sainte Victoire, deren steile, fast tausend Meter über die Ebene aufragenden Felswände im orangefarbenen Licht der gerade aufgehenden Sonne geheimnisvoll leuchteten, nahm er ebenso wenig wahr, wie die Weinberge, die sich über die sanften Hügel in der Ebene zu Füßen des Gebirges wellten, und deren dunkelgrünes Blattwerk im Morgenlicht langsam ins Hellgrüne changierte. So früh am Morgen war die Autobahn noch wie leer gefegt, noch keine Pendler, die zu ihren Arbeitsstätten in Aix oder Marseille unterwegs waren, keine LKW, die Güter zu fernen Destinationen beförderten. Die zahlreichen Kombis und Kleinlaster, die die Geschäfte in den umliegenden Städten und Dörfern frühmorgens belieferten, benutzten die gebührenpflichtige Autobahn nicht – aus Sparsamkeit. Papperin erreichte seine Dienststelle noch lange vor der vereinbarten Zeit und fast als Erster. Nur Monique war schon da und empfing ihn mit frisch zubereitetem Espresso.

Bei der anschließenden Besprechung wurden die Aufgaben verteilt. Papperin und zwei seiner Leute wollten zu einer ersten Vernehmung des mutmaßlichen Mörders nach Valensole fahren. Die beiden anderen sollten sich zur *ferme* seiner Mutter begeben, ihre Aussage zu Protokoll nehmen, die dort postierten Gendarmen ablösen und das Anwesen bis zum Eintreffen der Spurensicherung bewachen.

***

„Jetzt mach endlich deinen Mund auf und antworte dem Herrn Kommissar!", brüllte der Leiter des Gendarmeriepostens von Valensole den teilnahmslos im Stuhl lümmelnden Luc Percier an.

„Hast du gehört, du sollst antworten!"

Der *lieutenant* sprang auf und schlug mit der Faust krachend auf die melaminbeschichtete Tischplatte.

„Wir können auch eine deutlich härtere Gangart fahren, wenn du nicht endlich parierst!" Dabei packte er die Handschellen und zerrte den Mann daran über den Tisch zu sich hin.

„*Doucement, doucement, mon cher collègue!* So kommen wir nicht weiter. Wir sollten es mit Fakten versuchen. Jetzt hören Sie mal zu", wandte sich Papperin an den nach wie vor desinteressiert und gelangweilt wirkenden Percier, der sich wieder auf seinen Stuhl hatte zurückfallen lassen.

„Ich werde Ihnen mal erklären, was wir alles gegen Sie in der Hand haben", fuhr Papperin fort.

„Also erstens wissen wir, dass Sie und Ihr Freund Maurice Gaullefrond einen Überfall auf das Auto geplant und ausgeführt haben, mit dem ein Gemälde von Paul Cézanne vom Château Gramellons nach Château Barbaresque gebracht werden sollte. Das hat Ihre Schwester zu Protokoll gegeben." Dann zählte Papperin alle weiteren Fakten und Indizien auf, die er und sein Team entdeckt hatten.

„Tragischerweise ist die Frau bei dem Überfall ums Leben gekommen. Das war eindeutig ein Mord! Außerdem wurde Ihr Komplize Frank Renaud ermordet. Erschossen mit dem Jagdgewehr, das Sie und Ihr Freund Maurice bei dem Überfall auf die Gräfin erobert hatten."

Immer noch regte sich keine Miene im Gesicht des Festgenommenen.

„Ihr Freund Maurice – er ist wohl etwas sensibler als Sie, und seine Nerven sind nicht so robust – hat Selbstmord begangen, nachdem wir ihn mit Frank Renauds Leiche im Kofferraum erwischt hatten."

Jetzt zeigte der Gefangene zum ersten Mal eine Regung. Er zog die Augenbrauen zusammen, blickte aber nach wie vor stur vor sich auf die Tischplatte.

„Sieh an! Das wussten Sie wohl noch nicht. Als Mörder von Frank Renaud kommen damit wohl nur Sie in Betracht!", fuhr Papperin fort.

„Blödsinn!", entfuhr es dem Beschuldigten. „Das könnt ihr mir nicht in die Schuhe schieben. Das war der Maurice!"

„Und dann begeht er Suizid? Das glauben Sie doch selber nicht. Erst erschießt er seinen Freund und kutschiert mit der Leiche kaltschnäuzig durch die Gegend. Und dann soll er so sensibel sein, dass er sich aufhängt? Nein, Maurice Gaullefrond war nicht der Mörder, das waren Sie. Jeder psychologische Gutachter wird das bestätigen."

„Das ist kein Beweis. Die sagen eh nur das, was ihr von ihnen hören wollt. Und ihr wollt doch nur schnell einen Täter vorweisen. Egal ob er es war oder nicht. Aber ich sag jetzt gar nichts mehr. Ich will einen Anwalt!"

„Der steht Ihnen selbstverständlich zu. Kennen Sie einen?", gestand ihm Papperin zu. Da Percier ratlos mit den Schultern zuckte und den Kopf schüttelte fuhr Papperin fort:

„Gut dann soll das Gericht einen Pflichtverteidiger bestimmen. In der Zwischenzeit werden wir Sie nach Aix überstellen und die Vernehmung dort fortsetzen."

***

Jeannine Dalmasso und François Legrand erreichten gegen neun Uhr das Anwesen von Luc Perciers Mutter. Sie trafen die vier Gendarmen, die zur Bewachung des Hofes dort geblieben waren, beim Kartenspielen an.

„Sollten Sie nicht die Mutter im Auge behalten, statt *belote* zu spielen?", fragte *brigadier* Legrand die vom Melden und Trumpfen erhitzten Spieler.

„Die Alte ist völlig durch den Wind", bekam er zur Antwort. „Die hat es nicht verkraftet, dass wir ihren *fiston*, ihren Sohnemann, mitgenommen haben. Seit zwei Stunden steht sie in der Küche und kocht. ‚Ich muss ihm was Gutes kochen, damit er ordentlich was zu Essen hat, wenn er wiederkommt', murmelt sie dauernd vor sich hin. Die vernichtet keine Spuren und lässt keine Beweismittel verschwinden. Dazu ist sie viel zu plemplem, *totalement cinglée!*"

„Ja, aber…", wollte Jeannine einwenden.

„Außerdem ist das Zimmer, in dem euer Mörder gewohnt hat, im anderen Haus, da drüben." Er deutete mit dem Arm auf das kleinere Haus mit der Außentreppe. „Und wenn die da rüber gegangen wäre, dann hätten wir das gesehen. Also, ihr regt euch völlig umsonst auf!" Der Gendarm wandte sich wieder dem Spiel zu, warf einen Blick in sein Blatt und rief: „*Rebelote!*" Gleichzeitig schmetterte er eine Trumpfkarte auf den runden Steintisch.

„Eigentlich könnt ihr jetzt wieder abziehen", meinte Jeannine zu den Spielern. „Ab sofort übernehmen wir."

„Ja, gleich, wenn wir hier fertig sind", antwortete einer der vier, ohne von seinen Karten aufzublicken. „Robert, du bist dran!"

Die beiden Brigadiere wechselten einen verständnislosen Blick.

„Das ist oft so bei der *gendarmerie*", meinte François Legrand. „Das kommt vom militärischen Drill bei denen. Wenn der Vorgesetzte nicht da ist, dann machen die was sie wollen. Aber wehe, ihr Kommandant erfährt das, dann kriegen sie Muffensausen." Man konnte an seinem Gesichtsausdruck sehen, was er von dieser Art von Pflichtbewusstsein hielt.

„Gehen wir ins Haus zur Mutter und befragen sie."

Die beiden Ermittler der *police judiciaire* ließen die Gendarmen weiter Karten spielen und suchten die Mutter von Luc Percier in der Küche auf. Die zwei kleinen Fenster und die schmale Tür ließen nur wenig von dem hellen Licht herein, das draußen auf dem Hof herrschte. Kaum hatten sie den düsteren Raum betreten, kam sich Jeannine vor wie in einem Heimatkundemuseum. Sie fühlte sich um Jahrzehnte, wenn nicht sogar um ein Jahrhundert in die Vergangenheit zurück versetzt. Der unebene, mit braunen sechseckigen *terre-cuite*-Fliesen belegte Boden – etliche davon waren zerbrochen, einige fehlten und ließen den Blick auf den nackten Lehmboden frei – trug nicht zu Aufhellung der dämmerigen Stimmung im Raum bei. Schwere Möbel aus dunklem Holz unterstrichen die bedrückende Atmosphäre. Ein tiefbraunes Küchenbuffet, in dessen Regalaufsatz ockerfarbige Keramikteller aufgereiht standen, eine schwere Truhe unter dem rechten Fenster, ein uralter Herd, dessen emaillierte Türen an der Vorderfront früher wohl einmal weiß glänzend gewesen, jetzt aber gelblich-matt und ohne Glanz waren. Daneben das aufgestapelte Brennholz, armdicke und etwa halbmeterlange Eichenknüppel. Dann kam eine glänzendrote Butangasbombe, von deren Ventil ein daumendicker Schlauch zu dem daneben stehenden Gasherd führte – dem einzigen halbwegs modernen Inventarstück. Bei weitem nicht so modern war der riesige Kühlschrank der Marke Brandt. Sein Design wies auf die frühen sechziger Jahre des vorigen Jahrhunderts hin. Dunkelbraun wie die Möbel war auch das breite Spülbecken aus Steingut. Und mitten im Raum ein massiver, alter Holztisch von titanischen Ausmaßen. Daran stand die alte Bäuerin und schnitt Porree in breite Streifen.

„Er muss etwas Ordentliches zu Essen haben, wenn er heimkommt. Er muss etwas Ordentliches zu Essen haben, wenn er heimkommt ...", murmelte sie unaufhörlich im Rhythmus der Schneidebewegung, während der Haufen des geschnittenen Porrees immer höher wurde.

„*Madame* Percier!", redete Jeannine die alte Frau an, doch sie reagierte nicht, wiederholte nur mantramäßig den Satz: „Er muss etwas Ordentliches zu Essen haben, wenn er heimkommt ..."

„Madame Percier, wir möchten mit Ihnen über Ihren Sohn sprechen."

Doch die alte Frau ließ sich nicht ablenken.

„Sinnlos, die jetzt zu vernehmen. Komm, lassen wir sie und schauen uns mal im Haus um." Jeannine zog ihren Kollegen aus der düsteren Küche zurück in den sonnendurchfluteten Hof.

„Fangen wir mit dem kleineren Haus an. Dort soll er gewohnt haben."

Im Erdgeschoß befand sich ein leerer Ziegenstall – seine Bewohner weideten draußen auf den Wiesen um das Anwesen. Offensichtlich hielt es die Bäuerin nicht für erforderlich, ihre fünf Ziegen in einem umzäunten Gehege zu halten. Der zweite Raum war mit allem möglichen alten Gerümpel und Krempel angefüllt. Eine dicke Staub- oder Sandschicht lag auf allem, und zahllose Spinnweben spannten sich von Gegenstand zu Gegenstand.

„Die Staubschicht ist so unversehrt, hier war schon lange niemand mehr drin", stellte François Legrand fest. „Gehen wir nach oben!"

Sie stiegen die aus groben Natursteinblöcken aufgeschichtete Außentreppe in das Obergeschoß. Man sah sofort, dass dieses zu Wohnzwecken genutzt wurde. Es gab weder Spinnweben, noch eine Staub- oder Flugsandschicht wie in der Etage darunter. Die beiden Beamten zogen Plastikhüllen über ihre Schuhe und zwängten sich in Latexhandschuhe, ehe sie den ersten der beiden Räume betraten. Ein altmodisches Bett, ein kleiner Holztisch, ein Hocker und ein hoher Schrank aus Kastanienholz waren die einzigen Einrichtungsgegenstände im karg möblierten Raum. Sie begannen systematisch mit der Durchsuchung.

„Jeannine, komm mal, nimm mir das Paket da ab!"

Auf dem wackeligen Hocker stehend, winkte *brigadier* Legrand seine Kollegin zu sich. Er reichte ihr ein umfangreiches, rechteckiges aber nicht allzu dickes Paket, das sie nahm und auf den Tisch legte.

„Denkst du dasselbe wie ich?", fragte François um dann nach längerem Nachdenken zu murmeln:

„Sollen wir das jetzt aufmachen und nachsehen, oder es so wie es ist aufs Kommissariat bringen?"

„Auspacken! Weil … wenn nicht der Cézanne drin ist, dann brauchen wir es gar nicht erst nach Aix zu bringen. Außerdem", gestand Jeannine etwas verlegen, „ich habe sowas bislang nur im Museum gesehen, hinter Panzerglas oder von Alarmanlagen gesichert. Ich möchte gern mal einen echten Cézanne in den Händen halten. Spüren, wie er sich anfühlt. Komm, packen wir ihn vorsichtig aus."

Auch wenn ihm nicht ganz wohl dabei war, half ihr Kollege mit, das Paket zu öffnen.

„*Wow*!", entfuhr Jeannine ein völlig unfranzösischer Seufzer der Bewunderung, als sie das Bild vor sich liegen sah. „Ist der schön! Komm, tragen wir ihn ans Licht."

„*Non!* Wir packen ihn wieder ein und telefonieren mit dem Chef." Obwohl auch *brigadier* Legrand von den leuchtenden Farben und der Komposition des Gemäldes fasziniert war, gewann bei ihm doch die Vernunft die Oberhand. Behutsam steckten die beiden das kostbare Gemälde wieder in die verschiedenen Hüllen. Sie berieten sich und beschlossen dann, sofort ins Kommissariat zurück zu fahren – natürlich mit dem Bild. Um die weitere Durchsuchung des Anwesens sollten sich die Kollegen der Spurensicherung kümmern. Vor ein größeres Problem stellte sie die Frage, was sie mit der verwirrten Mutter machen sollten. Ganz offensichtlich hatte die Verhaftung ihres Sohnes ihr sehr zugesetzt. Sie wirkte wie eine alte Frau, die von beginnender Demenz heimgesucht wurde. Kaum zu glauben, dass sie in der Lage war, allein auf dem einsamen Hof zu leben und zu arbeiten. In dem Zustand, wie sie die arme Frau vorhin in der Küche erlebt hatten, konnte man sie nicht alleine in ihrem Bauernhaus zurück lassen. Jeannine vermutete, dass die Gendarmen bei der Suche nach dem Mörder Luc Percier nicht sehr feinfühlig vorgegangen waren. Denn es war allgemein bekannt, dass bei dieser militärisch organisierten Truppe ziemlich raue Sitten herrschten. Es wäre nicht das erste Mal, dass Zeugen oder sogar gänzlich Unbeteiligte hart, um nicht zu sagen brutal angefasst und behandelt wurden.

„Wir fordern eine Polizeipsychologin an. Und bis die gekommen ist, sollen die vier Kartenspieler da unten hier bleiben und auf die alte Frau aufpassen. Wir beide müssen auf alle Fälle so schnell wie möglich nach Aix fahren."

***

Am späten Nachmittag waren alle Mitarbeiter Papperins wieder im Kommissariat in Aix zurück. Nachdem man das geraubte Gemälde in Luc Perciers Zimmer auf dem Bauernhof seiner Mutter gefunden hatte, war die Ausstellung eines gerichtlichen Haftbefehls nur eine Formsache gewesen. Der Festgenommene wurde bis zum Eintreffen eines Pflichtverteidigers in eine Zelle gesperrt.

Alle Mitglieder des Kommissariats fanden sich nach und nach am Konferenztisch in Papperins Büro ein. Man beglückwünschte sich zum Erfolg. Sie hatten den Cézanne und Luc Percier, den Dieb des Gemäldes. Weiterhin wussten sie aufgrund seiner illegal erlangten DNA, dass er es war, der die Gräfin niedergeschlagen hatte. Außerdem hielten sie ihn für den Mörder von Frank Renaud, eine Vermutung, für die sie bislang allerdings keine gerichtsfesten Beweise gefunden hatten. Trotzdem, ein Etappenziel war erreicht, und jetzt mussten sie die Ermittlungen in zwei Richtungen weiter führen. Zum einen galt es, Luc Percier des Mordes an seinem Freund Frank Renaud zu überführen. Es gab Indizien, Hinweise, die auf ihn deuteten: Die Mauser M3, das Jagdgewehr des Vicomte, das bei dem Überfall auf die Vicomtesse gestohlen, und mit dem Frank Renaud erschossen wurde. Nach Papperins Überzeugung hatten es Percier und Gaullefrond zusammen mit dem Gemälde mitgenommen. Nur wer damit diesen Frank erschossen hatte, dafür hatte der Kommissar keine handfesten Anhaltspunkte. Seine innerste Überzeugung, dass dafür nur Percier in Betracht kam, und nicht der psychisch viel zu weiche Maurice Gaullefrond, würde von keinem Richter der Welt als Beweis anerkannt werden.

Die zweite Ermittlungsrichtung musste sich auf den Mord an der Vicomtesse de Gramellons konzentrieren. Möglich, dass auch hier Luc Percier der Täter war. Allerdings war sie an einem Schuss aus einer Pistole oder einem Revolver gestorben, und nicht mit dem Jagdgewehr erschossen, oder mit dem Eisenrohr erschlagen worden. Hier lag noch viel Arbeit vor ihnen.

Mitten in der Besprechung, die in relativ gelöster Stimmung bei Espresso, eiskaltem *Badoit* und diversen knusprigen *brioches* stattfand, gellte dass Telefon in Papperins Vorzimmer. Monique, die hinübergeeilt war und das Gespräch entgegen genommen hatte, kam kurz darauf zurück.

„Ich glaube, ihr könnt euch auf ein ruhiges Wochenende freuen", verkündete sie. „Das waren die vom Gericht. Ein Pflichtverteidiger steht erst ab Montag zur Verfügung."

„*Bien!*", freute sich Papperin. „Dann lassen wir den Percier bis dahin in seiner Zelle schmoren. Vielleicht ist er am Montag kooperativer und zu einer Aussage bereit."

Er machte eine Pause und schaute seine Leute der Reihe nach an. Von den Strapazen der letzten Tage sahen alle erschöpft aus.

„Und wir", fuhr er fort, „haben uns alle ein dienstfreies Wochenende verdient."

Der aufkommenden Begeisterung verpasste er allerdings gleich wieder einen kleinen Dämpfer:

„Selbstverständlich nur, wenn nichts Außergewöhnliches dazwischen kommt. Also dann: *Bon week-end!*", verabschiedete Papperin sein Team ins Wochenende.

***

Vergnügt das Leitmotiv des Bolero vor sich hin pfeifend, fuhr Papperin durch die endlos lange Platanenallee in Richtung Cabanosque. Ein freies Wochenende lag vor ihm. Er hoffte inständig, dass keine überraschenden Entwicklungen im Cézannefall dazwischen kamen. Er würde lange ausschlafen, unter der schattigen Platane im Innenhof der Ölmühle ausgiebig frühstücken, dazu die Samstagszeitungen lesen – nach einem kurzen Blick in den *Var Matin* zur Information über die lokalen und regionalen Neuigkeiten würde er sich ausführlich den politischen Kolumnen widmen, zuerst im etwas rechtslastigen *Figaro* und dann im eher politisch links stehenden *Le Monde*. Dann sollte es bereits Zeit für das *déjeuner* sein. Er freute sich auf das gemeinsame Mittagessen, morgen, mit seiner Mutter und Alphonse, dem einzigen Festangestellten der Mühle. Sicher würde Odile eine seiner Leibspeisen kochen.

Während er vor sich hin schwelgte und den ständigen Wiederholungen des Boleromotivs aus dem Lautsprecher lauschte, glitt sein alter Peugeot 405 gemächlich über die von den wuchtigen Blätterkronen der Alleebäume beschattete *route départementale*. Er hatte es nicht eilig, deswegen nahm er nicht die Autobahn, obwohl das viel schneller und auch bequemer wäre. Aber er liebte es, langsam dahin zu schweben, sich durch die Kurven tragen zu lassen und dabei der monotonen, aber trotzdem aufregenden, weil immer lauter und eindringlicher werdenden Tonfolge zu lauschen. Eigentlich mochte er Ravel überhaupt nicht. Er stand eher

233

auf die Klassiker – Mozart, Beethoven. Auch die deutschen Romantiker liebte er, zumindest ihre Orchesterwerke. Aber Ravels Bolero bildete eine Ausnahme. Und Chopin, dachte er, den mag ich auch, seine Soloklavierstücke.

Mitten in dieses beschauliche Durch-die-Landschaft-Gleiten meldete sich sein Telefon. Zuerst kribbelte und vibrierte es an seinem linken Bein. Er dachte, dass sich irgendein Insekt dorthin verirrt hatte. Aber als dann die Melodie des berühmten Chansons erklang, realisierte er: Es rief jemand an. Nach einigen Verrenkungen gelang es ihm, das Handy aus der Hosentasche zu ziehen. Bluetooth hatte er in seinem alten 405-er nicht. Das und eine Klimaanlage waren zwei der Neuerungen, die er in seinem nächsten Auto unbedingt haben musste.

„*Oui?*", meldete er sich, mit der linken Hand das Telefon an sein Ohr pressend und mit dem Zeigefinger der rechten das Auto lenkend.

„*Jean-Luc, mon chéri*, kannst du mich abholen?"

Es war Nia. Verdattert stotterte er:

„Wie? Abholen? Und wo?"

„Wir haben doch telefoniert, und ich habe gesagt, dass ich am Wochenende komme. Um 20.57 Uhr in Marseille-Marignane. Air France AF 5733. Kommst du? Es gibt Neuigkeiten und wir haben was zu feiern!"

„Schon unterwegs, mein Liebling. Sag, was gibt es zu feiern?"

„Das sag ich dir erst, wenn der Champagner eingeschenkt ist. *Salut! À tout à l'heure!*"

Natürlich, dachte Papperin. Sie hatte ja angerufen, am Mittwoch im Kommissariat. Aber nicht gesagt wann genau sie kommen wollte. Er hatte das doch tatsächlich vergessen. Von dem Doppelmord war alles andere aus seinem Kopf verdrängt worden. Er schämte sich ein bisschen. Das hätte ihm nicht passieren dürfen. Ein Blick auf die Uhr zeigte, dass er sich sehr beeilen musste.

Keine Zeit, noch irgendwo ein Begrüßungsgeschenk zu kaufen, oder einen Blumenstrauß. Als er an einem Weinberg vorbeifuhr und die Rebstöcke sah, die sich in schnurgeraden Reihen über die sanften Hügel zogen, kam ihm eine Idee. Er bremste abrupt, stieg aus und ging in den Weinberg, vorbei an den hellrot blühenden Rosen, die der Winzer ans Ende jeder Rebstockreihe gepflanzt hatte. Mit seinem Opinel schnitt er ein paar Reben mit wunderbar reifen, tiefblau bis schwarz glänzenden Trauben ab. Dazwischen steckte er eine der Rosen und umwickelte den unkonventionellen Willkommensstrauß mit einem Stück Schnur, das zwischen den Weinstöcken hing. Derart ausgestattet fuhr er auf schnellstem Wege zur Autobahn.

***

„Jetzt sag schon, was gibt es für Neuigkeiten?" Papperin hob sein Champagnerglas und prostete seiner Freundin zu. „Und warum diese Geheimnistuerei?"

Nia strahlte ihren Freund an. Endlich würden sie wieder zusammen sein können. So wie früher in Paris, im Quartier Latin. Aber sie wollte ihn noch etwas auf die Folter spannen.

„Hilfst du mir bei der Wohnungssuche?"

Papperin ahnte, worauf das hinaus lief. Aber er beschloss, bei diesem kindischen Spiel mitzumachen.

„Wieso, du hast doch eine?"

„Ja, aber ich brauche eine neue. Ich bin befördert worden."

„Gratuliere!"

„Mein Liebling: *Wir* brauchen eine Wohnung!"

Ein Glücksgefühl durchströmte ihn. Er umarmte und küsste sie.

„Ich hab es gehofft. Und jetzt ist es sicher? Du kriegst die Stelle?"

„Hmm..."

Sie löste sich aus seiner Umarmung.

„Ja, der Aufsichtsrat hat mir die Leitung unserer neuen Tochtergesellschaft übertragen. Hier in Aix, oder in Marseille. Das steht noch nicht ganz fest. Aber wir sind wieder zusammen, wie früher!"

„Und Paris? Unsere Wohnung im Quartier Latin? Da hängst du doch so dran. Tut das nicht weh?"

„Aber dafür habe ich dich, *mon amour!* Und die Wohnung, die behalten wir. Wenn wir Lust haben machen wir dort Urlaub. Komm, schenk mir nochmal ein!"

***

Odile Papperin, die taktvoll den kühlen Hof den beiden Verliebten überlassen hatte und es sich in der großen Wohnküche mit einem Glas Rosé und dem *Var Matin* gemütlich gemacht hatte, wurde von Jean-Luc und Nia fast überrannt, als diese in die Küche gestürmt kamen.

„*Maman*, stell dir vor: Nia zieht nach Aix. Wir sind wieder zusammen."

„Wir werden heiraten, bekommen Kinder, und Sie werden Oma", fiel Nia ein. Trotz ihrer langjährigen Freundschaft mit Jean-Luc waren sie und Odile immer beim Sie geblieben.

Die mit dieser Neuigkeit Überfallene stand auf und umarmte Nia. Sie ließ sich nichts anmerken. Das hatte sie immer befürchtet, dass ihr Sohn an diesem Businessweib, dieser Großstadtpuppe hängen blieb. Die passte einfach nicht hierher, in die Provence. Odile hatte die Hoffnung nie aufgegeben, dass Jean-Luc und seine nette, hübsche Kollegin zusammen kamen. Die war von hier, war eine von ihnen, sprach ihren Dialekt. Das wäre ideal gewesen. Aber nun war es anders gelaufen, und sie, Odile, durfte sich da nicht einmischen. Deshalb schloss sie Nia so herzlich wie möglich in die Arme.

„Jetzt will ich aber auch ein Glas Champagner!", rief sie. Einerseits, dachte sie, um sich über ihre enttäuschten Hoffnungen hinwegzutrösten, andererseits, um am Glück der beiden teilzuhaben. Denn natürlich freute sie sich, wenn ihr kleiner Jean-Luc glücklich war.

Später, in Papperins Apartment im Seitenflügel der alten Ölmühle, Nia lag schon in einem hellblauen Nachthemd im Bett, und Jean-Luc kam gerade aus dem Bad, mit nichts als einem großen Duschhandtuch in den Farben und dem Muster der amerikanischen Nationalflagge um die Hüften, meinte seine Freundin:

„Deine Mutter ist nicht ganz glücklich mit der Entwicklung, dass wir wieder zusammenziehen, oder?"

„Am liebsten würde sie mich mit einer Hiesigen verkuppeln. Du als Großstadtpuppe, sagt sie, würdest nicht zu mir passen. Mit einer Weingutbesitzerin, zur Not auch mit einer Staatsanwältin oder Richterin – nur von hier müsste sie sein."

„Das wäre ihr ja fast gelungen, mit deiner Jeannine." Ein ganz klein wenig Zweifel und Eifersucht klangen in Nias Stimme an.

„Nein, da hat Odile nicht mitgemischt. Das war schon ich. Aber du glaubst mir doch? Das ist vorbei!"

„Wie könnte ich ihr auch böse sein, wo sie mir doch das Leben gerettet hat. Ohne Jeannine wäre ich jetzt nicht hier, bei dir."

Sie reckte Jean-Luc beide Arme entgegen.

„Komm her! Schlaf mit deiner Großstadtpuppe! Viel Zeit bleibt uns nicht, denn morgen geht meine Maschine zurück nach Paris."

Sie zog ihn zu sich herab, presste ihn fest an sich und umschlang seinen muskulösen Körper mit ihren Beinen.

Durch das offene Fenster drang das leise Rauschen des Windes und das melodische Zirpen einer Nachtgrille. Aber das hörten die beiden nicht.

Kapitel 17
Juristen !

Montag, 20. September

Im Vernehmungszimmer der *police judiciaire* saßen Jean-Luc Papperin und Jeannine Dalmasso und warteten auf das Erscheinen des Häftlings. Punkt neun Uhr ging die Tür auf, und eine Prozession von vier Personen betrat den Raum. Vorneweg ein kleiner, dicker Mann mit einer Aktentasche unter dem Arm.

Ganz offensichtlich der Pflichtverteidiger, dachte Papperin. Die Halbglatze des Anwalts glänzte im künstlichen Licht der Neonröhren, die jeden Winkel des Zimmers hell und kalt ausleuchteten. Ein halbkreisförmiger, schwarzer Haarkranz, der sich von den beiden Schläfen über die Ohren zum Hinterkopf erstreckte, verlieh dem Gesicht ein mönchisches Aussehen. Doch statt der Mönchskutte trug er einen schwarzen Anzug, der seinen beachtlichen Bauch eng umspannte. Rund um die Knöpfe und an den beiden Taschen – Stellen, die offensichtlich öfters angefasst wurden – glänzte der billige Stoff fettig. Er stellte sich den beiden Polizeibeamten mit einem knappen *„Maître Dibonne, avocat d'office"* vor, zog einen Stuhl zu sich heran und nahm ächzend am Vernehmungstisch Platz.

Zwei kräftige Justizbeamte in Uniform hielten den Häftling an beiden Oberarmen gepackt und schoben ihn auf den für ihn vorgesehenen Stuhl neben seinem Anwalt.

Nachdem das Aufnahmegerät eingeschaltet, und die üblichen formalen Floskeln abgespult waren, eröffnete *commissaire* Papperin das Verhör.

„Monsieur Percier, Sie hatten jetzt lange genug Zeit, über die Ihnen zu Last gelegten Beschuldigungen nachzu-

denken. Wollen Sie immer noch schweigen, oder sind Sie bereit, eine Aussage zu machen?"

Der Angesprochene warf einen Blick zu seinem Anwalt. Dieser schüttelte fast unmerklich den Kopf.

„Mein Anwalt rät mir, die Aussage zu verweigern."

„Das ist ihr gutes Recht", meinte Papperin. „Dann werde ich Sie von unseren neuesten Ermittlungsergebnissen in Kenntnis setzen."

Der Kommissar richtete sich auf dem unbequemen Stuhl etwas auf und blätterte in den vor ihm liegenden Papieren.

„Im Bericht des *laboratoire de recherche criminelle* steht, dass die DNA, die auf der Tatwaffe nachgewiesen werden konnte – einem Eisenrohr, mit dem das Opfer niedergeschlagen wurde – identisch ist mit der DNA, die wir in Ihrer Wohnung auf mehreren eindeutig Ihnen zuzuordnenden Gegenstände analysieren konnten. Wohlgemerkt: Es wurde ausschließlich Ihre DNA auf dem Rohr gefunden. Damit steht fest, dass nur Sie und kein anderer die Tatwaffe in der Hand hatte."

Papperin blickte den Häftling auffordernd an:

„Sind Sie jetzt zu einer Aussage bereit?"

Luc Percier schaute seinen Anwalt bestürzt an.

„Diese Ergebnisse sind uns bislang vorenthalten worden." Mit seinen kleinen Schweinsäuglein, die von den dicken Pausbacken beinahe zum Verschwinden gebracht wurden, blickte der Advokat den Kommissar und dessen Mitarbeiterin vorwurfsvoll an.

„Wir benötigen eine Pause und Zeit, um uns zu beraten."

„Kein Einwand. Diese beiden Herren", dabei deutete Papperin auf die Justizbeamten „werden draußen warten.

Geben Sie bitte Bescheid, wenn Sie mit Ihren Beratungen fertig sind." Er stand auf und ging, gefolgt von *brigadier* Dalmasso, aus dem Raum.

Es dauerte nicht lange, bis Jean-Luc Papperin und Jeannine Dalmasso in den Vernehmungsraum zurück gerufen wurden.

Mit „Mein Mandant ist zu einer Aussage bereit" wurden sie von dem aufgeregt hin und her watschelnden Advokaten empfangen. Die beiden Beamten nahmen Platz und Jeannine schaltete das Aufnahmegerät wieder ein.

„Ich höre!"

Papperin blickte Luc Percier erwartungsvoll an.

„Es stimmt", begann dieser mit leiser Stimme. „Wir hatten den Überfall geplant, ich, Maurice, Frank und meine Schwester Paulette. Frank hat sich um das technische Zeugs gekümmert, das Navi umlenken und so. Da haben wir nichts von verstanden. Deswegen ..." Papperin unterbrach ihn:

„Das wissen wir bereits von der Aussage Ihrer Schwester."

„Hat die mich verpfiffen?" Erstaunt blickte er den Kommissar an. „Das hätte ich nie von ihr gedacht!"

„Jetzt erzählen Sie, wie das mit dem Überfall war", führte Papperin ihn wieder zum Wesentlichen zurück.

„Also, wie das Auto auf die Lichtung gefahren ist, waren Maurice und ich hinter einem Ginsterbusch versteckt. Die ist dann ausgestiegen, hat sich verwundert umgeschaut, ist dann bis zum Waldrand gegangen. Dann hat sie sich umgedreht und wollte zurück zum Auto." Dann stockte seine Rede.

Jetzt kommt das Geständnis, und das geht ihm doch nicht so leicht über die Lippen, dachte Papperin.

„Und weiter?", forderte er ihn auf.

„Dann ... dann hab ich mich von hinten angeschlichen und ihr das Rohr leicht auf den Schädel ge ... geschlagen. Dann ist sie umgekippt. Kann sich aber nicht wehgetan haben, weil sie ist in ein dickes weiches Thymianpolster gefallen. Und wir sind zu ihrem Auto, haben das Bild raus, und Maurice hat das Gewehr genommen, das am Beifahrersitz gelehnt hat. Und dann haben wir mein Auto aus dem Gebüsch geholt, wo wir es versteckt hatten, und sind zur *route départementale* vorgefahren. Das war alles. Die kann gar nicht hin gewesen sein, die blöde Kuh ... äh ... die Frau. Ich hab überhaupt nicht fest zugeschlagen. Nur so ein bisschen."

„Und dann haben Sie sie erschossen!" Eine neue Stimme hatte diese Anschuldigung mit schneidender Schärfe ausgesprochen. Der Staatsanwalt war inzwischen leise hereingekommen.

„Wieso erschossen? Ich hab sie nur mit dem Eisenrohr ein bisschen getroffen! Was kann ich dafür, wenn die davon gleich hinüber ist. Ach so – ich hab sie gar nicht kalt gemacht. Das war jemand anderes!" Ein Grinsen legte sich über Luc Perciers Gesicht.

Papperin war über diese neue Entwicklung der Vernehmung gar nicht glücklich. Er hätte den Beschuldigten lieber noch länger im Glauben gelassen, dass er die Gräfin umgebracht hatte. Vielleicht hätten sie dann noch weitere Details und Hintergrundinformationen von ihm erfahren. Ein ausführliches Geständnis in Erwartung von Milde beim bevorstehenden Prozess. Diese Chance war vertan.

Der Staatsanwalt riss die Vernehmung weiter an sich.

„Gut, sie haben die Frau nur sanft mit dem Rohr gestreichelt", bemerkte er mit vor Ironie triefender Stimme.

„Aber dann", jetzt wurde seine Stimme wieder hart und schneidend. „Aber dann haben Sie es mit der Angst zu tun bekommen, die Gräfin könnte sie wiedererkennen und identifizieren. Darum haben Sie Ihre Pistole gezogen und sie erschossen, von hinten, als sie noch bewusstlos oder benommen am Boden lag – mit dem Gesicht nach unten. Ein feiger, hinterhältiger Mord. Das bringt Ihnen lebenslänglich!"

„Ich hab gar keine Pistole!", konterte Percier, der seine Fassung wiedergewonnen hatte, herausfordernd, fast aggressiv.

„Sie lügen. Wir haben eine Pistole im Haus Ihrer Mutter gefunden, in dem Anwesen, in dem Sie sich während der letzten Wochen versteckt hatten. Und da sind Ihre Fingerabdrücke drauf."

Papperin wunderte sich, nein, er ärgerte sich, dass der Staatsanwalt so tat, als wäre er dabei gewesen, als wäre es sein Verdienst, dass die Pistole in einer Schublade im Haus von Perciers Mutter gefunden wurde. Nein, das waren seine, Papperins Leute gewesen, die diesen Fund gemacht hatten. Das mit den Prints stimmte überdies nicht. Sie hatten überhaupt keine Abdrücke auf der Waffe gefunden.

Luc Percier war nach dieser Anschuldigung kurz zusammengezuckt, hatte sich aber nach einer Schrecksekunde schnell wieder gefasst und entgegnete triumphierend:

„Ich habe diese Pistole nicht angefasst und schon gar nicht jemanden damit erschossen! Das mit den *empreintes digitales* haben Sie wohl geträumt!"

„Können wir draußen kurz ein paar Worte wechseln", bat *commissaire* Papperin den Staatsanwalt. Als sich die Türe hinter ihnen geschlossen hatte, sagte er:

„Es steht Ihnen zwar zu, als *procureur publique*, an der Vernehmung mitzuwirken. Aber Sie sollten sich vorher über den Sachstand informieren. Mit der Armeepistole, die meine Leute in dem Anwesen gefunden haben, ist seit langem nicht mehr geschossen worden, und es handelt sich nicht um die Waffe, mit der die Vicomtesse ermordet worden ist. Das haben die Ballistiker zweifelsfrei festgestellt. Und es waren keine Fingerabdrücke drauf, auch nicht die von Luc Percier."

„Das wusste ich nicht. Trotzdem, solche Ganoven – und er hat ja eine entsprechende Vorgeschichte – die haben nicht nur eine Waffe. Das sagt uns allein schon der kriminalistische Hausverstand, das haben wir schon x-mal erlebt."

Als er Papperins zweifelnde Miene sah, fuhr er fort:

„Im Gegenteil, der Mann ist clever. Er liefert uns die Pistole, mit der der Mord eindeutig nicht begangen wurde, legt damit eine falsche Spur, die ihn entlasten soll. Mit einer zweiten Waffe begeht er kaltblütig den Mord und lässt sie dann verschwinden. Das kennen wir doch. Damit lasse ich ihn nicht davonkommen. Jetzt gehen wir zurück ins Vernehmungszimmer und machen ihn fertig ... äh... beenden das Verhör."

„Nein, so geht es nicht! Wir sind noch nicht fertig", entgegnete Papperin sichtlich ungehalten über die Einmischung und die schnelle Vorverurteilung durch den Staatsanwalt.

„Wir müssen ihn noch zu dem Mord an seinem Freund Frank Renaud befragen. Falls Sie es noch nicht im Ermittlungsbericht gelesen haben sollten: Er wurde mit dem Jagdgewehr, einer Mauser M3, erschossen, das der Vicomte seiner Frau ins Auto mitgegeben hatte, damit sie sich bei einem etwaigen Überfall verteidigen konnte."

„Wieso hat er die Frau nicht damit erschossen? Wenn er es schon an sich genommen hat, wäre das doch viel einleuchtender gewesen."

„Weil er clever ist, wie Sie ja selbst festgestellt haben", antwortete Papperin.

Zurück im Vernehmungsraum eröffnete er das Verhör mit Fragen zum Mord an Frank Renaud.

„Wo waren Sie um Null Uhr in der Nacht von Sonntag, dem zwölften auf Montag, den dreizehnten September?"

„Wo soll ich da schon gewesen sein? Im Bett, zuhause natürlich, im Haus meiner Mutter."

„Haben Sie Zeugen dafür?"

„Da hab ich geschlafen. Meine Mutter kann bestätigen, dass ich beim Abendessen und beim Frühstück da war. Dazwischen war ich im Bett."

„Das heißt, Sie haben kein Alibi für den Mord an Frank Renaud!"

„Den hab ich nicht umgebracht. Das war der Maurice."

„Ihn können wir leider nicht mehr fragen. Wo ist das Gewehr, das sie aus dem gräflichen Auto entwendet haben?"

„Keine Ahnung! Fragen Sie Maurice. Der hat ihn erschossen und ist mit der Leiche durch die Gegend gefahren."

„*Monsieur le procureur, monsieur le commissaire!* Jetzt muss ich doch Einspruch erheben." Der Anwalt war aufgesprungen und beugte sich weit vor, so dass sein dicker Bauch auf der Tischplatte ruhte.

„Sie legen meinen Mandanten zwei Morde zu Last, ohne jegliches Beweismaterial. Wo ist das Gewehr, mit dem Frank Renaud erschossen wurde? Sie haben es nicht, und trotzdem beschuldigen Sie ihn! Wo ist die Pistole, mit der die Vicomtesse de Gramellons erschossen wurde? Auch diese haben Sie nicht. Sie erzählen uns von einer Waffe und unterstellen, es handele sich um die Tatwaffe. Oder haben Sie den Nachweis, dass mein Mandant die Gräfin damit getötet hat? Nein, auch den haben Sie nicht, sonst hätten Sie ihm das längst unter die Nase gerieben."

Er richtete sich auf und versuchte mit autoritärer Miene auf die drei Staatsvertreter herabzublicken, was ihm nicht gelang, denn auch Papperin und der Staatsanwalt hatten sich erhoben und überragten den kleinen Dicken um Haupteslänge. Trotzdem fuhr dieser mit erhobener Stimme fort:

„Ich werde eine Haftprüfung und den gerichtlichen Beschluss beantragen, den Haftbefehl aufzuheben und meinen Mandanten auf freien Fuß zu setzen."

Noch bevor der Staatsanwalt dazwischen poltern konnte – Papperin sah schon, wie sein Gesicht rot anlief und er den Mund öffnete – entgegnete der Kommissar schnell:

„Dieser Mühe brauchen Sie sich nicht zu unterziehen. Da der Haftbefehl nicht wegen Mordes ausgestellt wurde, sondern wegen des tätlichen Angriffs auf die Gräfin …"

„Ach, hören Sie doch mit diesem Kleinkram auf", schnitt ihm der Staatsanwalt das Wort ab. „Selbstredend werde ich Anklage erheben, wegen Doppelmordes. Die Indizien sprechen eine eindeutige Sprache."

Papperin schaute den Vertreter der Anklagebehörde verwundert an. Das war doch alles noch gar nicht bewiesen. Er setzte seine unterbrochene Rede fort:

„Der Haftbefehl bezieht sich auf den Angriff auf die Vicomtesse de Gramellons mit einer Schlagwaffe und auf den Gemälderaub. Ihre Begründungen für einen Haftprüfungsantrag gehen ins Leere. Ihr Mandant bleibt in Haft. Ob demnächst der Haftbefehl auch auf Mord ausgedehnt wer-

den kann, hängt von unseren weiteren Ermittlungsergebnissen ab. So, damit beende ich die Vernehmung. Es ist
jetzt…" Papperin schaute auf die Uhr. „Elf Uhr siebenund-
fünfzig."

Jeannine schaltete das Tonaufnahmegerät aus und verließ, gemeinsam mit ihrem Chef, wortlos den Raum. Der
Staatsanwalt, der das Vernehmungszimmer erst nach Luc
Percier und seinen beiden Wärtern verlassen hatte, zischte
dem Gefangenen im Vorbeigehen zu:

„Auch wenn der Kommissar ein Weichei ist, für die
Staatsanwaltschaft ist der Fall klar. Sie können sich auf eine
lebenslange Haftstrafe einstellen. Nicht wegen dieses lächerlichen Niederschlags, sondern wegen zweier heimtü-
ckischer Morde!"

***

Zurück im Büro knallte Papperin die Türe wütend zu
und eilte mit großen Schritten durch Moniques Sekretariat.

„Was ist mit dem Chef los?", wunderte sich diese.

„Der hat eine Wut auf den Staatsanwalt", antwortete
Jeannine und folgte ihrem Chef in sein Dienstzimmer. Dieser hatte sich auf die Kante seines Schreibtischs gesetzt, ließ
seine Beine in der Luft baumeln und grummelte:

„Dieser Idiot. Lässt uns die Arbeit machen, rührt selber
keinen Finger und mischt sich dann vorlaut in die Vernehmung ein. Aber so sind sie, die Staatsanwälte. Lesen die
Akten nicht genau, und wenn wir einen Fall gelöst haben,
dann heimsen sie alles Lob ein und tun so, als hätten sie das
alles alleine geschafft. Jeannine, wir haben den falschen Beruf – *Procureur de la République* hätten wir werden sollen."

Während Jeannine die Speicherkarte aus dem Aufnahmegerät in Papperins PC schob und die Tonaufnahme der Vernehmung überspielte, meinte sie:

„Schon, aber befriedigend ist das sicher nicht. Ich möchte keiner sein. Und außerdem: Wenn etwas schief läuft, dann schütten die Medien ihre Häme und ihre Beschimpfungen über dem *procureur* aus, und nicht über uns Polizisten."

„Aber im Innenverhältnis ist das anders. Wenn uns mal ein Fehler unterläuft, dann kommt das sehr wohl in unsere Personalakte und beeinträchtigt unsere Karrierechancen."

„Jean-Luc, wir machen doch keine Fehler – zumindest keine dienstlichen", dabei blickte sie ihren Chef lächelnd in die Augen.

„*Café*, schwarz und megastark – das besänftigt deine Wut, Jean-Luc. Was hat er denn gemacht, der Staatsanwalt? Und welcher von denen war es eigentlich?"

„Ach, der Neue. Salbony glaube ich, heißt er. Liest die Akten nicht genau, plaudert Ermittlungsergebnisse vorschnell aus – natürlich nur soweit er sie mitbekommen hat - und versteift sich darauf, Anklage wegen Doppelmordes zu erheben, obwohl es noch keine ausreichenden Beweise dafür gibt."

Es wurde dann doch noch eine relativ geruhsame Kaffeepause. Monique, die ihren Chef überredet hatte, sich zur Beruhigung seines erregten Gemüts ein Gläschen von seinem geliebten Calvados einschenken zu lassen, holte dazu noch eine Schachtel Calissons aus ihrem Schreibtischfach. Der starke Espresso, die milde, aromatische Süßigkeit und der alte Calva glätteten Papperins Zornesfalten. Entspannt lehnte er sich zurück.

„Dann wursteln wir eben wie gewohnt weiter. Soll der Eiferer doch Mordanklage erheben und sich blamieren. Solange wir keine eindeutigen Beweise haben, werde ich seine Argumentation vor Gericht jedenfalls nicht unterstützen. Basta!"

„Keiner von uns wird das!", bekräftigte Jeannine.

„Selbst wenn das eurer Karriere schadet? Ihr wisst, Staatsanwälte sind einflussreiche Leute."

„Ach Monique", seufzte Papperin. „Wenn der Percier wegen Doppelmordes verurteilt wird – was ich eigentlich nicht glaube – und wir finden später den richtigen Mörder, dann gibt das einen gigantischen Eklat. Dafür würde ich schon sorgen. Ich freue mich schon richtig drauf!"

„Aber erst müssen wir ihn haben, den Mörder", bremste Jeannine seine Vorfreude.

„Wer glaubst du, hat die Gräfin und den Renaud umgebracht?", wollte Monique wissen.

Papperin nippte an seinem Calvados und gab dann seine Überzeugung zum Besten:

„Ich bin mir ganz sicher, dass der Percier diesen Frank Renaud erschossen hat. Und genauso sicher bin ich, dass er die Gräfin nicht umgebracht hat. Aber beweisen kann ich beides nicht."

Jeannine nickte schweigend, während die Sekretärin die Espressotässchen nachfüllte. In dieser nachdenklichen Stille erklang plötzlich Jo Dassins bekanntes Chanson:

„Aux Champs Élysées, aux champs Élysées …"

Papperins Handy hatte sich bemerkbar gemacht.

„Oui!", meldete sich der Kommissar. „Guy, *bon jour*! Was gibt es?"

Er hörte eine Weile schweigend zu. Die beiden Frauen vernahmen nur ein schwaches Quäken, konnten aber nichts verstehen.

„Und das ist ganz sicher? Absolut?" Papperin wirkte erstaunt.

Wieder lauschte er in den Hörer.

„*Bien! Très bien!* Dann haben wir ihn. Danke Guy, das habt ihr super gemacht. *Au revoir!*"

Zwei fragende Augenpaare blickten den Kommissar an.

„Guy ist mit der Spurensicherung nochmal hingefahren", erklärte er. „Sie haben das Gelände um die *ferme* wieder abgesucht, diesmal in weiterem Umkreis. Dabei haben sie einen alten, aufgelassenen Brunnen entdeckt und in seinem Schacht, ganz tief unten ... Ach: Ratet mal, was die da gefunden haben!"

„Doch nicht schon wieder eine Leiche?"

„Nein, Monique, das nicht. Aber ein Gewehr. Und zwar die Flinte, mit der dieser Renaud erschossen wurde. Das haben sie bereits alles im Labor überprüfen lassen. Und dabei haben sie noch etwas entdeckt. Die Fingerabdrücke drauf sind von ..."

„Von unserem Luc Percier?", fiel ihm Jeannine ins Wort.

„Unter anderem", berichtigte Papperin. „Sie haben die vom Grafen und der Gräfin identifiziert. Darüber waren andere Prints, die vom Gaullefrond. Ist auch klar, der hat das Gewehr aus dem Auto mitgenommen. Und darüber sind nur Abdrücke von Percier."

„Aber deswegen muss der Percier nicht zwangsläufig der Mörder sein. Der Gaullefrond hat diesen Frank erschossen und dann das Gewehr seinem Freund Luc gegeben, damit der es verschwinden lässt. Das ist doch denkbar. Schließlich weiß der am besten wohin damit. Er kennt sich dort aus, ist auf dem Hof aufgewachsen und kennt alle Verstecke."

„Das ist schon richtig", gab Papperin zu. „Aber auf allen Patronen im Magazin waren ebenfalls Lucs Abdrücke, neben bzw. über denen vom Grafen. Das heißt doch, unser Percier hat das Magazin rausgenommen, alle Patronen entfernt und wieder neu reingesteckt. Vermutlich wollte er sicher gehen, dass es auch funktioniert."

„Gut", resümierte Jeannine. „Das dürfte genügen, vor Gericht. Das bricht ihm das Genick. Da hatten wir den richtigen Riecher, Jean-Luc. Und jetzt auch den Beweis. Super!"

„Leider muss ich das dem Salbony mitteilen. Und das bestätigt seine Vorverurteilung – zumindest was den Mord an Renaud betrifft. Ich gebe zu, das wurmt mich. Ich gönne ihm den Triumph nicht, diesem Schnösel von einem Staatsanwalt."

***

Das Telefonat, das *commissaire* Papperin mit dem Staatsanwalt geführt hatte, endete höchst unbefriedigend. Papperin ärgerte sich über das triumphierende Gehabe des Anklagevertreters.

„Ich habe Ihnen ja gleich gesagt, dass er den Renaud ermordet hat. Und was ist das Ergebnis? Ich habe Recht behalten."

„Im Nachhinein ja! Aber Sie hatten keinerlei Beweise, als Sie das behauptet hatten."

„Das ist doch jetzt egal. Hauptsache, ich kann Anklage erheben. Und sie werden sehen, mit dem Mord an der Gräfin läuft das genauso! Auch diese Tat werde ich ihm in der Verhandlung anlasten."

„So ganz ohne Beweise?", entsetzte sich Papperin.

„Das ist doch Ihre Aufgabe. *Sie* müssen die Beweise beibringen. Ich bin kein Ermittler, sondern Vertreter der Anklage!"

„Und wenn wir keine Beweise finden?"

„Das, verehrter Herr Kommissar, würde nur beweisen, dass Sie nicht ordentlich arbeiten. Der Fall ist doch völlig klar, und die Lösung liegt auf der Hand. Also strengen Sie sich gefälligst an!"

Jetzt reichte es Papperin. Er unterbrach die Verbindung. „So ein Arschloch!", murmelte er, um dann seine Sekretärin zu bitten:

„Monique, verbinden Sie mich bitte mit Paul Vergier. Der ist der zuständige *juge d'instruction*. Vielleicht kann der ihn ausbremsen."

Das Gespräch mit dem Untersuchungsrichter führte insofern zu einem Erfolg, als dieser zusagte, er werde Clémence Roux, die Oberstaatsanwältin, bitten, sich einzuschalten. Er als Richter sei gegenüber den Staatsanwälten nicht weisungsbefugt.

„Clémence ist in meinem Rotaryclub. Für irgendwas muss meine Mitgliedschaft dort ja gut sein. Sie kostet mich sowieso zu viel – Geld und Zeit. Jeden Donnerstagabend: Großes Meeting, dann ein gemeinsames *dîner* mit anschließendem Vortrag und open-end-Diskussion. Ich schildere ihr den Fall, und sag, dass sie dich anrufen soll. *D'accord?*"

Es dauerte keine halbe Stunde, als das Telefon auf Papperins Schreibtisch mit seinem penetranten Gedudel auf sich aufmerksam machte. Es war die Oberstaatsanwältin.

„Clémence Roux", meldete sie sich. „Mein Freund Paul Vergier hat mir gesagt, ich soll Sie unbedingt anrufen. Er meint, wir würden uns fürchterlich blamieren, wenn ich nicht die Notbremse ziehe. Worum geht es genau?"

„*Madame le procureur général*, danke dass Sie anrufen. Ich fürchte, einer Ihrer Staatsanwälte verrennt sich in einer Sache, die für ihn und für die gesamte Staatsanwaltschaft höchst unangenehm, ja peinlich enden dürfte."

Und dann schilderte Papperin den Fall ausführlich.

„Die Beweise gegen diesen Luc … wie war noch sein Name?"

„Percier"

„…gegen diesen Luc Percier im Mordfall Frank Renaud sind hieb- und stichfest?"

„*Oui, madame!*"

„Aber in dem anderen Mord, dem an der Vicomtesse de Gramellons, würden sie nicht ausreichen?"

„Meiner Meinung nach nicht! Und wenn ich das sagen darf: Ich glaube auch nicht – nein – ich bin überzeugt davon, dass dieser Mord nicht auf das Konto von Luc Percier geht."

Eine Weile blieb es still in der Leitung. Schließlich meldete sich die Vorgesetzte des Staatsanwaltes wieder:

„Bei all dem öffentlichen Aufsehen, das dieser Mord erregt hat, ist es Zeit, dass wir den Medien Ergebnisse vorweisen. Und das geht am besten, indem wir Anklage erheben. Ich werde deshalb Marcel Salbony nicht anweisen, die Anklage gegen Luc Percier fallen zu lassen. Bitte übergeben Sie ihm alle Ihre Unterlagen, damit er die Anklage vorbereiten kann. Trotzdem, vielen Dank, dass Sie mich darauf hingewiesen haben. *Au revoir, monsieur le commissaire!*"

„*Au rev …*"

Ein Knacken in der Leitung zeigte Papperin, dass die oberste Anklägerin der PACA-Region Provence-Alpes-Côte d'Azur die Verbindung bereits unterbrochen hatte.

Viel später, Papperin hatte sich mit seinem Misserfolg so langsam abgefunden, rief sein Freund Paul Vergier an.

„*Salut*, Jean-Luc!", begann der Richter.

„Clémence war vorhin bei mir. Sie hat gesagt, es tue ihr Leid, dass sie dein Anliegen abgeschmettert hat. Du musst sehr frustriert sein, hat sie gemeint. Und jetzt verrate ich dir etwas, aber das muss unter uns bleiben, das musst du mir hoch und heilig versprechen! Mir hat sie das nur gesagt, weil wir im selben Rotaryclub sind, sozusagen unter dem rotarischen Siegel der Verschwiegenheit."

„Klar, Paul. Das ist doch selbstverständlich."

„Also hör: Clémence kann den Salbony auch nicht leiden. Sie wartet nur darauf, dass er mal Mist baut. Und wenn er diesen Fall vergeigt, dann hat sie endlich eine Handhabe ihn los zu werden. Ihn irgendwohin zu versetzen, wo er keinen so großen Schaden mehr anrichten kann. Am liebsten in die Karibik, nach Guadeloupe oder Martinique, sagt sie. Also: Grundsätzlich ist sie mit dir einig und unterstützt dich. Das darf aber nicht bekannt werden. *Salut Jean-Luc!*"

Dann war die Verbindung unterbrochen.

Kapitel 18
Alle sind zufrieden – nur Papperin hat Zweifel

Donnerstag, 23. September

Ein kleiner Autokonvoi fuhr die Auffahrt zum Schloss von Château Barbaresque hinauf. Vorneweg, mit Blaulicht, aber ohne Sirene ein Gendarmeriefahrzeug. Ihm folgte ein silbergrauer Mercedes, ein etwas älteres Baujahr, aber offensichtlich wurde er sehr sorgfältig gepflegt. Das dritte Auto in der kleinen Kolonne war *commissaire* Papperins alter Peugeot 405. In dieser Reihenfolge fuhren die Wagen durch das offenstehende Zufahrtsportal, kämpften sich die steile Auffahrt zum Château hinauf, um schließlich vor dem Schlosstor unter dem den Fahrweg überspannenden Gewölbe anzuhalten.

Der Schlossherr, Comte Éric de Barbaresque, schritt mit würdevollen Schritten die breite Steintreppe hinab. Auf der letzten Stufe blieb er stehen. Er breitete seine Arme aus, um den gerade aus dem Mercedes steigenden Vicomte de Gramellons zu begrüßen.

„Mon cher cousin! Es ist mir eine große Freude, deinen Cézanne und dich hier in meinem Château willkommen heißen zu dürfen. Welch glücklicher Umstand, dass die Polizei ihre Ermittlungen so zügig abschließen konnte und das Bild rechtzeitig zur Eröffnung unserer Ausstellung freigegeben hat. Dafür", jetzt wandte er sich Papperin zu, der ebenfalls sein Auto verlassen hatte, „darf ich Ihnen in meinem und im Namen des gesamten Ausstellungskomitees den allerherzlichsten Dank aussprechen. Wir sind sehr stolz auf unsere Polizeibehörden, die die Täter dieses abscheulichen Verbrechens in kürzester Zeit überführen und dingfest machen konnte. *Mon cher cousin!* Lass uns nun den

Cézanne aus deinem Wagen holen." Der Comte wandte sich wieder seinem Vetter zu. Er schritt die letzte Stufe hinab und ging mit ausgebreiteten Armen auf den Vicomte zu. Doch dieser wehrte die so herzlich geplante Umarmung mit beiden Händen brüsk ab.

„Du fasst meinen Cézanne nicht an!" raunzte er ihn an. „*Ich* hole ihn aus dem Auto und trage ihn eigenhändig zum vorgesehenen Platz, an dem er ausgestellt werden soll. Und überzeuge mich im Beisein unserer Polizei", jetzt sah er erst den Kommissar und die beiden Brigadiere Dalmasso und Legrand an, dann wandte er seinen Blick zu den zwei Gendarmen, die gelangweilt an ihrem blauen Einsatzfahrzeug lehnten, „im Beisein dieser Beamten", fuhr er fort „vom ordnungsgemäßen Funktionieren der Alarmvorrichtungen, die mein Bild schützen."

Sprach's, drehte sich um, nahm das Paket mit dem Gemälde von Rücksitz, stampfte die Steinstufen hoch, am verblüfften Comte vorbei, und verschwand im Gebäude. Ein halbes Dutzend Angestellte der Ausstellungsgesellschaft folgte ihm. Das Schlusslicht dieser kleinen Prozession bildeten Papperin und seine beiden Mitarbeiter.

„Was ist wohl in den gefahren?", flüsterte Jeannine ihrem Chef zu. „Der tut gerade so, als ob er den Comte für das ganze Schlamassel verantwortlich macht. Als sei der der Mörder seiner Frau."

„Wer weiß", flüsterte Papperin zurück. „Vielleicht stimmt es ja. Wir wissen noch nicht, wer die Gräfin erschossen hat."

Trotz dieser offenkundigen Spannung zwischen den beiden Adeligen fand das Aufhängen des Cézannes in einem pompösen Rahmen statt. Die Gesellschaft hatte eigens einen Fotografen engagiert, der das Anbringen des Gemäldes und die geladenen Gäste hundertfach ablichtete, die sich um die mit weißem Damast gedeckten Partytische geschart hatten und sich – ein Glas Champagner in der Hand – dem Smalltalk widmeten. Die Boulevardpresse würde am nächsten Tag genügend Fotomaterial zu drucken haben.

***

Auf dem Rückweg ins Kommissariat rätselten Papperin und seine beiden *brigadiers* über das merkwürdige Verhalten des Vicomte de Gramellons.

„Meint ihr, der weiß etwas? Etwas das uns entgangen ist?", fragte Jeannine.

„Du meinst, etwas, das den Barbaresque als Täter belastet? Aber was soll der denn für ein Motiv haben?", fragte François Legrand.

„Es könnte doch folgendermaßen gewesen sein", begann Jeannine. „Ich phantasiere jetzt mal einfach drauf los: Nehmen wir an, der Barbaresque hat den Raub des Gemäldes seit längerem geplant. Als er an die Waldlichtung kommt und die Gräfin in der prallen Sonne liegen sieht, hält er das für einen Kreislaufkollaps oder einen Hitzschlag, erschießt sie, geht zu ihrem Auto und will das Bild holen."

„Aber er findet es nicht, weil die beiden anderen Ganoven damit schon über alle Berge sind. Nicht schlecht kombiniert!", stimmte François Legrand seiner Kollegin zu.

„Und jetzt hat er doppeltes Pech", fuhr Jeannine fort. „Das Bild ist weg, von anderen gestohlen. Und die Versicherungssumme kriegt er auch nicht, denn die bekommt sein Cousin, der Vicomte."

„Das hat er aber gewusst, dass er nichts von der Versicherung bekommt, weil das Bild nicht ihm, sondern den

Gramellons gehört. Wieso soll er das alles trotzdem inszeniert haben? Wo ist sein Motiv?", fragte *brigadier* Legrand.

„Na ja, aber er hätte das Bild gehabt", versetzte Papperin.

„Das würde ihm aber nichts nützen. Er könnte es weder verkaufen, noch es irgend jemandem zeigen. Und schon gar nicht öffentlich ausstellen."

„François, Sie glauben gar nicht", dozierte Papperin, „was es für Exzentriker gibt. Die geben ein Vermögen dafür aus, dass sie so ein Bild in ihrem Tresorraum haben, nur um es ab und zu heimlich anschauen zu können. Von solchen Leuten lebt der Kunstmarkt. Und er hätte das sozusagen gratis gehabt."

„Und sie glauben, der Barbaresque ist so einer?"

„Nein, aber denkbar ist es."

„Dann sollten wir ihn aber verhören, ein bisschen in die Mangel nehmen. Vielleicht verplappert er sich dabei."

„Ja, Jean-Luc! François hat Recht, das sollten wir."

„Nein", wehrte Papperin ab. „So völlig ohne Beweise oder handfeste Indizien. Einen Vertreter des Hochadels! Der umgibt sich sofort mit einer Schar von Staranwälten, und noch ehe wir auch nur ein Wort aus dem rausgekriegt haben, haben die eine gerichtliche Verfügung erwirkt, dass wir ihn nicht vernehmen dürfen. Letztendlich bekommen wir nur Schwierigkeiten. Nein, das müssen wir anders angehen."

Die nächsten paar Kilometer schwiegen sie. Jeder hing seinen Gedanken nach. Als sie sich ihrem Ziel näherten, rechts vor sich bereits die Häuser von Aix sahen, und links die über die Hügel aufragenden Kühltürme des Kohlekraftwerkes Gardanne-Meyreuil, fasste Papperin seine Gedanken in Worte.

„Und wenn wir den Spieß umdrehen und nicht den Comte Barbaresque, sondern den Vicomte de Gramellons als Täter annehmen. Dasselbe Szenario, nur diesmal er als Täter. Was sagt ihr dazu?"

„Unsinn!", entfuhr es brigadier Legrand. „Entschuldigung, Chef! Aber das halte ich für unwahrscheinlich. Der hätte den ganzen Zinnober doch nicht zu starten brauchen mit dem Gemäldetransport. Der hätte doch einfach einen Einbruch in sein Château und den Diebstahl des Bildes melden müssen. Dann wäre die Versicherungssumme fällig gewesen. Und wieso sollte er seine Frau erschießen?"

„Das mit dem Erschießen gilt aber auch für den Barbaresque", warf Papperin ein.

„Außerdem, so ein Einbruchdiebstahl hätte ihm nichts gebracht", machte François Legrand einen Rückzieher. „Es wusste ja niemand von der Existenz des Bildes. Das hätte ihm die Versicherung nie geglaubt und deswegen auch nicht bezahlt."

„Aber sie haben doch diesen Brief von Cézanne, der die Echtheit beweist. Aber gewiss hätte die Versicherung zahlen müssen", sprang Jeannine ihrem Kollegen bei.

„Nein! Das funktioniert nicht! Denn das Bild ist nur für den Transport und die Ausstellungsdauer versichert. Vorher nicht!", stoppte Papperin die Diskussion.

„Dann scheidet der Gramellons aus. Wenn er kein Geld bekommt – das Bild hatte er ja ohnehin. Eigentlich schade, er ist mir so unsympathisch", bedauerte Jeannine. „Dann konzentrieren wir uns auf den Barbaresque!"

***

Zurück im Kommissariat wurden sie vom Rest des Teams neugierig empfangen.

„Und? Wie war die Übergabe des corpus delicti?", fragte Monique, als sich alle um den Konferenztisch versammelt hatten. „Waren Presse und Fernsehen da?"

„Nein, nur ein Fotograf. Aber viele geladene Gäste", antwortete Jeannine. „Es wirkte so, als wollte der Comte allzuviel Publicity vermeiden. Ich bin sicher, dass er alle Fotos genau anschaut, bevor er welche zur Veröffentlichung freigibt."

„Es war überhaupt komisch", meinte François. „Der Gramellons hat den Barbaresque richtiggehend geschnitten…"

„Beleidigt, würde ich das nennen", warf Jeannine ein. „Irgendetwas stimmt nicht zwischen den beiden. Und ich kann mir gut vorstellen, dass das mit dem Überfall und dem Mord zusammenhängt. Wir haben während der Fahrt auch schon drüber gesprochen. Ich finde, wir sollten hier weiter ermitteln – auch wenn wir dazu keinen Auftrag mehr haben."

Commissaire Papperin hatte dem Wortwechsel interessiert zugehört. In seinem Inneren stimmte er Jeannines Ansicht zu. Allerdings hatte er keinen rechtlichen Anlass, die Sache weiter zu verfolgen. Die Sache war ihm von höherer Stelle aus der Hand genommen worden. Schließlich hatte er eine Idee:

„Da der Fall jetzt bei der Staatsanwaltschaft liegt, und unsere Ermittlungen offiziell als abgeschlossen gelten, haben wir eigentlich einen Grund zu feiern. Wie wäre es, wenn ich Sie alle aus diesem Anlass morgen Abend einlade, zum *dîner*, zu mir nachhause in unsere Ölmühle nach Cabanosque? Wir könnten uns, wenn wir wollen, ausführlich über den Fall unterhalten und uns überlegen, ob und wie wir hier weiter vorgehen sollen. Und wenn wir keine

Lust dazu haben, dann wird es einfach ein vergnüglicher Abend. Ich verspreche Ihnen, es gibt etwas Gutes zu Essen. Einverstanden?"

„Und so, wie ich dich kenne, auch zu trinken", ergänzte Monique. „Wir sollten uns einen kleinen Bus organisieren, und ich stelle mich als Fahrerin zur Verfügung. Es wäre doch zu peinlich, wenn angetrunkene Beamte der *police judiciaire* in eine Alkoholkontrolle der *gendarmerie* gerieten."

„Kommt gar nicht in Frage, dass Sie sich opfern, Monique. Ich reserviere Zimmer für alle. Wir haben ein wunderschönes neues Hotel in Cabanosque. Erinnert ihr euch an den Fall mit den Mistralmorden? Da hat es eine zentrale Rolle gespielt. Aber jetzt ist es in guten Händen. Der *patron* ist ein Freund von mir."

Kapitel 19
...wenn alles verloren ist, hilft nur ein Galadîner weiter

Freitag, 24. September

Den Tag verbrachten Papperin und sein Team mit Routinearbeiten. Berichte mussten geschrieben und zusammen mit den Stellungnahmen der Ärzte und der Wissenschaftler an die Staatsanwaltschaft weitergeleitet werden. Papperin hatte seine Leute angewiesen, deutlich auf die ungenügende Beweislage im Mordfall de Gramellons hinzuweisen. Er wollte sicher gehen, dass seinem Kommissariat nicht der schwarze Peter zugeschoben werden konnte, wenn die Anklage gegen Luc Percier in diesem Punkt scheiterte. Und dies würde todsicher geschehen. Davon war er überzeugt, nicht erst seit er von seinem Richterfreund um die geheime Einstellung der Oberstaatsanwältin wusste.

Er verabschiedete sich früh und fuhr nach Cabanosque, um das abendliche Menu vorzubereiten. In seinem Kopf hatte er sich die Speisenfolge sorgfältig überlegt. Zum Aperitif – als Getränk würde er seinen Mitarbeitern entweder Champagner pur oder einen *kir royale à la pêche*, Champagner mit Pfirsichlikör anbieten – würde es selbstgemachte Tapenade und Anchoiade zu knusprig getoasteten Baguettescheiben geben.

Als nächsten Gang plante er Cavaillon-Melonen mit Bayonne-Schinken zu servieren. Nach seiner tiefsten Überzeugung konnten die Italiener mit ihren so hochgejubelten Schinken aus Parma oder San Daniele nicht mithalten. Dann würde es *sardines grillées* geben, begleitet von überbackenen Tomaten, die er mit viel Knoblauch und etwas Käse – Cantal oder Tomme de Savoye – gefüllt, und mit Salz, Pfeffer und Thymian gewürzt hatte.

Für das Hauptgericht hatte er schon am Vorabend drei Lammschultern vorbereitet. Sie waren vom *boucher* sorgfältig entbeint worden – kritisch beaufsichtigt von Papperin. Der Kommissar hatte sie dann mit viel fein gehäckseltem Knoblauch, frischem Thymian, Salz und schwarzem Pfeffer gründlich eingerieben, zusammengerollt, verschnürt und auf den Drehspieß gesteckt. Dazu sollte es die klassische provenzalische Ratatouille geben, und natürlich Brot, knusprige, noch warme Baguettes.

Als Dessert wollte er seinen Mitarbeitern etwas völlig Unprovenzalisches kredenzen: Eine *tarte tatin*. Er hatte diese köstliche Süßigkeit in seiner Zeit in Nordfrankreich kennen und lieben gelernt. Karamellisierte Apfelstücke musste man mit Eischwerteig zudecken und das Ganze kopfüber, die Äpfel nach unten, in einer Blechform backen. Wenn der Teig durch war, würde er die noch heiße Form stürzen und den tellergroßen Apfelkuchen am Tisch mit Calvados flambieren und seinen Gästen servieren. Dazu würde er kalte *crème fraiche* im großen Steinguttopf reichen.

Als Wein kam für ihn nur Rosé in Frage. Die provenzalischen Winzer rühmten sich ja, dass sie seit mehr als zweitausendfünfhundert Jahren die Kunst der Roséherstellung betrieben und kultiviert hatten. Nach Papperins Ansicht konnte man von nahezu jedem *château,* jeder *domaine* oder jeder *cave coopérative* den dort hergestellten Rosé bedenkenlos kaufen. Von wenigen Ausnahmen abgesehen wurde überall sehr guter Rosé produziert.

***

Wie er gehofft, und insgeheim auch gewusst hatte, war das *dîner* ein großer kulinarischer Erfolg.

Papperin saß inmitten seines Teams an dem langen Tisch, den er mit Odile aus der Küche geholt, und mitten im Hof aufgestellt hatte. In froher, gelockerter Stimmung unterhielt man sich über Gott und die Welt. Aber natürlich stand der Fall im Zentrum der Gespräche. Immer wieder wurde gerätselt, welcher Dämon die Oberstaatsanwältin wohl getrieben hatte, ihren Unterstaatsanwalt nicht zu stoppen, der die Anklage gegen Luc Percier auch auf den Mord an der Vicomtesse ausgedehnt hatte.

„Die Roux kennt doch die Beweislage", wunderte sich *lieutenant* Lavalle. „So dumm kann die doch gar nicht sein, nicht zu sehen, dass sie damit nicht durchkommt."

Die aberwitzigsten Theorien und Spekulationen wurden entwickelt und genussvoll weitergesponnen. Zum Beispiel, dass sie den tatsächlichen Mörder kannte und ein Verhältnis mit ihm hatte. Um ihn zu schützen wollte sie allen Verdacht auf Percier lenken. Oder dass sie in diesen Schönling, den *procureur publique* Marcel Salbony verliebt war, und das alles nur ihm zuliebe machte.

„Quatsch!", entfuhr es Jeannine. „Wenn die in ihn verknallt ist, dann würde sie ihn ja gerade davor schützen, so einen kapitalen Bock zu schießen."

„Dann eben umgekehrt. Sie hasst ihn und will, dass er sich eine blutige Nase holt."

Papperin, der mit einer Gitanes zwischen den Lippen am Stamm der alten Platane lehnte und belustigt die hitzige Diskussion verfolgte, ließ sich nicht anmerken, wie nah Guy-deux mit seiner Vermutung der Wahrheit gekommen war.

Auch Odile Papperin debattierte eifrig mit. Während des Essens hatte sie Dienstmädchen gespielt und ihrem Sohn beim Bedienen seiner Gäste geholfen. Aber jetzt saß sie inmitten der jungen Leute. Sie fühlte sich wieder wie dreißig und sprach dem eiskalten und süffigen Rosé fleißig zu. Immer wieder musste sie zu Jeannine blicken. Wie schade, dachte sie, dass nicht mehr aus den beiden geworden war. Es hatte doch so viel versprechend angefangen – vor zwei Jahren. Und sie würde so gut zu ihm passen. Aber nein, er wollte einfach nicht auf sie hören und musste unbedingt diese Nia haben. Derweil war das doch nichts für ihn, diese *haute volée*, die vornehmen und reichen Businessleute, mit denen Nia beruflich zu tun hatte. Sie war überzeugt, das konnte auf Dauer nicht gut gehen.

„Odile! Ich darf Sie doch Odile nennen?" Jeannine hatte bemerkt, wie sie von Papperins Mutter angestarrt wurde. „Trinken wir auf Ihren Sohn, auf Jean-Luc, den besten Kommissar auf der ganzen Welt. Wir sind alle so glücklich, mit ihm arbeiten zu dürfen."

Sie hob ihr Glas und rief in die Runde: „*Vive Jean-Luc Papperin, le supercommissaire et le meilleur chef du monde!*"

Jeannine wusste seit langem, was Papperins Mutter dachte. Und insgeheim gab sie ihr Recht. Sie mochte Jean-Luc, liebte ihn, immer noch. Und auch er … Sie wollte lieber nicht daran denken. Das Kapitel hatten sie einvernehmlich beendet. Und jetzt lief es doch sehr gut so. Sie durfte mit ihm zusammenarbeiten, konnte ihn jederzeit sehen, mit ihm sprechen. Und der Sex – *mon dieu!* Es musste eben ohne gehen. Seit sie Nia kennengelernt hatte, im letzten Sommer auf der Insel Porquerolles, konnte sie Jean-Luc auch verstehen. Nia war eine faszinierende Frau von außergewöhnlicher Schönheit und einem direkten, fast explosiven Charakter.

„Wie soll es jetzt weitergehen, Chef? Ich war ja bislang mit dem Fall nicht befasst, aber wir können doch den Mord an der Gräfin, ich meine natürlich die Ermittlungen dazu, nicht einfach versanden lassen und nichts tun." *Lieutenant* Claude Lavalle, Papperins ranghöchster Mitarbeiter brachte die Diskussion wieder auf das Thema, das auch seinen Chef innerlich bewegte. Auf einmal war es still, die Unterhaltungen verstummten, und alle Augen richteten sich auf den Kommissar.

„Spätestens wenn der Salbony mit seiner Anklage gescheitert ist, müssen wir uns ohnehin wieder mit damit befassen", antwortete dieser. „Ich denke, wir sollten weitermachen, auch wenn wir jetzt keinen Ermittlungsauftrag mehr haben. Ich habe mir auch schon ein paar Gedanken gemacht."

Jetzt schaute Papperin seinen Computermann an.

„Offiziell haben wir jetzt keine Befugnis, und wir werden ganz sicher keinen richterlichen Beschluss bekommen, um Telefonverbindungsdaten und e-mail-accounts auszuspähen und zu überwachen. Aber de facto können wir das. Beziehungsweise Sie können es, Guy-deux. So hoffe ich wenigstens. Da Luc Percier nach meiner Überzeugung als Täter ausscheidet, müssen wir uns auf die verbleibenden Verdächtigen konzentrieren. Seine Schwester und seine beiden Freunde halte ich auch nicht für die Täter."

Schnell wurde klar, es waren vor allem drei Personen, die von dem Transport wussten, kein Alibi hatten und deshalb für die Tat in Frage kamen: Die beiden Adeligen Comte de Barbaresque und Vicomte de Gramellons sowie der Kunstsachverständige und Versicherungsgutachter Ramon Fernandez. Guy deux sollte sich diese drei vornehmen und sehen, was die geheimnisvollen Kanäle des Internets zu den Herren ausspuckten.

„Interessant wäre auch zu wissen, ob die Vicomtesse ein Testament gemacht hat, und falls ja, was sie darin verfügt hat." Obwohl Papperins Kopf von dem vielen Rosé schon leicht brummte, war er schon wieder voll in den Fall vertieft.

„Jeannine, kümmerst du dich bitte darum! Eruieren, mit welchem Notar die Gramellons arbeiteten. Vielleicht lässt er dich einen Blick in das Testament werfen, falls es eines gibt, und er es beurkundet hat. Gleich morgen!"

„Morgen geht es nicht, Jean-Luc. Samstags arbeitet kein Notar."

„*Mince alors!* Na dann eben erst am Montag!"

Kapitel 20
Testamentarische Überraschungen

Samstag, 25. September

„Jetzt interessiert mich doch, was Marie-Caroline für Geheimnisse hatte", murmelte Vicomte Victor de Gramellons, als er das Boudoir seiner Frau betrat. Sie hatte das immer ihren persönlichen Zufluchtsort genannt, deshalb hatte sie ihm nicht sehr oft Zutritt in ihr Allerheiligstes gewährt. Jetzt, da sie tot war, konnte sie ihm das nicht mehr abschlagen. Er setzte sich in den weichen, mit dunkelblauem Samtstoff bezogenen Fauteuil und ließ den Blick durch den Raum schweifen. An der Wand gegenüber von den beiden hohen Fenstern hingen Portraits und Fotos ihrer Angehörigen auf der hellblauen Seidentapete. Ein Ölgemälde, aus dem seine Schwiegermutter mit ihren geizigen, kleinen Augen schaute. Ihr Blick wirkte, als wollte sie die Vermögensverhältnisse des Betrachters abschätzen. Der Vicomte erinnerte sich noch gut daran, wie sie ihrer Tochter zugesetzt hatte, auf einer strikten Trennung der Vermögen zu bestehen. Sie hatte Marie-Caroline solange beharkt, bis diese die Hochzeit von der notariell beurkundeten Gütertrennung abhängig gemacht hatte. So ganz klar war ihm nie geworden, was seine Frau besaß, denn sie hatte ihm keinen Einblick in ihre Finanz- und Bankunterlagen gewährt. Aber er vermutete, dass sie neben dem Geldbetrag, den sie von ihren Eltern bekommen und als Mitgift in die Ehe mitgebracht hatte, und außer dem Cézanne und ein paar antiken Möbeln noch einige finanzielle Mittel besaß. Doch er hatte keine Ahnung, wieviel das war, und wo sie das Geld angelegt hatte. Aber viel konnte es nicht sein, sonst wäre sie nicht so scharf auf die Versicherungssumme gewesen, dachte er.

Sein Blick wanderte weiter durch den Raum und blieb an Marie-Carolines elegantem Louis XV-Sekretär hängen. Victor war sich nicht sicher, ob es sich um ein Originalmöbel aus der Zeit Ludwigs des Fünfzehnten handelte, oder um eine Nachbildung. Auf alle Fälle wirkte das Möbelstück sehr grazil. Die zierlichen, geschwungenen Füße trugen einen leicht gerundeten, hohen Korpus, der ober- und unterhalb einer herausklappbaren Schreibfläche mehrere Schubladen aufwies. Während die Laden keine Schlösser hatten, war die Klappe abgeschlossen. Victor durchsuchte jede Schublade, doch sie enthielten nur belanglose Dinge. Nur in einer entdeckte er unter einem Stapel Briefpapier einen Schlüssel. Ganz offensichtlich war er sehr alt, mit einem kunstvoll geschmiedeten Griff und einem sehr kompliziert wirkenden Bart. Victor steckte ihn versuchshalber in das von einem mit Rocaillen verzierten Beschlag umrahmte Schlüsselloch der Klappe. Zu seiner Verwunderung passte der Schlüssel.

„Kein gutes Versteck!", murmelte er und klappte die Platte herunter. Innen befanden sich wieder ein paar Schubladen, kleiner als die äußeren. Darin fand er schon Interessanteres: Den Reisepass seiner Frau, Zeugnisse der Universität in Paris, wo sie studiert hatte, Mitgliedsausweise und viele weitere Papiere. Aber nichts, was Auskunft über ihr Vermögen gab.

Die ganze Szenerie rief Erinnerungen an seinen Vater wach, als dieser ihm – Victor war noch ein kleiner Junge – in die Geheimnisse seines, des Vaters, Schreibsekretär eingeweiht, und ihm das raffiniert versteckte Geheimfach gezeigt hatte. Mit Sicherheit hatte auch dieser Sekretär ein

Geheimfach, dachte Victor und tastete mit gefühlvollen Fingerspitzen die Rückseiten der Schubladenschächte ab. Seine Suche wurde belohnt. Nachdem er alle Schubladen auf der linken Seite herausgezogen hatte, konnte er auf der Außenseite eine Trennwand entfernen, hinter der sich ein senkrechtes Fach verbarg, das sich über die gesamte Seitenlänge des Sekretärs etwa dreißig Zentimeter nach unten erstreckte. Es war kaum drei Zentimeter breit. Darin steckten ein blauer und ein gelber Schnellhefter sowie mehrere dünne, mit einem Notarsiegel versehene Urkunden. Victor zog alles aus dem engen, schmalen Fach. Um die Schriftstücke in Ruhe studieren zu können, ging er zurück zu dem bequemen Fauteuil und ließ sich in die weichen Polster fallen. Dann begann er zu lesen.

***

Jeannine Dalmasso ärgerte sich, dass sie mit der Testamentssuche so lange warten musste, bis die in Frage kommenden Notariate am Montag wieder geöffnet hatten. Aber wenigstens konnte sie im Internet die in der Nähe des Château Gramellons registrierten Notare ausfindig machen. Im amtlichen Branchentelefonbuch, den *pages jaunes*, waren zehn Notare aufgeführt. Sie waren alle in Manosque, der nächsten größeren Stadt. Dorthin musste sie nach dem Wochenende fahren und hoffen, dass sie fündig wurde. Aber sie sah auch schon das frustrierende Ergebnis ihrer Recherche vor sich: Berufsgeheimnis, Verschwiegenheitspflicht, Datenschutz, darauf würden sich alle Notare berufen – ohne richterlichen Beschluss würde ihr keiner die gesuchte Auskunft erteilen. Und genau den konnte sie nicht vorweisen.

Entmutigt ging sie zu ihrem Kühlschrank und entnahm ihm eine Orangina. Vielleicht konnte Guy-deux ihr helfen. Ein Hoffnungsschimmer! Sie griff zum Telefon und rief ihn an.

„*Salut Guy-deux*! Ich habe ein Problem, bei dem ich dich und deinen Computer bräuchte. Hast du Zeit?"

„Um was geht es?"

„Das kann ich am Telefon nicht sagen. Du weißt doch, hier wird jeder abgehört. Kann ich zu dir kommen?"

„*Oui*"

„*Merci!* In einer Viertelstunde bin ich da. *À toute à l'heure!*"

Noch vor der angekündigten Zeit läutete Jeannine bei ihrem Kollegen. Er wohnte in einem Ein-Zimmer-Apartment in der ersten Etage eines Neubaus am Rande der Altstadt von Aix. Sie war schon öfters bei ihm gewesen, deswegen wunderte sie sich nicht mehr über das Chaos, das sie in Guy-deux' Wohnung empfing. In der winzigen Diele stand ein Garderobenständer, übervoll behängt mit Kleidungsstücken – vor allem Jeans und T-Shirts. Darunter lagen wild durcheinander geworfen Turnschuhe, sicher ein Dutzend. Die eigentliche Wohnung, eine relativ große Wohn-Schlaf-Küche, war mindestens zur Hälfte angefüllt mit Computern, Bildschirmen, Druckern und anderen elektronischen Geräten, deren Zweck Jeannine nicht ganz klar war. Die Geräte standen fast alle auf einer riesengroßen Tischplatte, die auf zwei Böcken lag und Guy-deux offensichtlich als Allroundmöbel diente. Neben den vielen Elektro- und Elektronikgeräten befanden sich einige Ordner und Handbücher. Dazwischen stand benutztes, schmutziges Geschirr. An der rechten Ecke der Arbeitsplatte thronte eine große chromglänzende Espressomaschine. Am Boden schlängelten sich Unmengen von Kabeln, in scheinbar wirrer Unordnung.

„*Un café?*", fragte Guy-deux und setzte die Espressomaschine in Gang, ohne eine Antwort abzuwarten.

„Und was gibt es so Geheimnisvolles, dass du am Telefon nicht darüber sprechen willst?"

„Ich soll mich doch um das Testament der Vicomtesse kümmern – falls sie überhaupt eines gemacht hat. Bis die dafür in Frage kommenden Notariate geöffnet haben, müsste ich bis Montag warten. Dazu bin ich viel zu ungeduldig. Und außerdem würden die mir vermutlich sowieso nichts sagen, wenn ich denen nicht eine gerichtliche Verfügung vorlegen kann. Und da habe ich mir gedacht, dass du …"

„Grundsätzlich ist das kein Problem. Weißt du, bei welchem Notar die ihren letzten Willen hinterlegt hat?"

„Nein, keine Ahnung. Das ist ja gerade das Dumme."

Guy-deux rollte mit seinem Bürostuhl zu einem der Laptops auf seinem Arbeitstisch.

„Ich sehe jetzt erst mal den e-mail-account der Gräfin an. Das ist sogar legal, dazu hat der Chef die gerichtliche Erlaubnis bekommen. Komm setz dich her! Vier Augen sehen mehr als zwei."

Seine Finger flogen über die Tastatur, und auf dem Bildschirm öffnete sich ein Fenster nach dem anderen. Plötzlich erstarrten seine Hände.

„Da haben wir ihren Postausgang. Den müssen wir jetzt nach den Empfängern scannen. Bei welchem Datum sollen wir anfangen?"

„Am Tag vor ihrem Tod. Das war der 31. August. Dann gehen wir rückwärts, solange, bis wir einen Notar als Adressaten gefunden haben."

Zum Glück hatte die Gräfin nicht sehr viele Mails verschickt. Es dauerte trotzdem einige Zeit, und sie mussten drei Jahre zurückgehen, bis sie fündig wurden.

„Hier haben wir einen. Notaire Benjamin Trascaradec. Komischer Name", wunderte sich Guy-deux.

„Könnte bretonisch sein", vermutete Jeannine. „Kannst du die Mail öffnen?"

„Kein Problem!"

Der Fund erwies sich als Volltreffer.

„Sehr geehrter Herr Notar,

ich bestätige den Termin übermorgen um 13 Uhr. Ich werde pünktlich bei Ihnen sein. Wie telefonisch vereinbart, sende ich Ihnen hiermit vorab meine persönlichen Daten. Den Inhalt des Testamentes haben wir ja bereits ausführlich am Telefon besprochen. Ich habe noch ein paar kleinere Änderungswünsche. Aber das lässt sich beim Termin wohl noch problemlos einfügen. Hier sind meine Daten: …"

Es folgte eine Liste mit den üblichen Personenstammdaten: Name, Vornamen, Mädchenname, Geburtsdatum und -ort usw. usw.

Die Mail endete mit der Bitte, der Notar solle keine Rechnung schicken. Sie werde alles bei ihrem Besuch bar bezahlen.

„Jetzt wissen wir, dass es ein Testament gibt, wer es erstellt hat und wo es vermutlich verwahrt wird", freute sich Jeannine. „Aber wir haben es nicht. Du Guy, ich nehme an, dass moderne Notare ihre Urkunden nicht nur als Papierdokumente archiviert, sondern auch die entsprechenden Dateien irgendwo gespeichert haben. Siehst du irgendeine Möglichkeit, da dran zu kommen?"

„Den Computer eines Notariats hacken. Weißt du, was mit einem passiert, der sowas macht?"

„Nur wenn sie ihn erwischen!"

„Natürlich! Aber wenn, dann hat er ein paar Probleme: Jobverlust, Entlassung in Unehren, Gerichtsprozess, vorbestraft, möglicherweise Knast."

„Nein, Guy-deux! Das machst du nicht. Das kann ich von dir nicht verlangen. Lassen wir es!"

Der *brigadier* schaute seine Kollegin treuherzig an.

„Sagen wir mal so. Ich selber kann sowas nicht. Aber ich kenne jemanden, der das kann. Vielleicht hilft er uns. Jeannine, ich melde mich bei dir. Gib mir deine Handynummer."

„Die hast du schon. Ich habe dich doch vorhin angerufen."

„Okay, dann bis später. *Salut Jeannine!*"

***

Jeannine Dalmasso war sicher, Guy-deux konnte das. Er wollte das nur nicht zugeben. Nicht einmal vor ihr. Ein kleines bisschen ärgerte sie das. Aber es war natürlich eine heikle Situation, wenn sie neben ihm saß und zusah, wie er in den Dateien einer fremden Person, noch dazu einer Amtsperson, eines Notars, wilderte. Sie und Guy-deux waren zwar gute Kollegen. Sehr gute sogar. Aber wenn sie selbst in der Situation wäre, ihren Beruf, ihre Stellung, ja ihre ganze Zukunft in die Hände eines anderen – und sei es eines noch so guten Kollegen – zu legen, sie würde das auch nicht machen. Zumal Guy-deux offensichtlich einen trickreichen Weg wusste, wie er sich aus der Sache raushalten und trotzdem an die gesuchten Daten kommen konnte.

Bei sich zuhause angekommen füllte sie in die *cafetière* Espressopulver und stellte sie auf die Herdplatte. Als es in der kleinen Alukanne zu brodeln und zu zischen anfing, nahm sie sie vom Herd, goss sich eine Tasse voll, rührte kräftig Zucker hinein und setzte sich vor den Fernseher. Geraume Zeit später, sie hatte bereits ihre dritte Tasse getrunken, läutete ihr Handy. Guy-deux, zeigte das Display an.

„Ich muss dir was zeigen, das haut dich um!"

„Sag schon, was?"

„Jetzt bin ich mal genauso wie du: Nicht am Telefon, das wird doch alles abgehört. Treffen wir uns auf ein Bier?"

„Wo?"

„Bei mir um die Ecke ist eine nette schattige Bar. Okay?"

„Okay, in zehn Minuten! *Salut* Guy-deux!"

Die Bar lag wirklich auf einem von einer gigantischen Platane überschatteten kleinen Platz. Ein halbes Dutzend Tische gruppierten sich um einen mit dichtem Moos bewachsenen Brunnen, durch welches das Wasser in ein Steinbecken rieselte. Neben dem Brunnen war es herrlich kühl. Das verdunstende Wasser verdrängte die Tageshitze zusätzlich zum Schatten der Platane. Dort saß Guy-deux, vor ihm zwei vor Kälte beschlagene Gläser, aus denen das Bier mattgolden leuchtete.

„Ich hab dir gleich eins mitbestellt", begrüßte der Computermann seine Kollegin und schob ihr eines der Gläser und einen dünnen Stapel mit bedrucktem weißem Papier hin.

Jeannine überflog die erste Seite. Es war tatsächlich das Testament der Vicomtesse de Gramellons.

„Und was soll mich jetzt so umhauen, wie du am Handy gesagt hast?"

„Lies! Auf Seite zwei, erster Absatz."

Jeannine blätterte um. Ein Satz sprang ihr sofort in die Augen:

„Mein gesamtes Vermögen vermache ich meinem geliebten Freund Éric de Barbaresque."

„*Wow*!", entfuhr ihr ein Ausruf des Erstaunens.

„Das müssen wir sofort Jean-Luc sagen!"

„Lies erst weiter!"

„Er hat in mein trostloses Leben wieder Licht, Liebe und Freude gebracht. Dafür danke ich ihm. Meinen Mann Victor de Gramellons, von dem ich mich in Kürze scheiden lassen werde, enterbe ich hiermit."

Dann kamen noch eine Menge Textpassagen, in denen geregelt wurde, was mit ihrem Vermögen zu geschehen habe, falls Éric de Barbaresque vor ihr stürbe. Aber das interessierte Jeannine nicht mehr. Während sie Papperins Nummer wählte, sagte sie zu ihrem Kollegen:

„Das müssen wir ihm sofort nach Cabanosque bringen. Du kommst doch mit?"

***

Die beiden *brigadiers* Dalmasso und Debordeau saßen rechts und links neben ihrem Chef am runden Steintisch im Hof der alten Ölmühle. Odile Papperin wieselte um sie herum, schenkte ihnen Wein ein, verließ den Hof, um ein paar Sachen zum Knabbern zu suchen. Sie brachte eine Schale mit kleinen, selbstgebackenen Blätterteig-Schinken-Schnecken, die sie den stumm in ein Schriftstück Starrenden hinstellte.

„*Maman*, jetzt geh bitte ins Haus. Wir haben hier Dienstliches zu besprechen. Und das ist nicht für fremde Ohren bestimmt!"

„Aber ich bin doch keine Fremde!", entrüstete sich Papperins Mutter. „Außerdem kann ich schweigen. Bei mir ist ein Geheimnis gut aufgehoben. Das weißt du doch."

„So gut", lächelte Papperin sie liebevoll an, „dass am nächsten Tag das ganze Dorf darüber spricht. Nein *maman*, du lässt uns allein, bitte!"

Als Frau Papperin endlich murrend im Haus verschwunden war, fragte Papperin:

„Und was bedeutet das jetzt für unsere Ermittlungen?"

Er war sich voll im Klaren darüber, woher das Testament plötzlich kam. Von Guy-deux. Das wunderte ihn nicht. Ihn wunderte vielmehr, dass dieser begnadete Computer- und Internetexperte sich mit der relativ bescheiden besoldeten Position eines *brigadiers* der *police judiciaire* zufrieden gab. In der sogenannten freien Wirtschaft könnte er mit seinem Fachwissen ein Vielfaches von dem verdienen, was ihm die Republik monatlich auf sein Konto überwies.

„Das wirft jetzt ein ganz neues Licht auf unseren Fall", überlegte Papperin laut. „Wenn wir vorerst mal den dritten Verdächtigen, diesen Kunstsachverständigen der Versicherung, diesen …"

„Ramon Fernandez", half Jeannine seinem Gedächtnis nach.

„…diesen Fernandez außer Betracht lassen, dann sehe ich vier Möglichkeiten." Und nun analysierte Papperin die neue Lage in der ihm eigenen logischen Art.

„Erstens: Der Vicomte weiß nichts von dem Testament und glaubt, er erbt alles. Dann hätte er ein Motiv, seine Frau umzubringen. Das gilt allerdings nur unter der Prämisse, dass sich die beiden auseinander gelebt haben, und er fürchtet, dass sie sich von ihm scheiden lassen will. Aber das trifft wohl zu, denn nachdem sie ihn enterbt hat, dürfte die Kluft, die die beiden trennt, ziemlich tief sein.

Zweitens: Der Vicomte kennt das Testament und weiß, dass er enterbt ist: Dann hätte er keinen Grund, sie zu erschießen. Im Gegenteil, er müsste versuchen, sich mit ihr möglichst gut zu stellen, um die Kluft zu überwinden.

Drittens: Der Barbaresque kennt den Inhalt des Testaments. Dann würde er alles erben, wenn sie stirbt. Aber warum soll er sie dann töten. Wenn sie sich scheiden lässt und ihn heiratet, dann hätte er ja alles.

Viertens: Der Barbaresque kennt das Testament nicht. Weil er nicht mit ihr verwandt ist, kriegt er auch nichts von ihrem Vermögen, wenn sie tot ist. Also hat er auch in diesem Fall keinen Grund, sie zu töten.

Das führt uns zu folgendem Schluss: Der Barbaresque hat kein Motiv, die Vicomtesse zu ermorden. Ihr Mann, der Vicomte, hat nur dann eines, wenn er den Inhalt des Testaments zum Zeitpunkt des Mordes nicht kennt. Stimmt ihr dem zu?"

„Ja, aber du siehst nur die finanziellen und die Vermögensmotive. Vielleicht gibt es auch andere Gründe, die Frau umzubringen", wandte Jeannine ein.

„Welche?"

„Nun, vielleicht ist der Vicomte oder auch der Comte der Gräfin überdrüssig, will sie loswerden. Wir haben ja keine Ahnung, wie die Frau ist. Was sie ihrem Mann oder Geliebten alles abverlangt." Jeannine konnte sich mehrere Gründe vorstellen, weshalb man einer Frau überdrüssig werden konnte.

„Im Bett?", fragte Guy-deux.

„Typisch Mann! Da denkt ihr als erstes dran. Nein, nicht nur. Bei ihren Geschenkwünschen, ihren gesellschaftlichen Zielen. Es gibt jede Menge Gründe, jemanden nicht zu mögen."

„Aber deswegen bringt man einen doch nicht gleich um!"

Papperin hatten Jeannines Überlegungen nachdenklich gemacht. Selbstverständlich gab es nicht nur finanzielle Motive. Aber über alles andere wussten sie so gut wie gar nichts. Vielleicht durfte er den Comte de Barbaresque doch nicht vorschnell aus dem Kreis der potentiellen Täter ausscheiden. Sie mussten ihre Recherchen sehr breit anlegen.

„Nachdem ihr beide schon so tief drinsteckt, im Ausforschen von fremden Dateien, solltet ihr da weitermachen. Schaut euch die beiden Adeligen mal genauer an. Vielleicht findet ihr etwas, das uns weiterbringt."

„Nun, da müsste ich in ihre Computer schauen und vielleicht auch ihre Telefonverbindungen checken. Das ist nicht unmöglich, aber es dauert eine Weile. Und es ist sehr gefährlich."

„Zeit ist nicht das Problem. Keiner von denen läuft uns weg. Und was das andere anbelangt, da habt ihr meine volle Rückendeckung."

„Wie soll das gehen?", wollte Jeannine wissen.

„Mir liegt doch ein Beschluss des Untersuchungsrichters vor, der unser Kommissariat ermächtigt, dies zu tun. Dann seid ihr aus dem Schneider", sagte Papperin mit einem Augenzwinkern.

„Aber du nicht!"

„Warten wir es ab. Und jetzt macht euch an die Arbeit!"

***

Es war spät geworden. Im Hause Papperin in Cabanosque hatte man schon längst zu Abend gegessen. Nachdem sie im kühlen nächtlichen Innenhof gemeinsam noch einem Fläschchen *Clos Mireille* zugesprochen hatten, einem der weltbesten Roséweine aus den berühmten Weingütern der Domaines Ott, hatte sich Odile zu Bett begeben. Jean-Luc Papperin blieb noch länger draußen. Er genoss die nächtlichen Geräusche, das Quaken der Kröten im nahen Bewässerungskanal, den zwitschernden und kollernden Gesang einer Nachtigall und das leise Rauschen des sanften Windes. Ganz selten wurde diese Idylle von Autos gestört, die die Hauptstraße auf der gegenüber liegenden Seite des breiten Tales entlang brausten. Er betrachtete den Mond, der aus vollem Gesicht sein fahles Licht über die Landschaft goss.

Auf einmal vibrierte sein Handy. Noch ehe das Chanson erklang, das den Anruf auch akustisch meldete, hatte Papperin das Gespräch bereits angenommen.

„Was gibt es, Jeannine?"

„Wir haben gerade die Handyverbindungen der Vicomtesse bei Orange-Télécom geknackt. Die hat am Mordtag mehrmals sowohl mit ihrem Mann, als auch mit ihrem Lover telefoniert. Wir kennen zwar die genaue Todeszeit nicht, aber wir glauben, dass das ganz kurz vor dem Mord war – vielleicht nur Minuten vorher."

„Wie kommt ihr zu der Vermutung?"

„Nun, erst hat sie den Comte angerufen, um 11:37 Uhr. Das Gespräch hat vier Minuten gedauert. Unmittelbar drauf, um 11:42 Uhr hat sie mit ihrem Mann gesprochen. Zwanzig Minuten später: noch einmal dasselbe, nur kürzer: von 12:06 Uhr bis 12:07 mit ihrem Mann, und gleich drauf von 12:08 Uhr bis 12:10 Uhr mit dem Comte de Barbaresque. Wenige Minuten später, genau um 12:16 Uhr, wurde sie angerufen, von beiden. Aber da ist sie offensichtlich nicht rangegangen. Guy-deux sagt, dass sich die Mailbox eingeschaltet hat. Das ist dann später noch ein paarmal passiert."

„Dann war sie um 12:16 Uhr schon tot, oder zumindest bewusstlos. Ich glaube, davon können wir mit Sicherheit ausgehen. Das habt ihr super gemacht!", lobte Papperin seine beiden Mitarbeiter.

„Ja, und wir denken", klinkte sich Guy-deux in das Telefonat ein, „dass sie bei ihrem letzten Anruf den beiden, ihrem Liebhaber und ihrem Mann, mitgeteilt hat, dass sie vom Navi in die Irre geleitet worden ist. Möglicherweise hat sie ihnen auch gesagt, wo genau sie von der Hauptstraße abgebogen ist."

„Jeder der beiden hat also gewusst, wo sie ist", folgerte Papperin weiter. „Das heißt aber, jeder von ihnen hätte dorthin fahren können. Und beide haben kein Alibi – der Gramellons war angeblich allein zuhause und der Barbaresque sagt, er war im Auto unterwegs."

„Chef, wir müssen uns die beiden sofort vornehmen. Die Wahrscheinlichkeit, dass einer von ihnen der Mörder der Vicomtesse ist, liegt nach meiner Schätzung äußerst nahe bei 100 Prozent. Es gibt praktisch keine Unsicherheit. Der Versicherungsmensch dürfte aus dem Schneider sein, weil sie mit dem nicht telefoniert hat. Da müssen wir heute noch hinfahren. Mit wem fangen wir an? Können wir Sie abholen?"

Aus Guy-deux' Worten waren sein Eifer und sein Tatendrang herauszuhören. Er stand unter Hochspannung, das spürte der Kommissar selbst über die weite Entfernung.

„Wir fangen mit dem Barbaresque an", entschied Papperin.

„Weil er als letzter mit der Frau telefoniert hat. Er hat zwar kein finanzielles Motiv, aber vielleicht hat Jeannine Recht, und er will die Gräfin aus einem anderen Grund loswerden.

Und zweitens: So sehr eilt es nun auch wieder nicht, Guy-deux. Bis wir beim Comte sind, ist es weit nach Mitternacht. Nein, wir nehmen ihn uns morgen früh vor. Er läuft uns schon nicht weg. Außerdem ahnt er nicht, was wir jetzt alles wissen. Wir treffen uns dann morgen um acht im Kommissariat und fahren von dort nach Château Barbaresque. Ich bin sicher, wir treffen ihn dort an, entweder in den Ausstellungsräumen oder in seinen Privatgemächern. Und anschließend fahren wir in den Luberon zum Vicomte de Gramellons. Kümmert ihr euch darum, dass wir einen Dienstwagen bekommen?"

Papperin freute sich auf die Fahrt durch die spätsommerliche, nördliche Provence. Allerdings dürfte es wieder brüllend heiß werden.

„Und seht zu, dass ihr einen mit Klimaanlage bekommt! So und jetzt wünsche ich euch eine gute Nacht. Ich zumindest bin todmüde." Kein Wunder, nach einer ganzen Flasche Rosé, dachte er bei sich.

„Und nochmal danke! Das habt ihr super gemacht!"

Kapitel 21
Verhöre, Verhöre und keine Lösung

Sonntag, 26. September

Die Fahrt zum Château Barbaresque am frühen Morgen war sehr angenehm. Da noch die morgendliche Kühle über dem Land lag, hatten sie die Klimaanlage nicht eingeschaltet und blieben so von dem eisigen trockenen Luftzug verschont, der ihnen ansonsten ins Gesicht blasen würde. Wie erwartet war der Comte de Barbaresque bereits voll in Aktion, befahl den Technikern, wie sie die Beleuchtungen anzubringen hatten. Nebenher raunzte er zwei ältere Damen des örtlichen Organisationskomitees an, sie sollten nicht andauernd im Weg stehen und seine Leute bei der Arbeit behindern, sondern sich lieber darum kümmern, dass für das Eröffnungsevent am kommenden Freitag ausreichend Getränke, Kanapees und Snacks vorrätig wären.

„Comte de Barbaresque, können wir Sie einen Moment sprechen?" *Commissaire* Papperin hielt den geschäftig vorbeieilenden Grafen am Arm fest.

„Muss das gerade jetzt sein? Sie sehen doch, ich bin beschäftigt."

„Doch, es muss sein. Wir haben einiges Neue entdeckt in Zusammenhang mit dem Mord an Ihrer … Geliebten." Papperin hatte bewusst die verzögernde Pause eingelegt, bevor er das den Grafen überraschende Wort aussprach. Und dieser war in der Tat überrascht. Mit Erschrecken, ja Bestürzung in den Augen starrte er den Kommissar an, bis er sich schließlich ein „Woher wissen Sie das?" abrang.

„Das tut jetzt nichts zur Sache", wehrte Papperin ab. „Wir wollen von Ihnen wissen, weshalb Sie von der Vicomtesse angerufen wurden, kurz bevor sie erschossen wurde."

„Sie wollen damit doch nicht unterstellen, dass Sie mich für den Mörder halten? Das ist völlig absurd. Gut, ich gebe zu, Marie-Caroline und ich, wir standen uns sehr nahe."

„Sie waren mit ihr intim?", mischte sich *brigadier* Guy Debordeau ein.

„Da war sie ganz scharf drauf. Wundert Sie das?", fragte der Graf zurück. „Bei diesem Kotzbrocken von Ehemann? Aber deswegen bringe ich sie doch nicht um – im Gegenteil!"

„Ihre sexuellen Beziehungen interessieren mich jetzt ehrlich gesagt weniger", meinte Papperin. „Was wir wissen wollen ist: Was hat sie zu Ihnen gesagt? Sie waren der Letzte, mit dem sie telefoniert hat."

Der Comte hatte inzwischen bemerkt, dass seine Angestellten ihre Arbeit eingestellt hatten und versuchten, möglichst viel von dem leise geführten Gespräch mitzubekommen.

„Los, los! An die Arbeit! Das geht Sie nichts an, was wir hier zu besprechen haben." Bei diesen Worten zog er den Kommissar und in dessen Schlepptau die beiden Brigadiere in einen Nebenraum und schlug die Türe mit lautem Knall zu.

„Was hat die Gräfin gesagt?", setzte Papperin das Gespräch fort.

„Dass ihr Navi spinnt und sie irgendwo in die Wildnis dirigiert hat."

„Und sonst nichts? Wo genau sie sich befand?"

„Nein! … Nur dass sie jetzt umkehren und ohne Navi auf der Hauptstraße weiterfahren werde. Und dann war das Gespräch zu Ende. Es kamen noch ein paar komische

Geräusche und plötzlich war die Verbindung unterbrochen."

Papperin, der das Zögern in Barbaresques Antwort sehr wohl wahrgenommen hatte, ließ sich das nicht anmerken und fragte routinemäßig weiter:

„Was für Geräusche? Können sie die genauer beschreiben?"

„Knistern, Knacken, nichts Besonderes. Irgendwann war es ganz still. Ich habe es auf die ungenügende Netzabdeckung dort in der einsamen hügeligen Gegend geschoben. Es kommt öfters vor, dass die Verbindung plötzlich weg ist."

Papperin wandte sich zu Jeannine um: „Hat die Spurensicherung am Tatort eigentlich das Handy der Gräfin gefunden?"

„Nein, da stand nichts im Bericht. Ihre Telefondaten haben wir nicht aus ihrem Handy, sondern von der Telefongesellschaft – Orange oder SFR, da müsste ich nachschauen."

„Dann wird der Mörder das Handy mitgenommen haben", dachte Papperin laut. Irgendwie musste er den Grafen dabei so angeschaut haben, dass sich dieser angesprochen fühlte.

„Schon wieder unterstellen Sie, dass ich der Mörder bin", brauste er auf. „Wieso hätte ich Marie-Caroline umbringen sollen? Können Sie mir das sagen?" Sein aggressiver Blick schien den Kommissar durchbohren zu wollen.

„Ich hatte gar keinen Grund, sie zu töten. Sie wollte sich scheiden lassen und dann mich heiraten. Wir hatten uns so auf die gemeinsame Zukunft gefreut. Ihren Mann, meinen Cousin Victor, den hätte ich am liebsten erwürgt. So, wie er sie immer behandelt hat, dieses Schwein!"

„Ich beschuldige Sie doch gar nicht. Wir tun nur unsere Pflicht. Deshalb müssen wir sämtlichen Spuren nachgehen. In diesem Zusammenhang müssen wir Sie fragen: Besitzen Sie Handfeuerwaffen? Falls ja muss ich Sie bitten, uns diese Waffen für kurze Zeit zur kriminaltechnischen Untersuchung zu überlassen."

Der Comte wollte schon wieder aufbrausen. Papperin sah interessiert zu, wie eine blaue Zornesader auf seiner Stirne anschwoll. Aber dann hatte er doch seine Fassung wiedergewonnen.

„Aber gerne! Bitte kommen Sie mit. Man will doch unsere Ordnungshüter mit allen Mitteln unterstützen – so gut man nur kann."

Commissaire Papperin überging die Ironie, die der Comte in diese Worte gelegt hatte, und winkte seinen beiden Begleitern, dem Grafen zu folgen, der den Raum durch eine verborgene Seitentüre bereits verlassen hatte. In seinen Privatgemächern schloss der Adelige einen Waffenschrank auf und entnahm ihm zwei Pistolen und einen Revolver. Mit einem Blick auf drei weitere Schusswaffen, Jagdgewehre, die ordentlich in ihren Halterungen standen, meinte er:

„Wie sie sich wohl denken können, besitze ich einen Waffenschein. Das alles, jede Waffe, ist ordnungsgemäß registriert. Sie können es nachprüfen!"

Er steckte die drei Handfeuerwaffen in ihre passgeformten Lederetuis und übergab sie den Beamten. Während Papperin eine Empfangsbestätigung ausstellte, verstaute Guy-deux alles in seiner Umhängetasche.

„Sobald die ballistischen Untersuchungen abgeschlossen sind, erhalten Sie die Waffen zurück. Spätestens am Montagnachmittag."

Auf dem Weg zurück zu ihrem Polizeifahrzeug meinte Guy-deux: „Da werden die Kollegen von der Technik nichts finden, so bereitwillig wie der die Pistolen rausgerückt hat."

„Trotzdem, er könnte ja noch eine weitere haben, eine illegale, nicht registrierte, mit der er den Mord begangen hat."

„Schon, aber eigentlich hat er doch keinen Grund, die Gräfin zu erschießen."

***

In den Luberon zum Vicomte de Gramellons war Guy-deux nicht mitgekommen. Er hatte gemeint, lieber würde er versuchen, mehr über die beiden Adeligen ausfindig zu machen. So machten sich nur Papperin und Jeannine auf den relativ weiten Weg zum Château Gramellons. Die Sonne war schon über den Zenit hinaus, als sie dort ankamen. Eine neue Hausangestellte ließ sie ein und führte sie zum Vicomte in die Bibliothek. Wie schon sein Cousin, bestätigte auch Victor de Gramellons am Tag des Mordes von der Gräfin kurz nach zwölf Uhr angerufen worden zu sein. Sie habe ihm berichtet, vom Navigationsgerät des Autos in die Irre geleitet worden zu sein.

„Sie wollte dann lieber ohne Navi weiterfahren, hat sie gesagt."

„Das war alles?", fragte Papperin. „Hat sie Ihnen nicht gesagt, wo sie sich befand?"

„Nein, dazu hat sie nichts gesagt. Ich habe ihr noch gute Weiterfahrt gewünscht, und dann hat sie die Verbindung unterbrochen."

Jetzt kam Papperin zu ihrem eigentlichen Anliegen:

„*Monsieur le vicomte*, besitzen Sie eine Pistole oder einen Revolver?"

„Ja, selbstverständlich, ich bin doch Jäger!"

„Wo ist die und können wir sie sehen?"

„Kein Problem. Die liegt neben meinem Bett in der Schublade des Nachtkästchens."

„Haben Sie die nicht in Ihrem Waffenschrank weggesperrt?"

„Nein, die muss ich griffbereit haben, falls eingebrochen wird, und wir im Schlaf überrascht werden. Unser Schloss liegt sehr einsam, mitten im Wald. Und wir sind allein, äh … jetzt bin es nur ich, der hier wohnt."

„Bitte geben Sie uns die Waffe. Wir müssen sie zur ballistischen Untersuchung mitnehmen. Selbstverständlich bekommen Sie eine Quittung."

Der Vicomte führte sie über eine knarrende Holzstiege in das Obergeschoß, und dann einen Gang entlang zu seinem Schlafzimmer.

„Auf den fragenden Blick des Kommissars meinte er: „Wir haben getrennte Schlafzimmer. Ich schnarche zu laut, sagt Marie-Caroline. Bitte kommen sie rein!"

Er schien nicht zu merken, dass er von seiner Frau immer noch in der Gegenwartsform sprach. Bei dem Nachtkästchen angelangt, zog er die Schublade heraus und tastete mit den Fingern nach der Waffe.

„Zum Teufel auch, wo ist sie! Sie ist nicht da", sagte er zu den beiden Beamten. Papperin glaubte, echte Verblüffung in seinem Gesicht zu sehen.

„Kann sie nicht woanders liegen?", fragte Jeannine.

„Nein, die ist immer hier drinnen, schon seit Jahrzehnten!"

Mit gerunzelter Stirn schaute er die beiden Polizisten an. Er blickte nochmal zu der offen stehenden Schublade und meinte dann:

„Ich hab immer schon den Verdacht gehabt, dass sie stielt. Unser Dienstmädchen, Paulette", erklärte er, als er Papperins fragenden Blick sah. „Uns sind in letzter Zeit einige Dinge abhanden gekommen. Und jetzt hat sie sich die Pistole genommen. Klar, die ist was wert, die kann sie auf dem Schwarzmarkt verkaufen."

Papperin bezweifelte diese Aussage. Gut möglich, dachte er, dass der Vicomte damit den Mord begangen hat und die Waffe dann verschwinden ließ. Ein Alibi hatte er ja keines. Andererseits konnte er durchaus auch Recht haben. Diese Paulette hatte auf Papperin einen mehr als zwielichtigen Eindruck gemacht. Trotzdem, der Graf war einer der Verdächtigen, er musste ihm mehr auf den Zahn fühlen.

„Wenn ich mich korrekt erinnere, hatten sie vor einiger Zeit ausgesagt, dass sie am Tag des Mordes an Ihrer Frau zuhause, hier im Schloss, gewesen sind. Zeugen konnten Sie nicht nennen. Haben Sie inzwischen jemanden gefunden, der das bestätigen kann?"

Der Vicomte schüttelte verneinend den Kopf.

„Dann haben Sie also kein Alibi und könnten hingefahren sein und Ihre Frau erschossen haben. Von dem Telefonat wussten Sie, wo Sie zu finden war. Dann hätten Sie sich ihr Vermögen gesichert, zum Beispiel den Cézanne, oder wenigstens die Versicherungssumme"

„Aber das hat sie mir doch gerade nicht gesagt, wo sie war, wo sie sich verfahren hat!"

„Das behaupten Sie! Tatsache bleibt, dass Sie kein Alibi haben und ihre Pistole nicht vorweisen können. Was, meinen Sie, können wir daraus für einen Schluss ziehen?"

„Das ist doch lächerlich!", ereiferte sich der Vicomte. „Aus der Tatsache, dass ich allein zu Hause war, können Sie mir keinen Mord anhängen. Ich bin entsetzt über das Vorgehen unserer Polizei. Von der Unschuldsvermutung halten Sie wohl gar nichts. Nicht ich muss meine Unschuld, sondern Sie müssen meine Schuld beweisen. Und außer böswilligen Unterstellungen haben Sie offensichtlich nichts in der Hand. Jetzt gehen Sie! Ich werde mich über Sie beschweren. Unerhört, einen unschuldigen Bürger haltlos zu beschuldigen, noch dazu von meinem Stand. Das wird Folgen für Sie haben, für Sie beide! Das kann ich Ihnen versichern! Und jetzt verlassen Sie mein Anwesen!"

***

„Ob ihm das überhaupt noch gehört? Das Schloss mit den Ländereien?", fragte Jeannine, als sie auf der Fahrt zurück nach Aix waren.

„Du meinst, weil sie ihn enterbt hat? Keine Ahnung. Man müsste im Grundbuch nachschauen. Aber wahrscheinlich gehört es ihm. Wenn es Château Gramellons heißt, dann hat er es wahrscheinlich von den Gramellons, seinen Vorfahren, geerbt. Aber das kann uns egal sein. Wir müssen uns nachher gleich diese Paulette vornehmen. Vielleicht hat der Graf ja Recht, und sie hat die Pistole genommen und ihrem Bruder gegeben. Warten wir es ab."

Die geplante Vernehmung von Paulette Percier in der Untersuchungshaft musste Papperin der Staatsanwaltschaft melden. Natürlich entsandte diese einen Vertreter zu dem Gespräch.

Commissaire Papperin und *brigadier* Dalmasso warteten in dem für solche Anlässe vorgesehenen Raum auf Frau Percier. Doch statt der Beschuldigten kam zunächst der

Staatsanwaltsvertreter. Unwillig musste Papperin feststellen, es war der von ihm nicht besonders geschätzte Marcel Salbony. Das war der letzte, den er bei dem bevorstehenden Gespräch dabei haben wollte. Aber er konnte nichts dagegen tun.

Endlich wurde Paulette Percier hereingeführt. Papperin kam ohne lange Vorreden sofort auf den Punkt:

„Der Vicomte de Gramellons beschuldigt Sie, in der Zeit, in der Sie bei den de Gramellons als Hausangestellte beschäftigt waren, seine Pistole gestohlen zu haben."

Die Augen der jungen Frau weiteten sich für alle deutlich erkennbar vor Schreck.

„Wo ist sie, was haben Sie damit gemacht?", setzte Papperin nach.

Sie sprang auf und schrie:

„Das ist nicht wahr! Eine Lüge ist das!"

„Da steht Aussage gegen Aussage. Die eines angesehenen Mitglieds des Hochadels gegen die eines erwiesenermaßen kriminellen Dienstmädchens. Was meinen Sie: Wem wird das Gericht Glauben schenken?"

Es war Staatsanwalt Salbony, der der jungen Frau diese rhetorische Frage zornig ins Gesicht geschmettert hatte.

„Aber das können Sie mir doch nicht anhängen. Was kann ich dafür, wenn der Graf seine Pistole verschlampt, oder weiß der Teufel wem auch immer gegeben hat. Auf alle Fälle war sie schon seit Tagen nicht mehr in der Schublade neben seinem Bett!"

„Sieh an, Sie geben sogar zu, dass Sie wussten, wo der Vicomte seine Pistole aufbewahrte. Ich kann Ihnen genau sagen, was da vor sich gegangen ist." Auch der Staatsanwalt war jetzt aufgesprungen.

„Sie, Paulette Percier, haben die Waffe entwendet, haben diese Ihrem Bruder Luc Percier gegeben, und der hat bei dem Überfall die Gräfin damit erschossen. So und nur so ist es gewesen, und ich werde das in meine Anklageschrift einbeziehen."

„Aber so war es nicht, das stimmt doch alles nicht!", schluchzte die Frau, die auf ihrem Stuhl zusammengesunken war. Fast tat sie Papperin leid. Aber der Staatsanwalt konnte durchaus Recht haben. Möglich war es. Aber bewiesen war es noch lange nicht. Außerdem hielt Papperin die Aussage des Vicomte über das Verschwinden seiner Pistole auch nicht für sehr glaubwürdig. Bei der derzeitigen Beweislage konnte sich der Kommissar nicht so recht entscheiden, wem er glauben sollte: Dem Dienstmädchen oder dem Vicomte. Er ließ die junge Frau wieder in ihre Zelle zurück bringen und verließ zusammen mit Jeannine und dem *procureur* den Vernehmungsraum.

„Sie sehen, *monsieur le commissaire*, der Strick legt sich immer enger um den Hals dieses Percier. Der Prozess wird zum Fanal für ihn werden, und Zeichen setzen gegen dieses arbeitsscheue Gesindel, das glaubt, sich durch Verbrechen seinen Lebensunterhalt finanzieren zu können. Nicht mit mir! Ich werde die Anklage mit aller Härte und Entschiedenheit betreiben."

„Und ich bin immer noch nicht der Meinung, dass Sie Recht haben", widersprach Papperin. „Aber in der Verhandlung wird hoffentlich die Wahrheit ans Licht kommen."

Papperin zog Jeannine zur Seite.

„Komm, wir gehen ins Kommissariat und lassen uns von Monique einen Espresso machen. Die ist heute im Büro, weil sie Ordnung in den Bürokratiekram bringen möchte – Korrespondenz einsortieren, Rundschreiben und Verwaltungsrichtlinien ablegen und so Zeug, hat sie gesagt."

***

Dort trafen sie Monique Dépardieu in angeregter Unterhaltung mit Guy-deux. Auch er schien nichts von Sonntagsruhe zu halten. Die Gegensätze zwischen den beiden könnten krasser nicht sein, dachte Papperin, als er sie am Besprechungstisch sitzen sah. Hier seine stets dezent und vornehm gekleidete Sekretärin, heute in einem sommerlichen, hellgrauen Hosenanzug, der farblich genau zu ihren Haaren passte, die, modern geschnitten, wie ein grauer Helm um ihren Kopf lagen. Ihr gegenüber sein Computerfreak. Wie immer schlampig angezogen. Ausgelatschte Sneakers der Marke Nike, leicht zerschlissene, löchrige Jeans. Papperin vermutete, dass sie nicht aus dem secondhand-shop kamen, sondern dass er dafür viel Geld in einem stylischen Modegeschäft gelassen hatte. Darüber das unverzichtbare rote T-Shirt mit dem Che-Guevara-Portrait.

Mit einem gestöhnten: „Ich habe mich wieder über den doofen Staatsanwalt ärgern müssen!", ließ sich Papperin in einen Stuhl fallen und fragte dann weiter:

„Kriegen wir auch einen", dabei deutete er auf die Caffettiera „…Espresso?"

„Guy-deux hat etwas rausgefunden, das euch interessieren dürfte", antwortete Monique, während sie Papperins Wunsch nachkam und zwei Tassen füllte.

„Ich bin gespannt, lassen Sie hören!"

„Also", begann Papperins Computermann, „ich hab mich ein bisschen mit den beiden Grafen beschäftigt. Mich in ihren e-mail-accounts umgesehen. Beim Gramellons gab es nichts Bemerkenswertes. Aber beim Barbaresque! Wussten Sie, dass der eine Freundin hat?"

„Klar doch, die Vicomtesse!"

„Nein, noch eine. Mit der ist er ganz dicke, die schreiben sich verliebte Mails, das hätte ich dem alten Knacker gar nicht zugetraut."

„Na, so alt ist der doch auch wieder nicht. So um die vierzig rum", schätzte Papperin.

„Trotzdem, was die im Netz geturtelt haben, da bin selbst ich rot geworden."

„Und, haben Sie was gefunden, was einen direkten Bezug zu unserem Fall hat?"

„Wenn das kein direkter Zusammenhang ist! Der liebt sie, will sie heiraten. Das hat er ihr versprochen, sobald er genug Geld aus der Vicomtesse rausgekitzelt hat. Nicht meine Worte, das ist O-Ton!"

„*Wow*!", entfuhr es Papperin. „Dann hätte er ja ein Motiv, die Gräfin umzubringen."

„Nur wenn er den Inhalt des Testaments kannte", wandte Jeannine ein. „Aber auf alle Fälle ist er ein Gauner, ein Hochstapler. Umgarnt die Gräfin, um möglichst viel aus ihr herauszuholen, verspricht ihr die Heirat, und in Wirklichkeit hat er eine andere. Hast du über die was rausbekommen?", fragte sie Guy-deux.

„Ja, die hab ich gegoogelt. Eine Schauspielerin, nicht besonders bekannt. Naomie Nacal, das dürfte ein Künstlername sein. Spielt hauptsächlich in zweitrangigen Erotikfilmen. Sehr hübsch, kommt aber schon langsam in ein Alter, wo sie in dem Genre nicht mehr gefragt sein dürfte."

„Die brauchen wir, müssen sie vernehmen. Unbedingt! Wo wohnt die? Wissen Sie das?"

Guy-deux schaute seinen Chef mitleidig an.

„Klar, doch. Ich bin ja kein Anfänger. In Marseille, VII. Arrondissement, 18 Quai Rive Neuve. Ihre Festnetz- und Handynummer habe ich auch."

„Sehr gut! Monique, kümmern Sie sich bitte darum. Rufen Sie die Dame an und fragen Sie, ob wir in ca. einer Stunde bei ihr aufkreuzen können. Oder wo sie sonst will. Und machen Sie es dringend!"

„Was soll ich sagen, wenn sie wissen will, worum es geht?"

„Nichts vom Comte de Barbaresque! Sagen Sie, es handelt sich um eine Routineangelegenheit. Wenn sie nicht will, dann drohen Sie ihr, dass wir sie vorübergehend festnehmen und zur Vernehmung nach Aix überstellen lassen müssen. Das sollte wirken. Okay? Und wir drei", dabei deutete er auf Jeannine, Gux-deux und sich selbst, „machen uns schon mal auf den Weg. Monique, Sie geben uns am Handy durch, wo wir die Dame antreffen werden."

***

Auf der kurzen Fahrt von Aix nach Marseille dachte Papperin darüber nach, was er die Freundin vom Comte alles fragen sollte. Am meisten interessierte ihn, ob sie dem Grafen ein Alibi geben konnte. Und falls das der Fall sein sollte, ob man ihrer Aussage glauben durfte. Möglicherweise wusste sie ja von der Doppelrolle des Grafen, der neben ihr auch noch die Vicomtesse als Goldesel-Geliebte hatte.

„Was soll das sein: eine Goldesel-Geliebte?", unterbrach Jeannine seine Überlegungen. Hatte er laut gedacht, vor sich hingeredet, fragte sich Papperin. Das wäre ein beunruhigendes Anzeichen dafür, dass er langsam senil wurde. Und das mit sechsunddreißig! Er schüttelte den hässlichen Gedanken von sich ab.

„Kennst du das Märchen nicht, *La Petite Table, l'Âne et le Bâton*. Darin kommt ein *Âne à l'or* vor, ein Goldesel, der statt Scheiße Goldmünzen kackt."

Klar kannte sie das. Ihre Mutter hatte ihr immer Märchen als Gute-Nacht-Geschichten erzählt. Wie lang war das her, dachte sie wehmütig. Sofort drückte sie ihr Gewissen, weil sie ihre *maman* seit Ewigkeiten nicht mehr besucht hatte. Und dabei wohnte sie gar nicht weit weg, in Brignoles.

Wie jedes Mal, wenn er über die Stadtautobahn nach Marseille hineinfuhr, war Papperin auch jetzt fasziniert vom Blick auf den Handelshafen, den man von der Autobahnbrücke hatte, die sich in kühnem Bogen hoch über alle Häuser schwang, um sich dann wieder herabzusenken bis sie als normale Straße weiterführte, etwa auf der Höhe des MuCEM, des erst vor Kurzem eröffneten *Musée des Civilisations de l'Europe et de la Méditerranée*. Zurück auf der Erde musste man sich entscheiden, ob man rechts weiterfuhr in den Tunnel unter dem Vieux Port, oder ob man links auf den Quai du Port abbog und am alten Hafen entlang fuhr. Papperin nahm die linke Spur zum Vieux Port. Da auf der gegenüberliegenden, südlichen Hafenseite an Parken nicht zu denken war, nahm er die erste freie Parklücke hier auf der Nordseite. Um zur Wohnung der Schauspielerin zu kommen, mussten sie auf die andere Seite des Hafenbeckens gelangen. Glücklicherweise war das kleine Schiff der kostenlosen *ligne du ferry-boat* mit dem man den Vieux Port überqueren konnte gerade dabei, vom Pier abzulegen. Die drei Polizisten sprangen auf die Fähre und wurden, zusammen mit einem guten Dutzend anderer Passagiere, überwiegend Touristen, in wenigen Minuten zum gegenüber liegenden Quai gebracht. Die Anlegestelle lag fast genau vor dem modernen Wohnhaus mit der Hausnummer 18. Sie mussten nur die Straße überqueren, die es vom Hafenbecken trennte. Die Wohnung der Schauspielerin hatten sie auf der blitzenden Messingtafel mit den Namensschildern und den Klingelknöpfen schnell entdeckt. Im Aufzug fuhren sie in die siebte Etage. An der Wohnungstür gegenüber dem Lift erwartete sie eine großgewachsene, schlanke Frau in einem knöchellangen Hauskleid aus roter Seide.

„*Madame* Nacal?", fragte Papperin. Da sie nickte, folgten sie der eleganten Frau in die Wohnung. Der Ausblick aus dem breiten Panoramafenster auf den Vieux Port war umwerfend.

„Entweder verdient man mit Erotikfilmen so gut", flüsterte Jeannine ihrem Kollegen Guy zu „oder der Barbaresque hat viel Geld in die Tussi investiert." Papperin, der das gehört hatte, warf ihr einen missbilligenden Blick zu.

„Nein, das habe ich selbst gekauft!" Die Schauspielerin hatte Jeannines Bemerkung auch mitbekommen. „Aber Éric, ich meine den Comte de Barbaresque, kommt natürlich sehr gerne her und genießt die Aussicht."

„Und dich wohl auch", dachte Papperin, indem er die makellose Figur in dem hautengen Kleid betrachtete.

Das anschließende Gespräch fand in einer sehr angenehmen Atmosphäre statt. Bei einem Aperitif und einem Schälchen Oliven erzählte die Frau, wie sie den Comte kennengelernt hatte, und dass nicht er sie, sondern vielmehr sie ihn finanziell unterstützte. Auf die Frage Papperins, ob sie von dem Verhältnis Barbaresques mit der Vicomtesse de Gramellons wisse, meinte sie lächelnd. „Ja, er ist ein kleiner Gigolo, der immer hofft, von reichen Damen etwas Geld absahnen zu können. Aber das ist harmlos", betonte sie.

„Aber nach allem was wir wissen, ist er doch sehr intim mit der Gräfin. Stört Sie das nicht?", fragte Guy-deux unverblümt.

„Was soll mich daran stören? Bei meinem Beruf? Soll er ruhig ein bisschen Spaß haben! Hauptsache, er liebt mich."

Papperin fand das alles mehr als skurril – die superelegante, teure Wohnung, die schöne Frau, und diese Einstellung. Das war nicht seine Welt. Er lenkte das Gespräch auf den für ihre Ermittlungen wesentlichen Punkt, den Mord an der Vicomtesse.

„Ich weiß nicht, was ich damit zu tun haben sollte und wie ich Ihnen hier weiterhelfen könnte", wunderte sich die Schauspielerin mit Befremden im Blick.

„Nun, Ihr Freund, der Comte, ist einer unserer Hauptverdächtigen, und er hat kein Alibi für den Mord."

„Wann war das?"

„Am 31. August, um die Mittagszeit."

Ihre Antwort kam wie aus der Pistole geschossen:

„Dann können Sie ihn von Ihrer Liste streichen. An diesem Dienstag war er die ganze Zeit bei mir. Vom Frühstück bis Abends. Wir haben gemeinsam diniert, im Restaurant *Une Table au Sud* am Quai du Port. Sie können die Kellner dort fragen, die werden das bestätigen. Übrigens ein ausgezeichnetes Restaurant, kann ich nur empfehlen!"

„Und Mittags?"

„Da waren wir hier. Es war viel zu heiß, um nach draußen zu gehen. Und hier, in der klimatisierten Wohnung haben wir uns wohler gefühlt."

Also doch kein Alibi, zumindest kein unabhängiges, dachte Papperin.

***

Auf der Rückfahrt nach Aix waren sich alle drei einig. Das Alibi, das Frau Nacal dem Comte gegeben hatte, war mehr als fragwürdig.

„Die hat nicht einmal den Bruchteil einer Sekunde überlegen müssen, was sie am 31. August gemacht hat. Und sie wusste auch sofort, dass es ein Dienstag war. Ich meine, das Alibi können wir vergessen." Guy-deux war sich seiner Sache ganz sicher.

„Ich glaube auch, Jean-Luc, die haben das miteinander abgesprochen. Der Graf war wohl nicht bei ihr. Mag ja sein, dass sie abends essen waren, und die Kellner das bezeugen können. Aber für den Rest des Tages haben wir nur ihr Wort. Und das wiegt nicht viel."

Kapitel 22
Commissaire Papperins Zukunftspläne

Montag, 27. September

Der Tag begann mit der morgendlichen Lagebesprechung im Kommissariat. Es gab nicht viel zu beraten, denn alle waren sich einig: die beiden Grafen blieben die Hauptverdächtigen - der Comte de Barbaresque trotz des Alibis durch Frau Nacal. Auch die kurz vorher eingetroffene Mail der Ballistiker, dass keine der drei Handfeuerwaffen des Comte für den Mord benutzt wurde, entlastete ihn nicht. Es war nicht von der Hand zu weisen, dass er noch eine weitere, nicht amtsbekannte Waffe besaß, mit der er den Mord verübt haben konnte. Das Problem war nur, sie hatten keine Beweise, weder für die Täterschaft des Barbaresque, noch für die des Gramellons.

„Wir könnten Folgendes versuchen", schlug Guy Malmotte vor:

„Wenn einer der beiden die Gräfin umgebracht hat, dann muss er dort gewesen sein, und zwar mit einem Auto. Schauen wir doch mal nach, ob man an den Fahrzeugen irgendetwas finden kann. Zum Beispiel Erde mit den für den Tatort spezifischen chemischen Eigenschaften oder so. Der Graf hat einen alten Lada, mit dem hätte er seiner Frau gefolgt sein können. Und der Barbaresque..."

„Das haben die Spurensicherer längst gemacht, Guy. Die haben nichts gefunden. Es ist viel zu lange her, haben die gesagt. Außerdem hat es in der Zwischenzeit ein Gewitter gegeben, mit einem Platzregen. Nein, das hat nichts gebracht."

Nach einer längeren ergebnislosen Debatte meldete sich Guy-deux zu Wort.

„Ich hätte schon eine Idee, aber das ist nicht einfach und wieder nicht …"

„ganz legal", vermutete Papperin. „Trotzdem, sagen Sie uns, was Sie aus ihrem Computerhut zu zaubern gedenken", forderte er seinen Elektronikexperten auf.

Nun berichtete Guy-deux, dass die Betreiber der Handynetze alle Verstärkerstationen und Sendemasten identifizieren können, über die ein Telefonat gelaufen ist.

„Und wenn wir wissen, wo der Mast steht, von dem aus das letzte Gespräch empfangen wurde, dann können wir den Standort des Telefonierenden bis auf einige hundert Meter im Umkreis identifizieren."

„Und das kannst auch du rausbekommen?", erkundigte sich Jeannine.

„Schon, aber es nützt uns nichts. Wir bräuchten eine gerichtliche Ermächtigung, um die gewonnenen Erkenntnisse im Prozess verwenden zu können."

„Ich spreche nochmal mit dem Untersuchungsrichter", sagte Papperin zu.

„Tu das", bestätigte Monique Papperins Vorschlag. „Vielleicht hilft er uns diesmal. Schließlich ist er dein Freund!"

***

Papperin hatte Paul Vergier im Gerichtsgebäude aufgesucht. Sie saßen sich in dem engen Richterzimmer gegenüber, der Untersuchungsrichter hinter seinem Schreibtisch und Papperin im Besucherstuhl davor. Außerdem gab es noch einen schmalen, hohen Schrank und zwei Regale mit juristischen Nachschlagewerken. Das waren alle Möbel. Es hätte auch kein weiteres Stück in den kleinen Raum mehr gepasst. Die Republik stattete ihre Richter offensichtlich sehr kärglich aus.

„Du willst also wissen, über welche Sendestationen das letzte Handygespräch gelaufen ist?", fragte der Richter.

„Und zwar von beiden, dem Barbaresque und dem Gramellons", erwiderte der Kommissar.

„Ich soll also die Mobilfunkunternehmen per Gerichtsbeschluss anweisen, euch diese Daten zur Verfügung zu stellen."

Vergier zögerte etwas und schaute seinen Freund zweifelnd an.

„Und du bist überzeugt, damit den Mörder eindeutig identifizieren und der Tat überführen zu können."

„Absolument! Nach unseren Erkenntnissen kann nur einer der beiden als Täter in Frage kommen."

„Bien! Das kann ich dann wohl verantworten. Aber so wie ich die Unternehmen kenne, dürfte das einige Zeit dauern. Die verzögern so etwas immer fürchterlich, mindestens ein paar Tage – Bouygues, SFR, Orange und wie sie alle heißen."

„Trotz richterlichem Beschluss?", wunderte sich Papperin. „Das haben die doch alles elektronisch gespeichert. Das müsste doch ganz fix gehen."

„Glaub mir, ihr werdet es selbst erleben. Die schieben organisatorische oder EDV-technische Probleme vor. Ich lass das sofort ausstellen."

Er telefonierte mit dem zentralen Schreibbüro des Gerichts und gab den Auftrag, einen entsprechenden Beschluss auszufertigen. Man soll ihn in sein Zimmer bringen, damit er ihn unterschreiben kann.

„So, jetzt müssen wir warten. Dann kannst du das Papier gleich mitnehmen."

„*Merci* Paul, damit hilfst du unseren Ermittlungen enorm weiter", bedankte sich Papperin.

Nach einigen Minuten des Schweigens stand der Richter auf und ging zum Fenster. Mit dem Blick auf den Baum im Hof des Gebäudes stellte er eine Frage, die ihn schon seit längerem bedrückte.

„Sag mal, Jean-Luc, du wohnst doch, seit du von Paris nach hier gekommen und zum leitenden Kommissar der *brigade criminelle* in Aix ernannt worden bist…"

„Vor mehr als drei Jahren", ergänzte Papperin.

„Seitdem lebst du bei deiner Mutter in Cabanosque." Wieder stockte er. Er schaute seinen Freund an. Zweifel befielen ihn, ob er das jetzt sagen sollte. Schließlich gab er sich einen Ruck.

„Das ist doch nicht normal. So schön langsam erwirbst du dir den zweifelhaften Ruf eines *petit fils à maman,* eines Mamabübchens. Ich weiß, das geht mich nichts an. Aber irgendwie finde ich das schade. Dadurch leidet dein Ruf, nicht nur in deiner Behörde und hier am Gericht. Ich finde, du solltest dir endlich eine Frau suchen und einen eigenen Hausstand gründen?"

Er konnte den Gesichtsausdruck nicht deuten, mit dem Jean-Luc ihn jetzt anschaute. Verwundert? Erbost? Beleidigt?

„Bitte sei mir nicht böse, aber ich meine, als dein Freund darf ich, nein muss ich das sagen."

Jean-Luc Papperin trat zu ihm ans Fenster und legte den Arm um die Schultern seines Richterfreunds.

„Das sehe ich anders. Nein, nicht, dass du das nicht ansprechen darfst, sondern dass ich ein verwöhntes Muttersöhnchen bin, das sich von seiner Mama umsorgen und umtüteln lässt." Wie sein Freund schaute auch er jetzt auf

303

den grünen Baum im Hof, dessen Blätter sich sanft im Wind bewegten.

„Ich finde es normal, dass ich in unserer Ölmühle wohne. Es ist ein großes Anwesen und seit Generationen unser Familienwohnsitz. Schon mein Urgroß… nein mein Ururgroßvater hat dort eine Ölmühle betrieben. Seitdem leben wir Papperins dort. Für meinen Vater war es eine Riesenenttäuschung, dass ich studiert und einen anderen Weg eingeschlagen habe, noch dazu im fernen, verhassten Paris. Ich glaube, das hat er nie richtig überwunden. Und jetzt setze ich eben die Familientradition fort, nicht als *oléiculteur*, aber ich wohne wieder am Stammsitz unserer Familie. Und glaube mir, Odile, meine Mutter, braucht meine Hilfe – nicht zuletzt finanziell.“

Jetzt blickte er auf, wandte sich seinem Freund zu und schaute ihm in die Augen.

„Und das mit der Frau, die ich mir suchen soll … Das weißt du noch nicht, Paul. Nia kommt nach Aix. Man hat ihr die Stelle des *directeur général* einer neu gegründeten Tochtergesellschaft ihres Unternehmens angeboten, und sie hat angenommen. Wir werden in Cabanosque wohnen. Einen Seitenflügel unserer Ölmühle wollen wir für uns umbauen lassen. Zum Einzug lade ich dich schon jetzt ein.“

„Und auch zur Hochzeit!“, das will ich aber hoffen.

„*Bien sûr!* Also Paul, du kannst deine Sorgen um mich ad acta legen. *Salut!* Ich muss jetzt gehen“

„Halt, du wirst doch noch warten, bis eine von den Schreibdamen das Dokument gebracht hat, und ich es unterschrieben habe.“

***

Auf dem Rückweg in sein Kommissariat machte Papperin einen Umweg. Er schlenderte durch die engen Gassen der Altstadt zum Cours Mirabeau und ließ sich im Schatten der dichten Platanen auf der Terrasse einer Bar nieder. Er musste nachdenken; und warum sollte er das in seinem hektischen Büro tun? Hier auf dem Cours war es viel beschaulicher. Die Sommertouristen waren weitgehend verschwunden – schließlich war es bald Oktober. Und die wenigen, die die breiten Gehsteige entlang flanierten, störten ihn nicht. Schließlich – nach dem zweiten *café* und einer großen Karaffe Wasser – hatte er einen Entschluss gefasst. Er konnte, nein, er wollte nicht warten, bis sich die Telefongesellschaften bequemten, die geforderten Daten bereit zu stellen. Der Fall hatte ein Stadium erreicht, in dem eine Entscheidung fällig war – der Comte oder der Vicomte? Wie konnte er den Mörder so herausfordern, dass er einen Fehler machte. Er musste bluffen. Und er hatte auch schon eine Idee. Erleichtert wanderte er zurück zu seiner Dienststelle.

Er musste schnellstmöglich mit dem Comte de Barbaresque sprechen. Einen Vorwand hatte er schon: Er würde ihm die drei Faustfeuerwaffen zurückgeben.

Kapitel 23
Commissaire Papperin blufft

Montag nachmittag, 27. September

Ein Anruf im Château Barbaresque ergab, dass der Comte gerade in Marseille war. Der Kommissar könne ihn aber auf dem Handy erreichen. Papperin notierte sich die Nummer, rief an und bat den Comte, wenn möglich kurz ins Kommissariat zu kommen. Er könne seine drei Waffen abholen. Der Graf sagte zu, auf dem Rückweg vorbei zu schauen.

Am späten Nachmittag wurde Papperin vom Pförtner angerufen, ein Comte wolle den Kommissar sprechen. Ob er den Herrn hinaufschicken könne, fragte der Wachmann.

„Wir halten zwar gerade eine Lagebesprechung ab, aber schicken Sie den Comte ruhig rauf. Zimmer 347.“

„Wir können nachher weiter reden“, meinte der Cumputermann, der mit Jeannine und dem Kommissar am Besprechungstisch saß. Er erhob sich und wollte den Raum verlassen.

„Nein, bleiben Sie! Und du auch, Jeannine. Wollen sehen, ob es gelingt, den Grafen in die Enge zu treiben“.

Nur wenig später klopfte es und der Comte de Barbaresque trat ein.

„Sie wollen mir meine Pistolen wiedergeben“, sagte er und setzte sich ungefragt dem Kommissar gegenüber auf einen Stuhl.

Während der Graf die Pistolen und den Revolver entgegennahm und in seinem schweinsledernen Aktenkoffer verstaute, informierte ihn Papperin vom negativen Ergebnis der ballistischen Untersuchung.

„Ich hatte Ihnen doch gestern schon gesagt, dass ich Marie-Caroline nicht erschossen habe, mit keiner von diesen drei Waffen und auch mit keiner anderen. Damit scheide ich wohl als Verdächtiger aus. Was wollen Sie also noch von mir? Ich besitze die Tatwaffe nicht und ich habe kein Motiv. Im Gegenteil, durch ihren Tod habe ich nicht nur eine liebe Freundin verloren, sondern auch die finanzielle Unterstützung, die sie mir hin und wieder zugewendet hat."

„Ach, dann kennen Sie ihr Testament wohl nicht? Ich kann mir nicht vorstellen, dass sie Ihnen das verschwiegen hat."

Bei diesen Worten beobachtete Papperin den Comte genau.

„Sie hat Sie zum Alleinerben eingesetzt."

War die Überraschung echt oder gespielt, fragte sich Papperin, als er die Reaktion des Grafen auf diese Enthüllung sah. Wenn das keine Neuigkeit für ihn war, dann war er ein guter Schauspieler.

„Dieses Testament macht Sie zu unserem Hauptverdächtigen."

„Aber das ist unmöglich! Absolut unmöglich! Das ... das ... das kann nicht sein!", stotterte der Comte mit hochrotem Gesicht.

Wieder konnte sich Papperin nicht entscheiden, ob der Graf sich so erregte, weil er unschuldig war und jetzt für den Mörder gehalten wurde. Oder ob er deswegen so bestürzt war, weil er schuldig war, und die Polizei das Testament und damit den wahren Beweggrund für seine Tat entdeckt hatte. Jetzt hielt der Kommissar den Zeitpunkt für seinen Bluff gekommen.

„Außerdem hat uns Ihr Mobilfunkanbieter eine Aufstellung all der Orte überlassen, an denen Sie am fraglichen Tag waren. Über die Sendemasten, über die die Telefonverbindungen geleitet werden, kann man – auch im Nachhinein – den Standort eines Handys und damit natürlich auch den des Telefonierenden lokalisieren."

Der Comte schaute den Kommissar immer noch fassungslos an.

„Nach diesen unwiderlegbaren technischen Fakten waren Sie am 31. August bei Ihrem Telefonat mit der Vicomtesse, das von 12.08 Uhr bis 12.10 Uhr gedauert hat, nur ca. 100 bis 150 Meter vom Tatort entfernt."

Papperin hatte keine Ahnung, ob eine derart genaue Ortsbestimmung technisch überhaupt möglich war. Aber solange der andere das ebenfalls nicht wusste, könnte der Bluff ja funktionieren.

Der Comte de Barbaresque war plötzlich erblasst. Mit einem Schlag war sein vorher vor Erregung rotes Gesicht einer fahlen, gräulich-weißen Blässe gewichen.

„Das kann nicht sein, das muss ein Irrtum sein. Ich war den ganzen Tag ..."

„Bei Naomie Nacal, Ihrer Freundin. Wir wissen das. Sie gibt Ihnen auch ein Alibi. Aber wir sind der Meinung, dass das nicht viel wert ist."

Der Comte, der schon vor einiger Zeit aufgesprungen war, starrte den ihm gegenüber sitzenden Kommissar lange und schweigend an. Langsam, ganz langsam setzte er sich. Dann wandte er seinen Blick von Papperin ab und schaute seine vor ihm auf der Tischplatte liegenden Hände an. Mit leiser Stimme fing er zu sprechen an:

„Ich glaube, ich muss ein Geständnis machen", begann er. Als er das erleichterte, erwartungsvolle Aufatmen der im Raum befindlichen Beamten vernahm, ergänzte er:

„Nicht für den Mord. Nein! Das war ich nicht. Es ist alles ganz anders, als Sie denken."

Dann begann er zu erzählen. Zuerst mit leisen, stockenden Worten. Naomie Nacal und er hatten den Plan, die Vicomtesse de Gramellons nach und nach um ihr Vermögen zu bringen. Das sei unabdingbar gewesen, denn beide brauchten Geld. Seine Lage war immer prekärer geworden. Der Unterhalt des Schlosses und sein Hobby, die Kunst, kosteten viel Geld. Und es war abzusehen, dass er mit seinen Finanzen bald am Ende war. Auch für Naomie, sagte er, würden die sprudelnden Geldquellen bald versiegen. In ihrem Metier hatten nur junge Frauen eine Chance, die sich überdies bedingungslos den Produzenten und Regisseuren unterwerfen mussten – in jeder Hinsicht. Das konnte und wollte seine Freundin nicht mehr, seit sie mit ihm liiert war. Vor einem Jahr hatte er die Vicomtesse nach einem Gala-empfang näher kennengelernt. Dabei hatte er den Plan gefasst, sie emotional an sich zu binden. Mit dem Ziel, das gab er offen zu, von ihr Geld zu erhalten.

„Aber angeblich waren die de Gramellons doch nicht reich, eher vom Typ verarmter Landadel. Von ihnen war doch nicht viel zu holen", warf Papperin eins. „Wieso glaubten Sie, von ihr Geld zu bekommen?"

„Sie hat mir einmal gesagt, dass sie etwas auf die Seite gelegt hätte, wovon ihr Mann nichts wisse. Ihre Mutter habe ihr vor der Hochzeit mit meinem Cousin geraten, das zu tun."

„Und das hat sie Ihnen alles gesagt?", wunderte sich Papperin.

„Natürlich, wir liebten uns ja!"

Plötzlich flog die Tür auf und knallte gegen den Schrank. Der Vicomte de Gramellons stürmte ins Zimmer, hinter sich Monique, deren verzweifelter Gesichtsausdruck von ihrem vergeblichen Versuch, den erzürnten Grafen zurück zu halten, Zeugnis ablegte.

„*Monsieur le commissaire*! Ich weiß, wer der Mörder ist. Hier steht es schwarz auf weiß!" Dabei wedelte er mit einem ein Papier vor Papperins Nase.

„Oh! Du bist ja auch hier. Hat man dich schon verhaftet? Herr Kommissar, das ist der Mörder – Comte Éric de Barbaresque, mein Cousin! Das habe ich heute gefunden! Ich bin außer mir!"

Bei diesen Worten knallte er das Papier vor Papperin auf die Tischplatte.

„Marie-Caroline hat über meinen Kopf hinweg dieses Testament gemacht. Mich enterbt! Und den da", hasserfüllt starrte er seinen Cousin an, „dem hat sie alles vermacht."

Er packte den Comte mit beiden Händen an den Revers seines Jacketts und schüttelte ihn.

„Erst hast du meine Frau gevögelt und jetzt hast du sie umgebracht! Du hinterhältiger, du gemeiner…"

Jeannine und Guy-deux hatten einige Augenblicke gebraucht, bis sie sich von ihrer Überraschung erholt hatten. Doch jetzt packten Sie den Vicomte und rissen ihn von seinem Opfer weg. Mit verächtlicher Miene stand er neben seinem Vetter.

„Ich hoffe, du kriegst lebenslänglich! In *Les Baumettes*, dem schlimmsten Knast der Republik."

Er spuckte den Comte an, drehte sich um und eilte, so stürmisch wie er gekommen war, wieder aus dem Zimmer.

Der Graf zog ein blütenweißes und perfekt gebügeltes Taschentuch aus seiner Jacke und entfernte das Sputum von seinem Hemd mit einem Gesicht, das seinen Ekel voll zum Ausdruck brachte. Papperin betrachtete ihn eine Weile und meinte dann:

„Selbst Ihr Cousin hält Sie für den Mörder seiner Frau."

„Wie oft soll ich es noch sagen: Ich war es nicht! Ich war bei meiner Freundin in Marseille."

„Ich weiß, das behauptet sie auch. Aber wir glauben ihr nicht. Sie hatten jede Menge Zeit, um von Marseille zum Tatort zu fahren, den Mord zu begehen und zum gemeinsamen *dîner* im Restaurant wieder zurück zu sein."

„Selbst wenn das alles wahr wäre – was es nicht ist – wieso hätte ich Marie-Caroline umbringen sollen. Der Cézanne war ja schon weg, von diesen Männern gestohlen."

„Woher können Sie das wissen, wenn Sie behaupten, nicht dort gewesen zu sein? Das ist zwar richtig, aber damals, als der Mord geschah, wussten Sie das noch nicht."

„Das stand doch am nächsten Tag in der Zeitung."

Auf Papperins fragenden Blick zu seinen beiden Mitarbeitern, bestätigte Jeannine das mit einem Kopfnicken. Diese Journalisten sind doch eine Landplage, dachte Papperin. Alles bekommen sie raus und müssen es auch noch veröffentlichen.

„Aber die Versicherungssumme, die hätten Sie geerbt", warf Guy-deux dem Comte vor.

Plötzlich brauste der Comte auf.

„Jetzt reicht es mir. Sie werfen mir Sachen vor, die alle nicht stimmen. Sie wollen mich in die Enge treiben und behaupten stur, ich sei der Mörder von Marie-Caroline. Haben Sie Beweise für diese Anschuldigungen? Dann verhaften Sie mich! Wenn nicht, dann verlasse ich diesen Raum!"

Er schaute die drei Beamten an, abwartend, ob jetzt die Festnahme erfolgte. Als nichts dergleichen geschah, wandte er sich um und verließ den Raum – die Aktentasche mit den drei Waffen lässig schlenkernd.

Was für ein Schauspieler, dachte Papperin fast bewundernd. Doch er musste sich eingestehen, sein Bluff hatte nicht funktioniert. Bis auf das mit dem Testament und den widerlichen Plan, den er mit dieser Nacal ausgeheckt hatte, hatte der Comte nichts gestanden. Vor allem nicht den Mord.

Aber entlastet ist er durch seinen Auftritt hier auch nicht, dachte Papperin. Trotzdem, er ärgerte sich. Irgendwie war das Gespräch völlig aus dem Ruder gelaufen.

Dienstag, 28. September

„Passt auf", sagte Papperin zu seinen beiden Brigadieren Dalmasso und Debordeau. „Das gestern mit dem Barbaresque ist voll in die Hose gegangen. Ich habe mir heute Nacht überlegt, wie wir jetzt vorgehen könnten."

Er hielt Monique seine Tasse hin, die ihm ihren berühmten Kimbo nachschenkte.

„Ich fahre zum Vicomte de Gramellons und versuche, ihm auf den Zahn zu fühlen – zum Beispiel wieder mit meinem Bluff von den Sendemasten. Haben Sie übrigens schon was rausbekommen, Guy-deux, wo die waren, unsere beiden Verdächtigen?"

„Ich bin dran, Chef! Aber so einfach geht das nicht. Vielleicht heute, aber versprechen kann ich es nicht."

„Okay, also ich unterhalte mich mit dem Vicomte. Und du, Jeannine, holst den Barbaresque ab und fährst mit ihm zum Château Gramellons. Vielleicht giften die beiden sich so an, dass dem einen oder anderen etwas rausrutscht, ein Versprecher oder so, was wir dann als Beweis verwenden können. Deswegen solltest du noch einen Kollegen dabei haben – als Zeuge wegen der Beweiskraft vor Gericht. Guy-deux, können Sie?"

„Ich glaube, ich sollte lieber an den Sendemasten dran-bleiben."

„Gut, Jeannine, dann nimmst du François Legrand mit. Von der Gegenüberstellung der beiden Grafen verspreche ich mir etwas. Gestern war das schon sehr erhellend für uns. Leider ist der Vicomte dann einfach gegangen. Daran hindern konnten wir ihn aber nicht."

„Wieso glaubst du, der Barbaresque kommt einfach so mit mir mit? Der wird sich weigern. Was mache ich dann?"

„Ach Jeannine, du bist doch sonst auch so phantasie-reich. Wenn dir nichts Besseres einfällt, dann nehmt ihn einfach vorübergehend fest, wegen Mordverdacht und Fluchtgefahr!"

***

Papperin war erstaunt, als er den Vicomte de Gramellons im Eingangsportal zum Schloss stehen sah. Ganz of-fensichtlich erwartete der Graf ihn persönlich.

„Meine neue Haushälterin hat heute frei", erklärte die-ser. „Bitte kommen Sie mit mir in die Bibliothek."

Er führte den Kommissar durch den diesem schon be-kannten breiten Gang, an dessen Ende eine große, zweiflü-gelige Tür in die Bibliothek führte.

„Ich nehme an, Sie sind gekommen, um mir persönlich mitzuteilen, dass mein Cousin Éric den Mord an meiner Frau gestanden hat und jetzt hinter Gittern sitzt."

„Nein, ganz im Gegenteil. Wir haben keinerlei gerichtsfeste Beweise gegen ihn."

„Aber das Testament! Reicht das nicht?"

„Ja, das setzt ihn zum Alleinerben ein. Damit ist aber noch lange nicht bewiesen, dass er den Mord begangen hat."

„Aber das liegt doch auf der Hand. Er kannte die Bestimmung im Testament, und deswegen ist es mehr als wahrscheinlich, dass er meine kleine Marie-Caroline getötet hat."

Der Vicomte machte plötzlich eine kummervolle Miene. Jetzt fängt er gleich zu weinen an, dachte Papperin.

„*Monsieur le Vicomte*, gestern haben Sie einen ganz neuen Aspekt ins Spiel gebracht. Sie sagten bei Ihrem Auftritt in meinem Kommissariat, dass Sie das Testament gerade erst gefunden hätten."

„Ja, im Schreibsekretär meiner Frau."

„Sehen Sie, wenn Sie vorher nichts von der Existenz dieses Testamentes und seines brisanten Inhalts gewusst haben, dann mussten Sie doch davon ausgehen, dass Sie als Ehemann der gesetzliche Erbe ihrer Frau sind."

„Natürlich, das ist die Rechtslage."

„Damit haben Sie aber ein Motiv für den Mord an Ihrer Frau."

„Lächerlich, was Sie mir da unterstellen! Ich liebe sie und bin in tiefer Trauer über ihren unerwarteten Tod."

„Das mag ja sein. Für uns war ihre Bemerkung allerdings Anlass, uns mit Ihrem Alibi näher zu befassen."

„Ich habe Ihnen doch schon gesagt, ich war hier, in meinem Schloss, leider habe ich keine Zeugen, weil unsere Hausangestellte an diesem Tag frei hatte."

„Und genau deswegen konnten Sie an diesem Tag weg-fahren, und niemand hätte das bemerkt."

„Bin ich aber nicht!"

„Jetzt hören Sie mal gut zu!" Papperin beobachtete sein Gegenüber scharf.

„Wir haben uns Ihre Handydaten angesehen. Vermut-lich wissen Sie nicht, dass man den Standort eines Handys orten kann, wenn es nicht ausgeschaltet ist. Und das war es nicht. Ihr Handy befand sich zum Zeitpunkt des Mordes, genauer gesagt wenige Minuten vorher – da hatten Sie mit Ihrer Frau telefoniert, auch das ist aktenkundig – in unmit-telbarer Nähe des Tatortes, im Umkreis von circa hundert bis hundertfünfzig Metern. Ihr vermeintliches Alibi ist da-mit geplatzt!"

Hoffentlich geht das gut, betete Papperin, hoffentlich macht er jetzt den ersehnten Fehler!

Der Vicomte war zunächst erschrocken. Man konnte deutlich sehen, wie sein gesamter Körper kurz erstarrte. Schlagartig änderte sich seine Miene. Er begann zu lachen und in die Hände zu klatschen.

„Bravo! Applaus für diesen meisterlichen Bluff, den haben Sie sich verdient. Darauf müssen wir anstoßen, etwas trinken!"

Er ging zu einem kleinen Barockschrank, der zwischen zwei der hohen Bogenfenster stand. Er zog die Klappe auf, die Innenbeleuchtung ging an und überflutete die im Schrank aufgereihten Gläser und Flaschen mit ihrem dezen-ten, gelben Licht. Während sich der Vicomte einen Whisky eischenkte und Eiswürfel in das Glas fallen ließ, fragte er über die Schulter, ohne sich umzusehen:

„Wollen Sie auch einen Whisky? Oder lieber etwas anderes?"

Ohne Papperins Antwort abzuwarten, wandte er sich um, prostete mit dem Glas in der einen Hand dem Kommissar zu. In der anderen glänzte matt der schwarze Stahl einer Pistole.

„Gratuliere, ich hätte nicht gedacht, dass Sie dahinter kommen. Nur wird es Ihnen nichts nützen. Es war Leichtsinn, alleine hier aufzukreuzen. Jetzt wird die *police judiciaire* ohne ihren *commissaire* Papperin zurecht kommen müssen."

Die Pistole zielte genau auf den Kopf des Kommissars. Sie zitterte kein bisschen.

„Sie werden unauffindbar in einer der zahllosen, tiefen Felsspalten am Kamm des Grand Luberon verschwinden. Erschossen mit derselben Waffe, mit der ich auch meine Frau ins Jenseits befördert habe."

Papperin, der sich auf eine lange Diskussion mit dem Vicomte eingestellt hatte, wurde von dieser plötzlichen Wendung total überrascht. Klar, nach diesem Geständnis konnte der Graf gar nicht anders, als ihn zu erschießen. Wo bleiben nur Jeannine und François, dachte er. Ich muss ihn hinhalten, so lange wie möglich.

Mit völlig ruhiger Stimme fragte er, während er sich ganz langsam auf den Vicomte zu bewegte:

„Wenn ich schon dem Tod geweiht bin, dann können Sie mir wenigstens verraten, wie Sie das alles bewerkstelligt haben. Woher wussten Sie, wo genau sich Ihre Frau befand, als sie sich verfahren hatte?"

„Halt! Bleiben Sie stehen! Zwei Schritte zurück!", befahl der Graf.

„Sie hat mich mehrmals von unterwegs an meinem Handy angerufen, und ich bin ihr mit meinem Lada gefolgt. Sie konnte ja nicht wissen, wo ich war, als ich das Gespräch entgegen genommen habe. Bei unserem letzten Telefonat hat sie mir genau beschrieben, wo sie war."

„Da sind Sie dann hingefahren und haben sie erschossen."

„Erst einmal nicht. Sie lag ja schon wie tot da. Dann hätte ich ja gar nicht zu schießen brauchen. Aber dann habe ich gemerkt, dass sie atmete. Und da blieb mir nichts anderes übrig. So, und jetzt gehen Sie langsam rückwärts bis zur Türe."

„Wieso sollte ich? Ich bleibe hier! Wenn Sie mich woanders haben wollen, müssen Sie mich schon erst erschießen und dann zum Auto tragen."

„Damit Ihre Kollegen hier Blut- oder Schleifspuren finden. *Non, non!* Sie gehen gefälligst selbst! Sonst …"

Ein Geräusch vom Platz vor dem Château drang durch die geschlossenen Fenster in die Bibliothek – knirschender Kies unter Autoreifen, stellte Papperin fest.

„In die Ecke, neben den Schrank!", befahl der Vicomte mit schroffem Ton, während er selber neben der Eingangstüre Stellung bezog.

Papperin gehorchte und ging langsam zu der befohlenen Stelle, rückwärts, immer den Grafen und die auf sich gerichtete Pistole im Blick.

Eine Weile bleib alles ruhig. Dann ging die Türe langsam auf. Drei Leute betraten die Bibliothek, vorneweg Jeannine, hinter ihr der Comte de Barbaresque und zum Schluss *brigadier* Legrand. Die Polizistin stoppte abrupt, als sie den Vicomte mit der Pistole im Anschlag hinter dem offenen Türflügel erblickte.

„Nur hereinspaziert, gnädige Frau, meine Herren!"

Mit gespielt freundlichem Tonfall dirigierte er die drei in die Mitte des Raumes. Seine Waffe schwenkte zwischen Papperin und der Gruppe mit den drei Neuen hin und her. Er schien äußerst nervös und angespannt zu sein.

Hoffentlich dreht er jetzt nicht durch, dachte Papperin. Das gibt ein Blutbad. Genauso wie der Kommissar, sah auch der Vicomte die Dienstpistolen im Holster der beiden Polizisten.

„Sehen Sie, *monsieur le commissaire*, ich war es nicht!" Der Comte de Barbaresque sprach sehr ruhig und gelassen.

„Aber du hast dir ihr Vermögen erschlichen!" Die Stimme des Vicomte bebte vor Anspannung und Hass.

„Das ... das ..." stammelte er, „Das wirst du aber nicht genießen können!"

Mit einem jähen Schwenk seines Armes richtete er die Pistole auf seinen Cousin. Es knallte zweimal. Der Comte de Barbaresque sackte langsam, wie in Zeitlupe in sich zusammen, kippte dann zur Seite. Immer schneller. Und schlug auf dem Parkettboden auf.

Die Schockstarre, die die Polizisten befallen hatte, löste sich schlagartig, als des Vicomtes Stimme ihnen entgegen schrillte:

„Ihr kriegt mich auch nicht! Ein de Gramellons geht nicht ins Gefängnis!"

Ehe die auf ihn zustürzenden Beamten ihn erreichen konnten, hatte er sich den Lauf der Waffe in den Mund gesteckt und abgedrückt.

Kapitel 24
... doch die Zukunft ist ungewiss

Donnerstag, 30. September

Der Fall war abgeschlossen. Spuren waren gesichert, Berichte geschrieben und der Staatsanwaltschaft zugestellt worden. Kurz: Schön langsam hatte sich wieder Routine in Papperins Kommissariat eingestellt.

Jean-Luc Papperin stand in der Halle 4 des Flughafens Marseille-Provence in Marignane. Er war viel zu früh gekommen. Dieses Mal hatte er ausreichend Zeit gehabt, einen großen Rosenstrauß zu kaufen. Er schaute auf den Bildschirm mit der Anzeige der ankommenden Flugzeuge. Vergeblich suchte er Nias Flieger. Er sollte um 17:25 Uhr landen. Papperin schaute auf seine Armbanduhr: 14:19 Uhr. Viel zu früh, dachte er und begann in der Ankunftshalle hin- und her zu wandern. Doch die Zeit wollte nicht vergehen. Er schlenderte zu einer der Bars und bestellte sich ein Bier. Immer wieder suchten seine Augen den großen blauen Bildschirm über der Theke, der die aktuellen Ankunftsdaten verkündete. Immer noch nichts!

Endlich, kurz vor sechzehn Uhr, tauchte ganz unten, in der letzten Zeile der ersehnte Flug auf:

AF 7666   17:25   Paris CDG   Hall 4

Die Zeit verging im Schneckentempo. Nias Flug rückte langsam auf der Anzeigentafel nach oben. Es erschien die zusätzliche Statusanzeige *en route*. Also war sie schon in der Luft. Papperin freute sich auf das Wiedersehen. Er schaute wieder zur Anzeigentafel. Die Statusanzeige hatte gewechselt. Jetzt stand dort *retardé*, und wechselte sich im Sekundentakt mit dem englischen *delayed* ab. Inzwischen war es

18:12 Uhr. Papperin starrte ungeduldig auf das Wechsel-spiel: *retardé – delayed – retardé – delayed*

Plötzlich verschwand der Flug AF 7666 ganz von der Anzeigetafel. Aufregung machte sich unter den Wartenden breit. Die Stimmung drohte zu kippen.

Papperin stürmte aus der Wartehalle, rannte hinüber in die Abflughalle und schnappte sich dort einen Air-France-Angestellten. Mit vorgehaltenem Polizeiausweis befahl er diesem, ihn zur Flugüberwachung zu bringen.

Im Tower herrschte wilde Aufregung. Man weigerte sich, ihm Auskunft zu geben. Schließlich gab Papperin das Drohen auf und bat nur noch inständig:

„Meine Freundin sitzt in dem Flieger. Wir wollen heiraten! Was ist los? Wo ist sie? Bitte, sagen Sie es mir!"

„Die Maschine ist vor knapp sechzig Minuten vom Radar verschwunden und der Funkkontakt ist abgebrochen. Mehr wissen wir auch nicht."

Weitere Krimis mit Coommissaire Papperin
von der *police judiciaire* in Aix en.Provence

Ignaz Hold
Mistralmorde
Commissaire Papperins erster Fall

Der Wald rund um Commissaire Papperins Heimatdorf Cabanosque brennt. Erhitzt sind auch die Gemüter, denn: Im
Löschwassertank schwimmt die Leiche des örtlichen Umwelt-
aktivisten. Wer soll jetzt den Baulöwen und den Bürgermeister
in die Schranken weisen, die das idyllische Dorf in ein Well-
ness-Resort für die High Society verwandeln wollen?

Taschenbuch 9,90 €   (ISBN 978-3-9815613-1-9)
e-book 6,99 €   (ISBN 978-3-9815613-0-2)

Ignaz Hold
Mordtour
Commissaire Papperins zweiter Fall

Was haben ein Massenunfall auf der Tour de France mit einem
Toten und zahllosen Verletzten und das Verschwinden eines
kleinen Jungen miteinander zu tun? Steckt die internationale
Doping-Mafia dahinter? Oder handelt es sich um eine Marseil-
ler Familientragödie? Commissaire Papperin aus Aix-en-
Provence steht vor einem Rätsel.

Taschenbuch 9,90 €   (ISBN 978-3-9815613-3-3)
e-book 6,99 €   (ISBN 978-3-9815613-2-6)

Ignaz Hold
Todeseiland
Commissaire Papperins dritter Fall

Im Gourmetrestaurant auf der provenzalischen Urlaubsinsel
Porquerolles stinkt's. Commissaire Papperin kennt diesen Geruch nur zu gut: Das Odeur des Verbrechens hängt über dem
Paradies. Der Kommissar und seine Lebensgefährtin müssen
erkennen: Sie machen Ferien auf einem Todeseiland.

Taschenbuch 9,90 €   (ISBN 978-3-9815613-5-7)
e-book 6,99 €   (ISBN 978-3-9815613-4-0)

Ignaz Hold
Ein Hauch von Tod und Thymian
Commissaire Papperins vierter Fall

Was ist mehr wert: Ein voller Geldtransporter oder ein echter Cézanne? Für keines von beidem lohnt es sich zu sterben. Trotzdem gibt es Tote. *Commissaire* Papperin und sein Team müssen sich mit den verschrobenen Weltanschauungen des verarmten französischen Landadels auseinandersetzen. Gleichzeitig führen sie ihre Ermittlungen in das Milieu des Prekariats, der frustrierten arbeits- und hoffnungslosen Welt der Kleinkriminellen in den Vororten der Arbeiterstädte des Midi.

Taschenbuch, 9,90 €   (ISBN 978-3-945503-10-2)
e-book, 6,99 €   (ISBN 978-3-945503-11-9)

Ignaz Hold
Trüffel mit Schuss
Commissaire Papperins fünfter Fall

Ein Mord auf dem Wochenmarkt von Cabanosque – direkt unter den Augen von *commissaire* Jean-Luc Papperin. Warum wurde der *truffier* erschossen? Droht die lokale Mafia ins Trüffelgeschäft einzusteigen? Oder haben Neid und Missgunst zwischen Trüffelbauern zu dieser brutalen Tat geführt?

Taschenbuch 9,90 €   (ISBN 978-3-945503-18-8)
e-book 6,99 €   (ISBN 978-3-945503-19-5)

Ignaz Hold
Der Tod des Père Noël
Commissaire Papperins sechster Fall

Mord kennt keine Feiertage. Die Passanten in der weihnachtlich geschmückten Altstadt von Aix en Provence erstarren vor Entsetzen. Ein Weihnachtsmann, der stadtbekannte Père Noël, liegt tot im Schaufenster eines großen Ladengeschäfts – erschossen.

Taschenbuch 9,90 €   (ISBN 978-3-945503-12-6)
e-book 6,99 €   (ISBN 978-3-945503-13-3

Ignaz Hold
Kaltgepresst
Commissaire Papperins siebter Fall

Kurz nach der Verkostung der neuen Olivenöle im Lager der Großhandelsfirma stirbt der Einkäufer einer bekannten Supermarktkette. Herzinfarkt – diagnostiziert der herbeigerufene Arzt. Commissaire Papperin hat da so seine Zweifel, und richtig: Bei der gerichtsmedizinischen Untersuchung stellt sich heraus: Der Mann wurde vergiftet, und zwar mit einem seltenen und höchst schwierig herzustellenden Gift. Die Ermittlungen führen Papperin und sein Team zu idyllisch gelegenen Bauernhöfen, in landschaftlich reizvolle Olivenhaine und in das trost- und erbarmungslose Milieu des internationalen Ölgroßhandels.

Taschenbuch 9,90 € (ISBN 978-3-945503-20-1)
e-book 6,99 € (ISBN 978-3-945503-21-8)

Ignaz Hold
Kaltes Meer
Commissaire Papperins achter Fall

Commissaire Jean-Luc Papperin erhält einen telefonischen Hilferuf von einer entfernten Verwandten aus der Bretagne. Ominöse Anrufe bedrohen sie und ihren Mann. Nur widerwillig ändert Papperin seine Urlaubspläne und fährt zu ihr nach Saint Malo. Dort wird er Zeuge der mysteriösen Anrufe Nur langsam kommt er hinter das Geheimnis. Eine Leiche, die von der tosenden Brandung an den Strand gespült wird, eine atemberaubende Bootsfahrt voller Gefahren und die technische Hilfe seines Teams in Aix und des dortigen Polizeilabors führen auf die Spur des Anrufers und zur Aufklärung eines grauenhaften Verbrechens.

Taschenbuch 9,90 € (ISBN 978-3-945503-24-9)
e-book 6,99 € (ISBN 978-3-945503-25-6)

In der Bretagne zittern die Ganoven vor einer neuen Kommissarin

Sanni Aran
Der bretonische Teufel
Commissaire Julie Roches erster Fall

Im idyllischen Küstenort Cancale wird eine ermordete Frau aufgefunden. *Commissaire* Julie Roche und ihr Team machen sich auf die Suche nach dem Mörder und stoßen dabei auf eine ominöse Privatschule im bretonischen Hinterland. Welche Geheimnisse verbergen sich hinter den hohen Steinmauern der elitären Lehranstalt? Und was hat ihr charmanter Direktor zu verbergen? Die Ermittler finden eine Spur, die sie weit in die Vergangenheit zurückführt. Dabei müssen sie erkennen: Der Mörder ist bereits auf der Jagd nach weiteren Opfern. Werden sie ihn aufhalten können?

Taschenbuch 9,90 € (ISBN 978-3-945503-14-0)
e-book 6,99 € (ISBN 978-3-945503-15-7)

Sanni Aran
Der bretonische Wolf
Commissaire Julie Roches zweiter Fall

Im Eurostar von London nach Paris wird ein Mann ermordet. Zufällig sitzt *commissaire* Julie Roche im selben Wagen. Zurück in der Bretagne erhält sie einen Anruf: Die Kollegen aus Paris bitten sie um einen Gefallen. Da der Tote wie sie aus St. Maló stammt, soll Julie vor Ort die Ermittlungen führen. Als wenige Tage später eine weitere Männerleiche von der Flut an den Strand gespült wird, glaubt Julie nicht an einen Zufall. Schnell wird klar: Die beiden Morde hängen zusammen. Julie und ihr Team heften sich an die Fersen des Mörders, der eine blutige Spur durch das Land zieht.

Taschenbuch, 9,90 € (ISBN 978-3-945503-16-4)
e-book, 6,99 € (ISBN 978-3-945503-17-1)

Sanni Aran
Bretonische Kälte
Commissaire Julie Roches dritter Fall

Eiseskälte liegt über der Bretagne, wo seltsame Dinge geschehen. Eine Frau ist auf der Flucht. Warum hat sie ihren Job Hals über Kopf hingeschmissen? Vor wem hat sie Angst? Eine Tote ohne Namen wird an der felsigen Küste angeschwemmt. Commissaire Julie Roche muss bei der Suche nach dem geheimnisvollen Täter auf die Hilfe ihres sous-commissaire und besten Freundes Yannick LeGuel verzichten, denn er wurde in die Provence versetzt. Julie weiß, dass sie ein Alkoholproblem hat. Hat Yannick sie deswegen verlassen? Eine grausige Spur führt in die Provence – in den Ort, in der auch seine neue Dienststelle ist.

Taschenbuch 9,90 €   (ISBN 978-3-945503-22-5)
e-book, 6,99 € ....(ISBN   978-3-945503-23-2)

Capitaine de police Yanik LeGuel macht den Ganoven in der Provence das Lebenschwar

Sanni Aran
Tod in Bartavelle
Capitain LeGuels erster Fall

Aufruhr im beschaulichen Provencestädtchen Bartavelle. Ein Bauunternehmen aus der Stadt errichtet eine luxuriöse Seniorenresidenz für wohlhabende Pensionäre aus aller Welt im schönen, unberührten Hinterland. Als dort einer der Bewohner ermordet aufgefunden wird, ist das kriminalistische Gespür von *capitaine* Yanik LeGuel gefordert. Der smarte Ermittler stößt in dem mondänen Rentnerparadies auf eine Mauer aus Schweigen. Als weitere Morde passieren, muss er alles auf eine Karte setzen, um den Mörder aufzuhalten.

Taschenbuch, 9,90 € (ISBN 978-3-945503-26-3)
e-book, 6,99 € (ISBN   978-3-945503-27-0)